KB009226

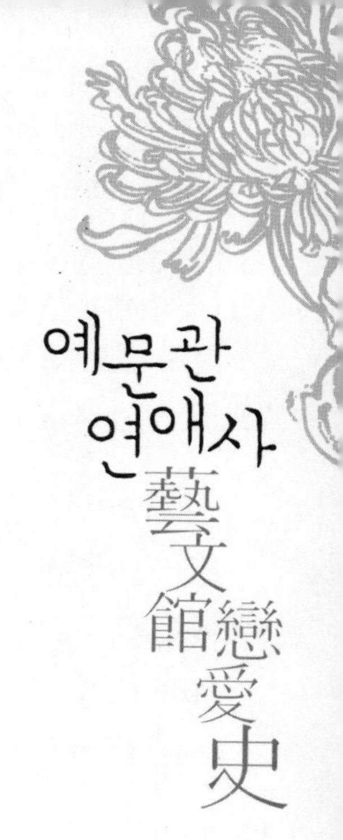

예문관 연애사

藝文館戀愛史

예문관 연애사 1

초판 1쇄 인쇄 2015년 9월 11일
초판 1쇄 발행 2015년 9월 21일

지은이 신우주
발행인 오영배
기획 박성인
책임편집 이신옥
표지 · 본문 디자인 공간42
제작 조하늬

펴낸 곳 (주)삼양출판사 · 단글
주소 서울특별시 강북구 도봉로 173
대표 전화 02-980-2112 **팩스** / 02-983-0660
블로그 blog.naver.com/dan_gul
출판등록 1999년 3월 11일 제9-00046호

ISBN 979-11-313-0439-6 (04810) / 979-11-313-0438-9 (세트)

+ 이 도서의 국립중앙도서관 출판시도서목록(CIP)은 서지정보유통지원시스템홈페이지(http://seoji.nl.go.kr)와 국가자료공동목록시스템(http://www.nl.go.kr/kolisnet)에서 이용하실 수 있습니다. (CIP제어번호: 2015024209)

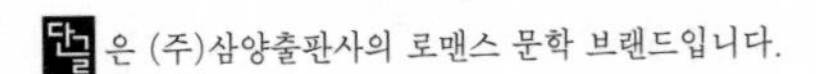

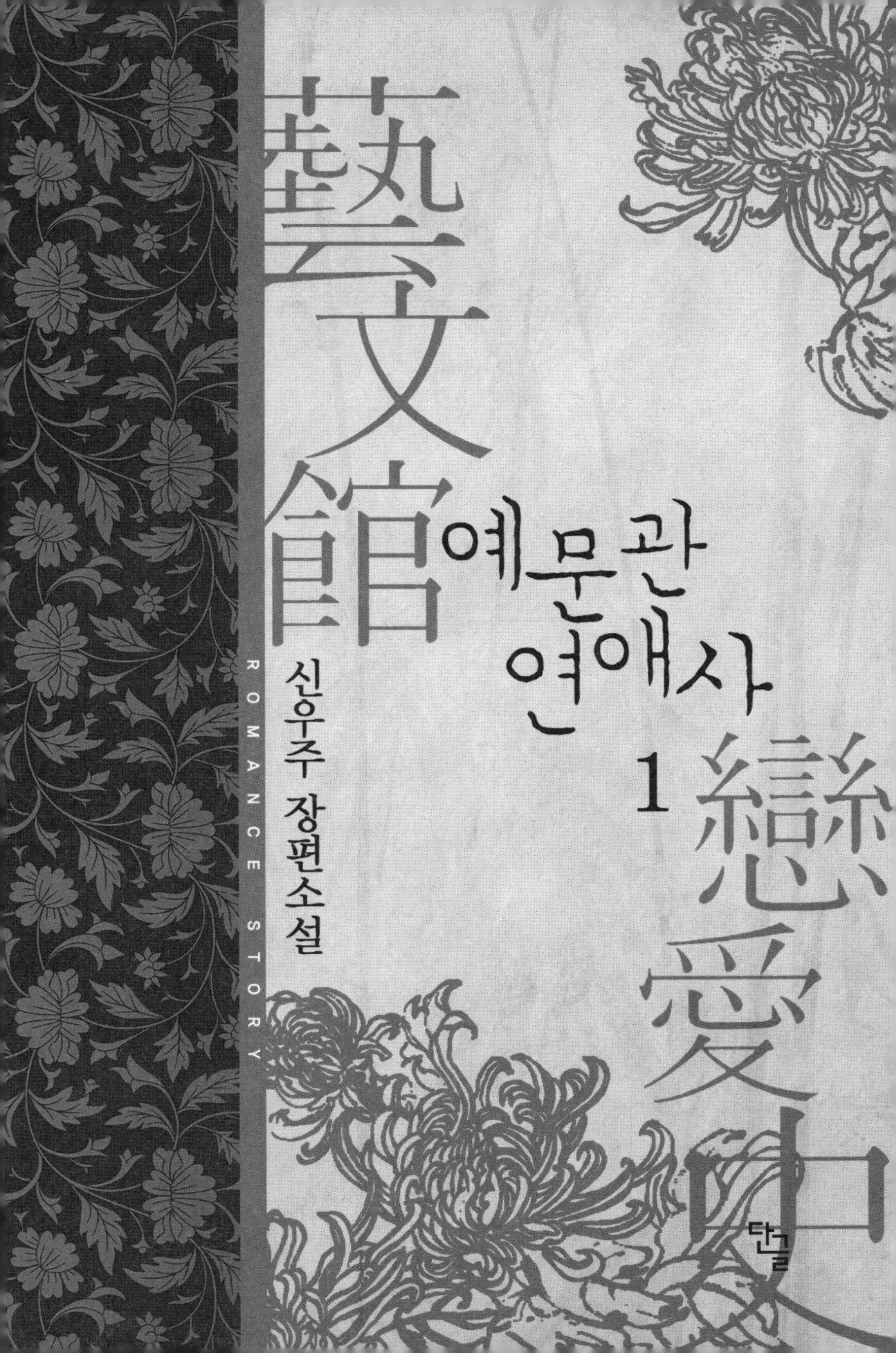
藝文館
예문관
연애사
1
戀愛史
신우주 장편소설
ROMANCE STORY
단글

藝文館 戀愛史

예문관 연애사

| 차례 |

제1장

왕의 예언

번쩍— 맑디맑은 하늘에 큰 줄기의 번개가 내리쳤다. 국문장의 모든 사람들은 긴장을 잊고 하늘에 시선을 빼앗겼다. 지엄한 표정으로 오랑캐의 포로를 심문하던 사인왕(四寅王) 이형원 또한 궁 어딘가 내리친 번개를 보고 무어라 중얼거렸다. 하지만 그 말은 뒤이은 콰르릉, 하는 천둥소리에 묻혀 잘 들리지 않았다.

'마른하늘에 번개라니…… 또 큰일이 벌어지려는가.'

왕의 옆에서 국문을 주도하던 왕세자 탄헌군 이욱(李煜)은 이내 포로에게로 시선을 돌렸다. 다시 질문을 던지려 했지만, 왕의 말에 그만 멈추어야 했다.

“번개가 칠성각 쪽에 떨어진 것을 보니 그때가 왔나 보군.”

“무슨 때 말이옵니까, 전하?”

형원은 말을 뱉고 생각에 빠지려다가, 이내 욱에게 고개를 돌렸다. 조금 전까지 포로에게 쏟아지던 날카로운 시선이 탄헌군에게 향했다. 평범한 사내라면 눈을 마주치는 것만으로도 오금이 저릴 범의 시선이다. 하지만 탄헌군은 쉽사리 밀려나지 않고 시선을 정면으로 받아 냈다.

“다음 대 왕의 예언이 나왔다는 뜻이다, 탄헌군.”

형원은 세자가 아니라 탄헌군, 이라 굳이 힘주어 말했다. 아비의 시선을 받아 내는 욱의 검푸른 눈동자가 흔들렸다. 형원은 그조차도 못마땅하다는 듯, 제게 지지 않으려는 아들의 푸른 안광에서 시선을 돌렸다.

“도규언이 사흘 간 조정에 나오지 않는다 했더니, 벌써 때가 그렇게 되었나. 좋다, 오늘은 길일이니 참형을 해서는 안 되겠군. 포로인 유르지크를 옥에 가두라.”

“전하, 그를 극형에 처한다 하지 않으셨습니까! 야인들에게 모범을 보이셔야지요!”

조금 전까지의 결정을 뒤엎는 형원의 처사에 욱이 자리를 잊고 큰 소리를 내었다.

“짐은 분명 그를 도형에 처한다 하였거늘. 내 북진의 일을 네게 맡겼었다고는 하나, 감히 세자가 임금의 결정에 내대는 것이더냐!"

형원은 자리를 박차고 일어나며 위압적인 목소리로 탄헌의 말대답을 짓눌렀다. 거세게 불기 시작한 바람에 붉은 곤룡포가 휘날렸다. 한 마디라도 더 꺼냈다간 바로 혀라도 잘릴 것 같은 기세였다. 욱은 분함을 삼키며 입술을 깨물었다.

"이로써 국문을 마친다. 편전으로 돌아가지."

왕의 말에 모두가 분주하게 국문을 정리하기 시작하였다. 하지만 세자만은 납득하지 못하고 그에게 따져 물었다.

"전하. 왕의 예언이라니. 대체 그것이 무엇이기에 이토록 중요한 일을 이리 쉽게 결정한단 말입니까!"

"……그래, 마지막으로 예언이 내린 것이 십오 년 전이니 탄헌군은 모를 만도 하지. 그때 너는 갓난쟁이였으니 말이다."

어린애를 보듯 무시하는 말과 시선을 받아 내는 욱의 표정이 사나웠다. 마주하기만 하면 싸움이라도 날 듯 불꽃이 튀는 두 사람의 사이를 중재하기 위해 영의정이 입을 열었다.

"세자 저하, 도씨 가문에 대해 알고 계십니까?"

"도씨 가문? 예문관 수장인 도규언의 집안을 말하는 겁니까?"

그는 고개를 끄덕였다. 그리고 혈기를 누르지 못하는 왕자의 옆을 따라 걸으며 도씨 가문에 대한 이야기를 풀어놓았다.

"태조께서 이 나라를 건국하실 때 이를 예언했던 무학 대사께서, 나라의 미래를 걱정하여 재주가 뛰어난 제자를 보내셨지요."

이에 태종 이방원이 매우 기뻐하며 그 제자에게 도(道)씨 성을 주었으니, 이것이 도가(道家)의 시초라. 그들은 나라의 대소사를 예언했고 그것들은 모두 이루어져 역사의 일부분으로 기록되었다. 그 때문에 도가의 남자들은 대대로 역사의 기록을 관장하는 사관이었고, 특히 그 직계들은 조선왕조실록을 기록, 편찬하는 예문관(藝文館)의 수장 정7품 봉교(奉敎)의 자리에 올라 역사 편찬을 진두지휘했다.

그들의 예언은 고작 한 해의 풍년과 흉년을 가리는 데 그치지 않았다. 그들에게는 다음 대의 왕을 예언할 수 있는 능력이 있었다.

"그 능력이 워낙 귀하여 도씨 가문의 재주에 대해 아는 것은 이 왕실에서도 몇 사람 되지 않습니다."

"그럼 대체 어떻게 왕의 예언이 내려왔다는 것을 안 것입니까?"

"큰 예언을 내릴 때 하늘은 마른하늘에 번개로 그 뜻을 알립니다. 십오 년 전, 주상께서 임금이 되신다는 예언이 내려왔을 때도 그랬지요."

탄헌군은 얼굴을 굳혔다. 지금 형원에게 있는 아들은 숙원 민씨의 아들인 세자 탄헌군 이욱, 그리고 욱보다 열두 살 아래의 중전 소생 경원대군 이결 단둘뿐. 둘 중 어느 쪽이 왕이 될 것인지에 대한 예언이 나온 것이다.

"그래, 과연 예언부에 네 이름이 적혀 있을 것 같으냐, 탄헌군."

형원은 걸음을 멈추고 뒤에 선 욱에게로 시선을 돌렸다. 입에 걸린 비릿한 미소는 결코 욱에게 호의적이지 않았다. 그건 이미 충분히 알고 있는 바였다. 욱은 지지 않고 차갑게 왕의 시선을 마주 보았다. 그는 자신이 왕이 될 것이라 믿어 의심치 않았다.

"제가 이 나라의 세자이자, 전하의 장자가 아닙니까."

스물셋 젊은 혈기에 야망을 감추지 않는 말에 왕은 젊은 시절 자신을 똑 닮은 얼굴을 못마땅하다는 듯 쏘아보았다.

그리고 지금, 도가의 3대째 가주인 봉교 도규언은 붓을 내려놓고 눈을 떴다. 큰 예언을 받아 무아지경에 빠졌기에 머리가 어지러웠으나, 그는 정신을 차리자마자 바로 예언부를 손에 들고 천천히 읽어 보았다.

"늦되어 자란 덩굴이 먼저 자란 자목련을 타고 올라 궐의 대들보 위에 오르리라…… 이럴 수가. 늦되어 자란 덩굴이라면 필시 경원대군 마마를 가리키는 것이 아닌가."

규언은 착잡한 표정으로 예언부를 내려놓았다. 조정 대신들은 두 파로 갈리어 각자 왕자를 지지했다. 장자인 탄헌군과 적자인 경원대군. 그중 규언은 당연히 장자인 탄헌군이 대를 이어야 한다고 생각하는 입장이었다. 그런데 제 손으로 경원대군이 왕이 된다는 예언을 써내었으니.

"피바람이 불겠구나."

규언의 예언은 틀린 적이 없었다. 더군다나 이것은 왕의 예언이다. 탄헌군을 밀어내고 경원대군을 세자로 삼고 싶어 하는 왕에게는 필시 좋은 일이겠으나, 이로 인해 벌어질 정국의 소용돌이를 생각하자 규언은 막막해졌다.

그러나 이미 예언은 내려졌고 규언이 할 수 있는 일은 없었다. 그는 한숨을 내쉬며 자신의 신물을 정리했다.

큰 예언을 받을 때만 사용하는 붓, 먹, 종이. 그것들은 시중에서 쉬이 볼 수 있는 물건이 아니었다. 푸른 붓대와 붉은 모필을 지닌 붓과 일반적인 유연묵(油煙墨)보다 그 깊이와 색이 남다른 먹. 종이 또한 예사 것보다 훨씬 두껍고 고급스러운 흰 빛을 띠고 있었다. 일반적인 예언을 받을 때는 그 어떤 것을 쓰든 상관이 없었지만, 오늘처럼 큰 예언에는 반드시 이 세 가지 신물이 있어야 했다.

신물을 정리한 후 규언은 고급스러운 함 하나를 꺼내 열었다. 그리고 그 안에 예언부를 말아 끈으로 매듭을 지어 묶은 후 넣었다. 그런데 그중 매듭이 풀려 있는 예언부가 있었다. 그것은 규언의 열네 살 난 딸, 담월이 태어날 때 받았던 예언이었다. 오랜만에 펼쳐 보는 그 예언을 읽은 규언의 심정이 더욱 복잡해졌다.

'하늘을 보고 피어날 붉은 꽃의 싹이 트니, 이내 북궐(北闕)에서 피어나리라.'

북궐은 정궁인 경복궁, 그 북궐에서 핀 꽃이란 여인의 몸으로 궁중에 들어가는 것을 말했다. 그 말인 즉, 그의 딸이 왕의 여인이 될 운명을 타고났다는 뜻이었다. 하지만 그는 여태 이 예언을 심각하게 받아들이지 않았다.

대대로 충심을 인정받는 도씨 가문이지만, 중전이나 후궁을 간택하는 자리에 거론될 만한 집안은 아니었으니까. 그러나 오늘 왕의 예언을 받들고 나자, 규언은 하나뿐인 딸아이가 못내 마음이 쓰였다.

"왕의 여인이 될 아이라……"

마음이 답답해지자 그는 담월의 해맑은 모습이 보고 싶었다. 규언은 마저 예언부를 정리한 후 딸아이가 공부를 하고 있는 소선의 집으로 향했다.

"어서 오시지요, 도 봉교. 담월을 보러 오신 겁니까?"

부드러운 웃음 때문인지 나이를 짐작하기 어려운 소선은 갑작스러운 방문에도 그를 반갑게 맞이했다. 그는 규언을 안으로 안내하고 하인에게 담월을 불러오라 지시했다.

소선이 맑은 향이 피어오르는 찻잔을 규언 앞에 내놓으며 그의 표정을 살폈다.

"생각이 깊어 보이십니다. 담월의 일 때문이십니까?"

"근심이 표정에 고스란히 드러나 보이다니, 저도 아직 수양이 멀었나 보군요."

소선은 빙긋 웃으며 차를 한 입 마셨다. 담월의 일은 소선에게도 유독 신경이 쓰이는 일이었다.

"공부에 흥미를 잃는 것이야 그 또래라면 한 번씩 거치는 일입니다만, 담월의 경우는 좀 다르지요."

소선은 말을 끊고 차로 목을 적셨다. 그의 표정은 어린 여제자를 아끼고 걱정하는 마음으로 가득 차 있었다.

"배우고자 하는 열의도 있고 자질도 있으나, 그 공부를 쓸 곳이 없어 흥미를 잃은 아이는 저도 어떻게 해야 할지 모르겠습니다."

이 나라에서 여인의 몸으로 태어난 이상, 공부에 대한 재주와 열정이 제아무리 뛰어난들 관직에 나갈 수 있는 것도 아니었다. 하지만 소선의 염려와는 다르게 규언은 시원스럽게 답했다.

"그건 잘 해결이 될 성싶습니다."

"그렇습니까? 그렇다면 그대 얼굴에 어린 수심은 필시 다른 연유겠지요."

"담월의 그 일도 말씀하시기 전까지는 잊고 있었습니다."

"대체 무슨 근심이기에?"

규언은 고민하다가 입을 열었다. 다른 사람이면 몰라도 정계에서 절대적 중립을 지키고 있는 소선에게라면 털어놓을 수 있었다.

"대군마마가 다음 보위를 이을 거라는 예언을 받았습니다. 하지만 그분은 아직 어리고 탄헌군 마마에 비하면 부족하시지 않습니까. 예언을 진상하면 주상께선 필시 세자를 바꾸려고 하실 텐데, 탄헌군께서 과연 대군마마를 인정하실는지……."

소선은 미소를 지으며 찻잔을 내려놓았다.

"대군마마는 엄연한 주상의 적통. 범과 같은 전하와 세자마마에 비할 수는 없지만, 그분은 분명 좋은 왕의 재목입니다."

부드럽지만 단호한 말에 규언은 아차, 하였다. 대군의 스승 앞에서 할 말은 아니었던 것이다.

"예문관의 일이 바빠 대군마마를 직접 뵌 적은 드물지요? 마침 오늘 소선당에 와 계시니 한번 이야기를 나눠 보는 것이 어떻습니까?"

"대군마마께서 와 계십니까?"

"소선당의 정원을 보고 싶다 하시기에. 아마 그곳에 계실 겁니다. 그나저나 담월이 늦는군요."

그는 기다리는 동안 다른 차를 마시자며 몸을 일으켰다. 그 때문에 그는 누군가가 창밖에서 그들의 대화를 엿듣다가 사라지는 것을 미처 눈치채지 못했다.

소선의 하인인 한섬은 한참이나 담월을 찾아다녔지만, 그녀는 쉬이 보이지 않았다. 늘 혼자 앉아 글을 쓰던 정자며 이곳저곳 담월이 있을 만한 곳을 돌아다니다가 그는 담 너머 정원의 문 앞에 섰다.

"설마 이곳에 들어간 건 아니겠지?"

세상 모든 진귀한 식물을 모아 두었다는 소선의 정원은 그 크기도 컸다. 길을 잃기 쉬워 어린아이들은 들어가지 말라 몇 번이나 당부도 하였으니 이곳엔 없겠지 생각하며 한섬은 몸을 돌렸다.

그런 소선당의 정원에 길을 잃은 아이 하나가 있었다. 쪽빛 푸른 비단을 몸에 감은 소년이었다. 소년의 이름은 결(潔), 서글서글한 눈에 의심이라곤 모를 것 같은 순진무구한 얼굴의 이 소년이 중전의 소생이자, 임금이 총애하는 막내아들 경원대군 이결이었다.

"정말 큰일인걸. 이 계절에 핀 복숭아꽃을 찾기는커녕, 해가 지기 전에 정원을 빠져나갈 수 있을지도 모르겠고……."

걸음을 옮기는 어린 소년의 얼굴에 수심이 가득했다. 어두워지기 전에 돌아가지 않으면 어머니가 무척 걱정을 하실 터였다. 심하게 앓은 지가 오래돼 하얘진 왕비의 얼굴을 떠올리자, 천진난만해야 할 얼굴이 씁쓸함에 물들었다.

"좋아하는 꽃을 보여 드릴 수 있으면 기운이 나실 텐데."

같이 공부하는 동무 하나가, 소선의 정원에는 봄에도 단풍이 들고 겨울에도 개나리가 핀다고 했다. 그렇다면 때를 잊고 핀 도화가 있을지도 모르겠다 싶어 소선을 졸라 쫓아왔으나, 한참을 헤매도 이 날씨에 핀 꽃은 찾을 수가 없었다.

역시 거짓부렁이었나 생각하며 결은 한숨을 내쉬었다. 동무들이 제게 장난을 쳤다는 것보다 어머니에게 꽃을 가져가지 못하게 됐다는 아쉬움이 더욱 컸다.

"이제 여기서 어떻게 나간담……. 이제 정말 돌아가 봐야 할 텐데."

막막한 한숨을 쉬며 걸음을 옮기려던 차에, 뒤에서 누군가가 뛰어오는 소리가 들렸다. 길을 물어봐야겠다 싶어 결이 고개를 돌렸다. 미백색의 한지 같은 옷을 입은 소녀가 결을 향해 뛰어오고 있었다. 한 손에는 무언가 가득 쥐고, 다른 한 손은 얼굴을 가린 채였다.

"아! 저기, 혹시 나가는 길을 알고—, 으앗!"

"꺅—!"

눈을 가리기야 했지만 정말 앞도 안 보고 달린 것인가. 사람이 있는 것도 몰랐는지 결은 달려오던 소녀와 부딪혀 넘어졌다. 소녀도 덩달아 옆에 나동그라졌다. 덕분에 들고 있던 보자기며 종이들이 낙엽 위에 흩뿌려지듯 후두둑 떨어졌다.

"아이쿠야…… 죄, 죄송합니다. 괜찮나요?"

결은 바닥을 짚고 일어서며 물었다. 갑작스러운 충돌에 놀랐는지, 소녀는 아직 일어나지 못한 채였다. 게다가 심지어 울고 있었다. 눈가는 발갛고 결을 쏘아보는 검고 깊은 눈동자가 축축이 젖어 있었다.

설마 방금 부딪힌 것 때문에 운 건가? 싶은 생각에 결이 당황하는 사이였다. 소녀는 미간을 모으며 결을 매섭게 쏘아보다가 입술을 앙다물고 발딱 일어났다.

"뭘 그리 빤히 보십니까? 여인이 우는 게 그리 보기 좋으십니까?"

결은 깜짝 놀라 자리에 섰다. 계집아이가 제 앞에서 이렇게 사람을 몰아치듯 말한 건 처음이었다. 그렇게 톡 쏘아붙이곤 떨어트린 보자기며 종이들을 서둘러 집어 든 소녀는 다시 가던 방향으로 종종걸음을 쳤다. 그 너울진 흰 치맛자락이 시야에서 사라질 때까지, 결은 한참을 굳어 있다가 정신을 차렸다.

"입이 매운 소저네……."

소녀가 사라진 길을 보며 의아해하던 결은, 주변에 나동그라진 종이 몇 장을 발견했다. 필시 조금 전 그 입 매운 소녀가 미처 줍지 못하고 간 것이리라. 재미 삼아 종이를 주운 결의 눈동자가 또 다른 놀람으로 동그랗게 떴다.

"설마 아까 그 소저가 쓴 글씨인가?"

몹시 유려하고 고운 글씨였다. 흔히 보던 사내들의 힘 있는 글씨와는 달랐다. 여인의 태가 나면서도 그 공부가 깊었다. 저와 나이 차이가 그리 나지 않아 보였는데…… 여자가 이 정도 글씨를 쓴다는 것은 어릴 적부터 붓을 잡는 교육을 받았다는 뜻이었다.

"갖다 드려야겠지? 이렇게 공들인 글씨인데."

결은 종이를 곱게 말아 챙기고 소녀가 사라진 길을 향해 걸음을 옮겼다. 아까의 힘듦은 다 어디 갔는지, 때를 잊어 핀 꽃이라도 찾은 것처럼 소년의 눈이 반짝였다.

* * *

그러나 도대체 얼마나 빨리 뛰어갔는지, 한참을 걸어도 흰 옷자락의 소녀를 만나기는 쉽지 않았다. 반나절을 걸어 다녀 다리가 아팠기에, 결은 작은 개울을 넘어 앙상한 나무들에 둘러싸인 정자로 다가갔다. 가까이 가자 누군가의 울음소리가 들렸다.

"흐윽, 끕—."

정자에 앉아 있던 소녀, 담월은 결이 정자로 올라오는 소리에 놀라 얼른 눈물을 닦아 내다가, 조금 전 부딪혔던 소년의 모습에 다시 새침한 표정을 지었지만 홑겹의 반달 같은 눈은 아직 물기에 젖은 채였다. 그러나 물기와는 다른 무언가가 그 먹색의 눈동자 안에 일렁이듯 반짝여서, 결은 도통 시선을 떼지 못했다. 결이 아무런 말없이 담월만 빤히 바라보고 있자, 담월은 어쩐지 부끄러워 얼굴을 붉혔다.

"여인이 우는 걸 빤히 보고 있는 것이 무례라는 생각도 미처 못 하고 계신 거겠지요? 보기 재미있어 일부러 좇아오신 겁니까?"

담월의 눈 속 일렁이는 빛을 좇고 있던 결은 그 말에 아차, 하며 정신을 차렸다.

"아, 아닙니다. 이걸 흘리고 갔기에 전해 주려고 왔을 뿐인걸요."

대체 뭐 하는 사람인가 그를 살피며 경계하는 담월에게 결은 품 안의 종이 두 장을 꺼내 건넸다. 담월은 당황하면서 종이를 낚아챈 뒤, 보자기를 끌러 챙겨 넣었다. 그 안에 붓과 벼루가 있는 것을 결은 유심히 보았다.

"잊은 물건을 찾아 주셔서 감사합니다만, 이만 가 주셨으면 하는데요."

담월은 자꾸 자신을 훑어보는 결이 마뜩잖았다. 사람이 가라고 했는데도 갈 생각은 조금도 없어 보였다. 분명 소선당에서 본 적 없는 얼굴이었다. 계집인 담월보다도 흰 피부에 동그랗게 뜬 눈이 마치 어린 토끼 같았다. 그 얼굴로 난감한 표정을 지으며 자신을 빤히 바라보자, 담월은 저도 모르게 웃음이 풋, 나올 뻔했다. 울고 있는 건 전데 소년이 어째 더 울상이었다. 결은 우물쭈물하다가 겨우 입을 열었다.

"죄송합니다, 소저. 무례인 줄은 알지만…… 길을 잃어서요."

"길이요?"

"소선당 정원이 처음이라, 반나절이나 헤매고 있어요. 나가는 길을 알려 주실 수 없을까요?"

그 말에 담월은 새쭉한 얼굴을 풀었다. 도무지 화를 낼 수 없게 만드는 얼굴이었다. 사실 소년이 크게 잘못한 것도 아닌데 괜히 뾰족하게 핀잔을 주어 미안하던 참이기도 했다.

"……흘린 걸 주워 주셨으니 도와 드리지요. 어차피 버릴 것이었지만."

"버리다니, 아깝게……."

"네?"

담월은 보자기를 챙겨 일어나다가 결의 중얼거림에 놀라 물었다.

"소저께선 소선 스승님께 글을 배우시는 거지요?"

"그렇습니다. 뭐, 잘못되었습니까? 계집이 글을 배워 어디에 쓰려고 하나 놀리시려는 겝니까?"

"아, 아닙니다!"

저가 뭘 잘못한 것일까, 결은 또다시 뾰족하게 대답하는 소녀를 어찌 대해야 할지 몰라 식은땀을 삐질삐질 흘렸다. 궁내의 어린 생각시들은 이렇게 답한 적이 없었기에 결은 고민하다가 솔직하게 털어놓았다.

"스승님 문하에 반가의 여식이 있다는 얘기를 들었거든요. 과연 여인이지만 소선을 스승으로 모실 만합니다. 글씨가 유려하고 고와 감탄하고 있었어요."

결의 솔직한 칭찬에 담월의 얼굴이 흩날리는 단풍만큼이나 붉어졌다. 지필묵이 든 보자기를 양손에 모아 쥔 소녀는 칭찬이 싫지만은 않은 듯 기쁨이 담긴 목소리로 답했다.

"또래에게 그런 얘기를 들어 본 건 처음이에요. 과찬이세요."

"아뇨, 당치도 않습니다. 다른 이들도 소저의 글을 보면 다들 그리 생각할걸요."

그 말에 담월은 다시 샐쭉한 표정을 지으며 정자 아래로 걸음을 옮겼다.

'이크, 내가 뭘 또 잘못 말했나?'

결은 자신이 무언가 실수를 하였나 싶어 조용히 담월의 뒤를 따랐다. 글을 배우는 여자아이라니, 궁금한 것이며 묻고 싶은 것들이 이것저것 생각났지만, 마치 화가 난 듯 말없이 앞서 걸어가는 담월을 붙잡고 물을 용기는 없었다.

그렇게 조용히 담월을 따라가기만 하던 결의 눈에 이상한 것이 보였다. 소녀의 치마였다. 소매 끝동과 고름만 검고 나머지는 화선지로 옷을 지어 입은 듯 흰 치마의 군데군데 검은 얼룩이 묻어 있었다.

"어쩌다 치마가 이리되었습니까?"

그 말에 담월은 걸음을 멈추고 돌아보았다. 샐쭉하던 표정이 이내 슬퍼졌다. 대체 어째서 이 소녀는 제 말 한마디 한마디에 이토록 표정이 시시각각 변하는 것인지…….

결은 큰 죄를 지은 사람처럼 어쩔 줄을 몰라 했다. 담월은 얼룩덜룩해진 치마를 모아 쥐어 내려다보며 말했다.

"사내아이들이 계속 시비를 걸지 않습니까. 계집이 무슨 글이냐면서요."

"분명 부족한 아이들이 시기를 한 것이겠지요."

아직 울분을 다 털어 내지 못한 물기 어린 목소리에 결은 진심을 담아 위로했다. 여인으로 태어나 본격적으로 글을 배운다는 것은 필시 쉽지 않은 일이었을 것이다. 그렇다면 그 용기와 재주를 칭찬해도 모자랄 텐데, 기회를 타고난 이들이 그녀를 욕보였다니, 결은 도무지 이해가 가지 않았다.

"제 솜씨를 욕하는 것은 괜찮아요. 늦게 시작했으니 그만큼 부족하겠죠. 하지만 네 실력이 그 정도이니 가르친 아버지와 오라버니도 별것 아닐 거라 욕보이는 아이가 있어서 그만…….”

“그만?”

“말싸움을 하다가 누가 뿌린 먹을 뒤집어썼습니다. 그 때문에 아무도 없는 정원으로 들어와 울고 있었던 거예요.”

“그런 심한 짓을…… 속상하셨겠습니다.”

결은 안타까움에 젖은 탄식을 뱉었다. 내내 그녀가 저를 대할 때 예민하게 날이 선 말투였던 것이 그제야 이해가 갔다. 사내들끼리 해도 도가 지나친 장난일 텐데 하물며 여인에게는 어떠랴.

“이젠 괜찮아요. 사실 그 애들이 틀린 것도 아니죠. 이 나라에서 계집이 글을 배워 쓸 곳이 없는 건 진짜니까요.”

고작 또래밖에 되지 않은 소녀의 얼굴에는 깊은 고민이 엿보였다. 얼굴은 이리 앳된데 말에서 묻어 나오는 한숨은 매우 성숙하여 결은 어찌 말해야 할지 고민했다. 웃으면 훨씬 고울 것 같은데, 이리 찌푸리고 있으니 안타까웠다.

“하지만 계속 쓰고 싶어요. 길쌈이며 바느질 같은 것은 지루하지만, 경서를 공부하고 시문을 짓고 있으면 정말 즐거우니까요. 여인으로 태어났지만 어떻게든 방법이 있다면 관직에도 나가보고 싶고…….”

다정한 소년의 말에 담월은 그만 평소 속에 품어만 두었던 생각을 내뱉고 말았다. 아차 했지만 이미 튀어나온 말이었다.

소년이 누군지도 잘 모르는데. 이 말이 아버지나 스승의 귀에 들어간다면 제아무리 제게 따뜻한 두 분이라 하더라도 크게 혼쭐을 낼 것이다. 하지만 담월의 걱정과 달리 소년은 그녀가 대단하다는 듯, 눈을 반짝이고 있었다.

"꿈이 있는 건 좋은 일이지요. 스승님께서 말씀하시길 세상에 쓸모가 없는 것은 없다 하셨습니다. 여인이 흔히 갖추기 어려운 재주이니 반드시 쓰일 곳이 있겠지요. 설령 지금은 그런 자리가 없다 하여도 그 솜씨라면 분명 없던 자리도 만들어질 거예요. 소저께서 그 재주를 쓰려고 원하신다면."

"……정말 그리 생각하세요?"

결은 그 얼굴을 발그레 물들이며 고개를 힘차게 끄덕였다. 진심이었다. 타고난 운명을 딛고 일어나 꿈을 쟁취해 나가는 멋진 모습을 결은 이미 본 바가 있었다. 어린 눈에 그것이 얼마나 멋있어 보였는지 모른다. 그의 눈에는 담월도 그와 같았다.

"다른 소저들과 다른 생각을 하고 있는 것만으로도 그대는 정말 특별한걸요. 하늘이 비록 그대를 여인으로 태어나게 했지만, 그건 분명 소저가 아니면 안 될 일을 맡기기 위해서일지도 몰라요."

순수한 선망과 신뢰의 시선에 담월은 배시시 웃었다. 또래는 물론이거니와 스승님이며 아버지도 이렇듯 그녀에게 단언해 준 적은 없었다. 천형의 굴레나 다름없는 이 시대 여인의 삶, 불가능한 꿈을 응원해 주는 소년이라니. 담월은 처음과 달리 이 소년이 점점 마음에 들었다.

"도련님은 이름자가 어찌 되십니까?"

"아, 저는 토꾸라고 부르시면 돼요."

"토꾸요?"

이름이라고 하기엔 기이한 말을 되새겨 보며 결을 바라보자 결이 빙긋 웃으며 설명을 덧붙였다.

"몸이 약해 어른들께서 쉬이 이름을 주지 않으셔서 아직 아명을 쓰고 있어요. 남도에서 토끼를 부르는 말이랍니다."

푸흡, 담월은 그만 웃어 버렸다. 어쩜 저렇게 저 소년에게 잘 어울리는 이름이 있을까. 진짜 이름도 이보다 어울리지는 않을 테다. 결은 눈을 동그랗게 뜨고 눈물도 가시지 않은 얼굴로 웃음을 참지 못하는 담월을 다소 못마땅하다는 듯 쳐다보았다.

"죄, 죄송합니다. 푸흡. 너무 잘 어울려서 그만……."

소녀는 한참을 웃다 눈물이 찔끔 나와 버렸는지 눈가를 훔쳤다. 그 모습에 결은 한숨을 흘리고는 어쩔 수 없다는 듯 미소 지었다.

"소저께서 제 이름으로 눈물을 잊으셨으니 봐 드리지요. 자, 어서 갈까요?"

한결 기분이 풀리자 담월은 이번에는 결과 나란히 걷기 시작했다. 담월은 저보다 손가락 한 마디쯤 작은 결을 힐끔힐끔 쳐다보았다. 대체 어떤 집안의 도령이기에 이렇게 남들과 다를까?

"그럼 토꾸도 꿈이 있나요?"

담월의 갑작스러운 물음에 결은 난감하게 웃었다. 꿈이라, 그건 어쩌면 이 세상에서 결과 가장 거리가 먼 얘기였다. 왕자로서 응당 배움에 힘써야 하지만, 여인만큼이나 관직에 뜻을 둘 수 없는 것이 왕이 되지 못하는 왕자들의 숙명.

그런 이유로 공부가 시들한 지도 꽤 됐다. 그렇다고 형을 제치고 왕이 되고 싶다는 생각도 없었다. 이런 왕자의 자리야말로 정해진 운명에 매인 것이 아닐까. 담월의 허무맹랑한 꿈에 응원을 보낸 건 이런 이유에서였다. 자신은 꿈도 꾸지 못할, 운명에 대한 도전을 하는 소녀. 제 운명만큼이나 거스를 수 없어 보였지만, 그런 생각을 할 수 있다는 것이 너무나도 부러웠다.

그런 쓸쓸한 생각을 하며 대답을 망설이던 결은 걸음을 멈췄다. 가지가 앙상하게 늘어진 큰 나무가 눈에 들어왔다. 결과 담월이 키를 합해도 오르지 못할 정도로 큰 나무였다. 소선의 정원에 있다는 가장 큰 도화나무다. 결은 기대 어린 눈으로 자신을 보는 소녀에게 그 나무를 가리켜 보였다.

"……지금이라면 역시 복숭아꽃을 찾는 게 꿈이겠지요?"

"복숭아꽃이요? 이 계절에요?"

담월은 고개를 갸웃하며 물었다. 결은 나무로 다가가 그 주변을 빙 둘러보았다. 하지만 계절을 잊은 꽃망울은 구경할 수 없었다. 당연한 것이겠지만 그 여린 얼굴에 안타까움이 서렸다.

"소선의 정원에는 온갖 진귀한 것들이 있다고 하기에…… 아픈 어머니께서 가장 좋아하시는 꽃이거든요. 보면 기운이 나실까 싶어 정원을 헤매고 있었어요."

결은 담월에게 머쓱하게 웃어 보였다. 담월의 꿈을 허무맹랑하다 생각할 처지가 아니었다. 누구에게 물어도 봄꽃일 도화를 이 가을에 찾고 있다니.

"우습죠? 동무들이 장난을 친 거라는 건 알지만, 그래도 혹시 있다면 어머니께서 웃음을 찾지 않으실까 싶어…… 누구의 비웃음을 살까 혼자 들어왔더니 길도 잃고 꽃 핀 가지는 하나도 보이질 않으니. 역시 원한다고 이루어지지는 않는 모양이에요."

결은 머쓱한 얼굴로 힐끗 그녀를 올려다보았다. 이상하게도, 그러나 다행스럽게도 담월은 어처구니없다는 얼굴은 아니었다. 아니 되레 바스스 미소 지었다.

"우습다니요. 얼마나 좋은 꿈이에요?"

"그, 그런가요?"

"제 꿈은 한낱 제 욕심 채우는 거에 불과한데, 토끄의 꿈은 남을 위하는 것 아니에요? 그런 꿈을 비웃는 사람이 이상해요."

담월은 보자기를 두 손으로 가지런히 잡고 나무 아래 선 결에게로 다가왔다.

"아까 제게는 원하면 그리 될 거라 해놓고, 왜 자기의 꿈에는 그리 자신이 없으신 겁니까? 사내가 한 입으로 두말을 하면 아니 되지요."

담월은 뾰로통한 얼굴로 결에게 가까이 다가갔다. 가을 찬바람 속에서도 가느다랗게 따뜻한 숨이 닿을 정도로 가까워, 결은 헉하고 제 숨을 삼켰다.

"아니면 토꾸가 아까 제게 아까 한 말도 거짓이었습니까?"

한 뼘이나 될까, 보다 가까운 거리에서 맞댄 시선. 빛이 아른거리는 먹색 눈은 올곧게 소년을 향해 있었다. 결은 침을 꿀꺽 삼키곤 손을 내저으며 말했다.

"아, 아닙니다. 그럴 리가요. 다만 제 소원은 너무 허황되어서……."

"그래도 원하면 이뤄질 거예요. 그렇죠?"

맑은 눈동자가 다 가려질 정도로 휘어진 웃음에 결은 저도 모르게 고개를 끄덕였다.

네, 이뤄지겠죠. 그럴 거예요. 그 말에 담월은 만족스러운 듯 미소를 짓고는 그 자리에 풀썩 앉았다. 연미색 치맛자락이 나풀거리는 것을 가지런히 하고선 담월은 보자기를 풀었다.

"토끄, 벼루에 먹을 푸는 걸 도와줄래요?"

"갑자기 웬 먹을……?"

의아해하면서도, 결은 담월에게서 먹통을 건네받아 그 안에 담긴 것을 벼루에 풀었다. 그동안 담월은 제가 가진 종이 중 가장 좋은, 명나라 선주 지방의 종이를 고르고 그 앞에 가지런히 앉아 가진 것 중 가장 두꺼운 예서용 붓을 들었다.

대체 무슨 영문인지 모르겠다는 듯, 눈을 동그랗게 뜬 결이 먹을 담은 벼루를 옆에 놓아주었다. 붓을 먹에 적시며 담월은 입가에 자신감 있는 미소를 걸고 결을 올려다보았다.

"아버지께선 도움을 받았으면 반드시 그 배로 갚으라 가르치셨어요. 도련님께서 저를 위로해 주셨으니, 저도 보답을 해 드려야지요."

그리고 소녀는 다시 종이 위로 시선을 옮겼다. 붓이 깊게 한 일자를 그렸다. 많은 글자의 기본이며 그 자체로도 뜻을 가진, 단순히 선 하나에 불과한 이 한 획에 흔들림이 없기 위해서 얼마나 많은 연습이 필요한지 결은 아주 잘 알고 있었다. 이어 초두머리의 획으로 붓이 옮겨갔고, 소년의 눈은 붓의 움직임에서 붓을 잡은 작고 흰 손, 그만큼이나 흰 소매, 흔들림이 없는 작고 동그란 얼굴, 그 흰 얼굴에 짙은 먹으로 방점을 찍은 듯 짙은 두 눈동자까지 올라가 그곳에 멈추었다.

조금 전 눈물에 젖어 반짝이는 줄 알았던 눈동자가 더욱 일렁이며 밝게 빛나는 탓이었다.

'그냥 눈빛이 아니라…… 마치 촛불 같은걸.'

어두운 밤, 암흑 속에서 일렁대는 촛불에서 시선을 뗄 수 없는 것처럼 결은 그녀의 눈동자를 바라보았다. 초승달 모양으로 빛나는 부분의 가장자리가 붉게 타들어 가듯 번져나갔다. 그리고 그녀의 시선이 따라 움직이는 대로, 결은 다시 담월이 쓰는 글씨를 지켜보았다.

다문 입으로 꽃 화(花)자를 그려내는 얼굴이 사뭇 진지하여 결은 아무 말도 하지 못하고 입술을 깨물었다. 숨소리라도 내었다간 이 짧은 시간을 망쳐 버릴 것 같았다. 순간이자 영원 같던 시간이 끝나고, 담월은 마지막 팔 획을 그은 후 붓을 내려놓았다.

"휴—."

결은 그제야 숨을 내쉬었다. 그러나 담월의 일은 끝이 난 게 아니었다. 그녀는 연적의 물을 손가락에 묻혀 종이의 윗부분에 바르고 일어나 종이를 나무에 붙였다. 가을이라 바짝 마른 나무의 겉껍질이었기에 종이는 잘 달라붙었다.

"소저, 이게 대체……?"

큰 나무에 붙은 꽃 화(花)자를 보며 결은 눈썹을 일그러트렸다. 이게 대체 뭐란 말인가. 이런다고 꽃이 피는 것도 아닌데. 이해할 수 없다는 듯 담월을 보는 결에게 그녀는 자신 있는 미소를 지었다.

“소녀에게 작은 재주가 하나 있답니다.”

하늘에 갑작스러운 먹구름이 끼기 시작했다. 한 방울 한 방울 작은 빗방울도 떨어졌다. 곧 천둥 번개라도 칠 기세였다.

“저희 가문의 사내에게 예언을 하는 능력이 있다면, 계집들에게는 소원을 이룰 수 있는 재주가 있지요.”

담월의 말이 끝나기가 무섭게 큰 번개 몇 줄기가 사정없이 도성에 내려치기 시작했다.

* * *

갑작스러운 천둥소리에 주전자에 남은 마지막 차를 비우고 있던 소선과 규언은 놀라 일어났다.

“날씨가 맑았었는데 갑자기 천둥 번개라니…… 상서롭지 못하군요.”

소선이 창을 열고 밖을 내다보았다. 난데없는 기상이변에 규언은 미간을 찌푸리며 짙은 구름이 모여 있는 곳을 보았다. 소선의 정원이었다.

“아까 담월이 정원에 있다고 하셨습니까?”

소선이 고개를 끄덕이자 규언은 서둘러 몸을 일으켰다. 담월을 찾아야겠다며 나서는 그를 소선도 허둥지둥하며 따라 나섰다. 그들이 정원으로 담월을 찾으러 오는 동안 빗방울은 점점 거세어졌다.

결은 입을 다물지 못했다. 옷이 온통 젖어가는 것도 신경 쓰이지 않았다. 눈앞에서 정말 말도 안 되는 일이 벌어지고 있었으니까!

열은 비에 몸을 적시던 마른 나무에 천천히 여린 가지가 뻗고, 짧고 통통한 꽃눈이 영글더니 세찬 빗속에서 기어이 꽃이 피어나기 시작했다. 어두운 하늘에 저 혼자만 밝은 듯 엷은 분홍의 복숭아꽃들이 수줍게 꽃망울을 맺었다.

콰르릉, 천둥소리가 지척에서 들리는 순간, 모든 가지가 동시에 흐드러지게 개화했다.

"……담월 소저…… 이건, 정말…… 대단하군요!"

소년과 소녀를 압도할 듯 당당하게 피어난 복숭아꽃 앞에, 결은 놀라움이 가득한 얼굴로 온갖 감탄사를 내뱉기에 여념이 없었다. 반면 담월은 어딘가 당황한 눈치였다.

소원부가 이뤄지면 하늘은 그에 대답하듯 비를 내렸다. 하지만 이렇게 세차게, 그것도 큰 천둥 번개와 함께 내린 적은 없었다. 험악해진 하늘과 바람에 불어 날리는 도화를 번갈아 보는 담월의 눈에 불안의 기색이 번졌다. 아니, 불꽃이 번지고 있었다. 그저 일렁이던 한 점 촛불에 그치던 것이 담월의 눈동자 속에서 번져 나갔다. 화끈한 기운이 번져 나가자 담월은 저도 모르게 손으로 눈을 꾹 눌렀다.

계속되는 비바람에 꽃잎이 흩날렸고 결은 그에게 손 뻗은 가지 중 가장 탐스러운 것을 골라 꺾었다.

"감사합니다, 소저. 덕분에 어머니께서 웃으실 수 있게 되었습니다. 대체 이 보답을 어찌해야 할지…… 정말 이뤄졌네요, 제 꿈."

결이 담월에게 감사를 전할 때였다. 한 손으로 눈을 가리고 있는 그녀가 이상해 다가가려던 찰나,

"담월아!"

등 뒤에서 들리는 노여운 소리에 결은 놀라 말을 멈추고 뒤를 돌아보았다. 같은 방향으로 시선을 돌린 담월의 얼굴이 사색이 되었다.

규언은 눈앞의 결을 미처 인식하지 못하고 담월에게로 걸어가 눈을 가린 손을 잡아뗐다. 초승달 모양으로 빛나던 빛이 하현만큼이나 크게 눈의 검은자위를 잠식해 가고 있었다.

"소원을 이루는 재주는 함부로 쓰지 말라 그리 당부하였거늘!"

"자, 잘못했습니다, 아버지. 그저 꽃을 피우는 일이라…… 큰 일이 아닐 거라 생각했습니다."

무어라 변명을 하려는 것 같았으나, 한번 잦아든 목소리는

빗소리에 쉽게 묻혀 버렸다. 먹빛 눈이 점점 새하얗게 점멸해 갔다. 그에 따라오는 시큰하고 타들어 가는 통증에 담월은 입술을 깨물며 다시 눈을 부여잡았다.

엄한 분위기에 쉽사리 끼어들지 못하고 있던 결은 순식간에 담월의 얼굴이 창백해진 것을 보고 발을 동동 굴렀다. 눈을 가린 손 틈새로는 눈물이 흐르고 있었다.

"그 재주가 목숨을 위험하게 할 수도 있다 그리 이르지 않았느냐. 나이는 어리나 생각이 깊다고 여겼건만……."

규언은 깊게 한숨을 쉬며 여린 얼굴에 흐른 눈물을 닦아 주었다. 인간의 몸으로 하늘의 재주를 부리는 데엔 그만한 대가가 따르는 법. 자칫 더 큰 재주를 부렸다간 눈을 잃을 수도 있었다. 그래도 아직 동공의 절반만 빛에 잠식되었을 뿐이었다. 몇 날 며칠을 앓겠지만, 눈이나 목숨을 잃을 정도는 아니었다.

"일단 어서 집으로 가야겠다. 업혀라."

담월을 업으려 몸을 돌린 규언은 그제야 딸아이와 같이 있던 결의 존재를 눈치챘다. 이제야 규언을 따라잡은 소선이 결을 보고 허둥지둥 인사를 드렸다.

"대군마마, 담월과 함께 계셨습니까?"

당장 담월의 일이 급해 소년에 대해서는 완전히 잊어버리고 있었던 규언은 그제야 소년의 얼굴이 눈에 들어왔다. 꽃가지를 들고 어안이 벙벙해져 서 있는 그가 경원대군 이결임을 깨닫자 규언은 머리를 숙였다.

"송구합니다, 마마. 여식의 일이 급하여 미처 예를 드리지 못했나이다."

아비가 고개를 숙이며 극진히 예를 올리는 모습에 눈앞이 아득해 가는 와중에도 담월은 힘겹게 눈을 뜨고 결을 보았다.

자신을 토꾸라는 우습고도 귀여운 아명으로 소개한 소년. 허무맹랑한 꿈을 좇는 담월을 응원하고 이 계절에 핀 도화를 찾는다던 순진무구한 얼굴의 그가 왕자였다니. 이 나라의 둘밖에 없는 지극히 귀한 존재라니!

담월은 결과 처음 만났을 때 쏘아붙이듯 말을 받아쳤던 것이 생각났다. 무례를 저지른 것에 대해 용서를 빌어야 할 텐데, 눈의 열이 머리까지 옮겨 붙은 듯, 더 이상 생각을 이어 나가는 것이 어려웠다.

아비의 소매를 붙잡고 겨우겨우 버티고 선 창백한 얼굴의 담월을 본 결이 입술을 꾹 깨물더니, 큰 결심을 한 듯 입을 열었다.

"나는 괜찮습니다. 분명 예문관의 사관이셨지요?"

결은 아버지인 임금의 경연이 있을 때면 그 옆에서 사초를 기록하던 규언의 얼굴을 기억하고 있었다. 지금 보니 고집 있어 보이는 입매와 가지런한 미간이 담월과 꼭 닮았다. 결이 쥔 꽃가지가 바들바들 떨렸다.

"부디 따님을 나무라지 마십시오, 도 봉교. 내가 계절을 거스른 꽃을 원했기에 소저가 그 소원을 들어준 것입니다. 어마마마께 드리고 싶었던 것이라……."

평소 심성이 부드럽다 못해 너무 여린 것이 아니냐는 뒷말이 도는 왕자였다. 비록 떨기는 하였지만 규언을 바로 보며 제 할 말을 하는 것에 소선은 놀라지 않을 수 없었다.

"아무리 대군마마의 부탁일지라도 이것은 집안의 일인지라."

"너무 그러진 마시지요. 중전마마께서 기뻐하시어 몸을 회복하신다면 좋은 일이 아니겠습니까."

"하지만 아직 어린아이라 목숨이 위험할 수도 있습니다."

"모르고 한 일이 아닙니까. 다음에는 조심을 하겠지요."

시무룩해하던 소년의 얼굴이 소선의 도움으로 다시 살아났다. 소선까지 이토록 거들자 규언은 뭐라 말하기가 어려워졌다. 게다가 자신의 소매를 잡고 있는 딸아이의 손에 점점 힘이 빠져 가는 것을 느끼자, 그는 일단 담월을 집으로 데려가는 것이 더욱 급선무라고 생각했다.

"알겠사옵니다. 대신 마마, 부디 제 여식의 재주에 대해서는 함구하여 주시기 바랍니다. 조정에서도 아는 이가 몇 되지 않습니다."

"알겠습니다. 내 도 봉교에게 약조하겠습니다. 나쁜 뜻이 있는 이가 알면 큰일이 날 테지요. 어서 돌아가 담월을 쉬게 해 주세요."

"감사합니다, 마마. 이만 물러나겠습니다."

규언은 고개를 꾸벅 숙이곤 담월을 부축해 걸음을 옮겼다. 그렇게 담월이 멀어져 가는 모습을 보며 결은 꽃가지를 꽈악 쥐었다.

제대로 감사도 표하지 못했는데 이대로 보내야 하다니…… 무척 아쉬웠지만 아픈 사람에게 사례를 하겠다며 붙잡아 둘 수도 없는 노릇이었다. 하지만 앞으로 만날 수 없을지도 몰랐다. 아무리 스승의 집이라지만 왕자가 대궐을 빠져나오기는 쉽지 않은 일. 더군다나 상대는 반가의 여식이다. 이렇게 헤어지면 다시 만나기 요원해질 터였다. 조급한 마음에 결은 입을 열고 크게 외쳤다.

"저……! 소저는 반드시 소저가 원하는 것을 이루게 될 겁니다! 난 그렇게 믿어요!"

열에 들뜬 담월이 그 소리를 들었는지 결은 확신할 수 없었다. 얼굴이 발갛게 상기된 소년과 멀어져 가는 흰옷의 소녀를 보던 소선은 흐뭇하게 웃었다.

"이만 마마도 돌아가실 시간입니다. 이 이상 비를 맞으셨다간 심하게 고뿔이 드시고 말 겝니다."

소선을 따라 걸음을 옮기던 결은 잠시 멈춰 섰다. 뭔가 잊은 것이 있나 하였더니, 결은 화사하게 꽃이 핀 나무로 다시 걸어가 그에 붙은 소원부를 떼어 냈다. 비가 꽤나 왔는데도 신기하게 글씨가 번지지 않았다. 바닥에 아직 그대로 놓인 지필묵은 어쩌나 고민하고 있자, 소선이 알았다는 듯 고개를 끄덕였다.

"제가 갈무리해 담월이 오면 돌려주도록 하지요. 이만 서두르셔야 합니다. 도 소저가 피워 준 꽃을 중전마마께 갖다 드려야지요."

한 손에는 화사한 꽃가지를, 한 손에는 잘 말은 소원부를 쥐고, 곁은 담월이 사라진 자리를 바라보았다. 소원의 재주를 눈감아 주기로 하였으니 꽃에 대한 상을 내리는 것도 요원한 일.

'그래도 언제 다시 한 번 볼 수 있으면 좋겠는데.'

언제고 다시 만났을 때, 큰 보답을 하리라 마음을 먹으며 소년은 스승을 따라 걸음을 옮겼다.

도성에 내리기 시작한 가을의 찬비는 피었던 도화가 모두 질 때까지 삼 일을 연거푸 내렸다. 어린 아들이 어디서 구해 왔는지 모를 복숭아 꽃 가지를 내밀자 왕비는 흰 얼굴에 화색을 띠었고, 차츰 쾌차하여 잠시 궐 안의 분위기도 좋아지던 참이었다. 비록 정적이긴 하나 형제간의 우애가 좋았던 탓에 탄헌군도 중궁전에 들러 인사를 드렸다.

이 궐내에서 얼굴빛이 어두운 자는 오로지 사인왕 이형원뿐이었다. 그는 다른 사람들을 전부 물리고 좌의정 권율덕과 단

둘이 얘기를 나누고 있었다. 왕비의 오라비이자 경원대군의 백부(伯父)인 그는 경원대군을 세자로 삼고 싶어 하는 형원의 좋은 지지자였다.

"예언이 내린 지 오늘로 사흘이 되었는데, 오늘도 규언은 입궐을 하지 않았다지?"

"그날 큰비가 내린 것을 맞아 그 여식이 사경을 헤매고 있다고 하더군요."

"그렇다면 어쩔 수 없지. 도가의 여식이라면 그 또한 뛰어난 재주를 가지고 있지 않나."

그럼에도 형원의 표정은 썩 개운치가 못했다. 제 자식들의 일로도 마음이 충분히 급했다. 예언이 두 아들 중 누구를 가리키느냐에 며칠간 촉각이 곤두선 상황이었으니까. 조급해하는 왕을 보며 율덕이 조심스레 덧붙였다.

"물론 그가 입궐을 하지 않는 것이 딸아이 때문이 아니라는 소문도 있습니다만……."

"뭔가 알고 있다면 바로 이르라, 좌의정."

필시 마음은 초조할 텐데 곧바로 명령하는 목소리는 위엄과 여유가 느껴졌다. 과연 15년간 이 나라를 절대적인 권력으로 통치해 온 사내다웠다. 율덕은 그 앞으로 조심스럽게 다가가 작게 목소리를 내었다.

"듣기로는 규언이 예언을 알리는 것을 꺼려하고 있다고 합니다. 그는 예부터 탄헌군 마마를 지지하고 있었지요. 예언이 제 뜻과 다르게 나와 주저하는 것이 아니겠습니까?"

"내게 예언을 숨긴다 한들 예언이 이루어지지 않는 것도 아닐진대, 그가 무엇하러 그런 수고를 하겠는가. 더군다나 봉교 도규언은 역대 도가의 사관들 중 가장 공명정대하다는 소리를 듣는 이. 저와 뜻이 다른 예언이 나왔다고 해서 알리지 않을 인사가 아닐세."

패도를 추구하는 왕으로서 그 강직함이 거슬리지 않는다 말하긴 어려웠지만, 규언은 분명 좋은 신하였다. 그동안 자신이 이룩한 업적들이 규언의 손에서 어떻게 평가될지 신경 쓰이지 않았다면 거짓일 것이다. 그는 입 안의 혀 같은 신하는 아니었지만, 자신이 틀린 길을 갈 때 목숨을 걸고 막아설 이였다. 반대로 말하자면, 사사로이 개인이 추구하는 바를 위해 대의를 감출 이도 아니라는 뜻이었다.

"예언이 바뀔 수 있다면 어떻습니까, 전하."

율덕의 말에 왕의 얼굴이 딱딱하게 굳어졌다. 상상하지도 않은 일이었다. 도가의 예언은 절대적이었고, 특히 이것은 왕의 예언이었다. 하늘이 내린 예언을 그 무엇으로 바꿀 수 있단 말인가. 그는 이내 고개를 저었다.

"말도 안 되는 소리. 도가 직계의 예언이 얼마나 정확한지는 자네도 잘 알고 있지 않은가. 더군다나 왕의 예언일세."

"하지만 그 집안의 여인들은 소원을 이루어 줄 수 있습니다. 그렇다면 왕의 예언을 바꾸는 것도 가능하지 않겠습니까?"

율덕의 말은 설득력이 있었다. 한 번도 생각해 본 적 없는, 헛소리라고 치부하고 넘길 수 있었던 얘기가 그 말에 근거를 얻었다.

형원이 제게 귀 기울이기 시작하자, 율덕은 입가에 미소를 걸고 계속 말을 이어나갔다.

"그날 처음 번개가 치고, 그날 오후 갑작스러운 비와 함께 다시 서낭당에 번개가 내리치지 않았습니까. 그리고 규언의 여식이 그날부터 앓아누웠지요. 제 조모가 도가의 여인이었기에 잘 알고 있습니다. 소원을 빈 대가로 몸을 희생하는 것입니다. 만약 그 계집이 몸져누운 것이 왕의 예언을 바꾸었기 때문이라면……."

평소라면 율덕의 그런 말을 귀 기울여 듣지 않았을 것이다. 하지만 제 적자인 경원대군이 태어나고 나서부터, 손위인 탄헌군이 재능과 야망을 드러내면서부터 형원은 부쩍 조급함을 느꼈다.

이제 함부로 처리하지 못할 왕세자와 제힘으로는 아직 아무것도 하지 못하는 막내아들의 일은 지엄한 왕도 한낱 아비로 만들 뿐이었다.

"도규언이 예언을 밝히지 않는다 하면 주상께서 보시면 되는 일이 아닙니까. 혹 그가 다른 수를 쓰기 전에 어서 예언을 확인하심이 옳으리라 사료되옵니다. 다만 드러내 놓고 하는 것은 여타 신료들의 성원을 살 수 있으니 조심스럽게 살피는 것이 어떠신지요."

왕으로서 이형원은 오랑캐에게는 잔인하였으나 제 백성에게만은 좋은 왕이라 할 수 있겠다. 그러나 아버지로서의 그는 아픈 손가락에 눈이 멀었을 뿐이다. 가진 것 모두 탄헌에게 미치지 못하는 어린 왕자. 권율덕이라는 강력한 외척의 발호를 꺼려하는 이들이 전부 탄헌군을 지지하고 있었다. 이러다가 형원이 급사하기라도 하면 경원대군의 미래는 불 보듯 뻔했다.

"밖에 겸사복장 있는가."

늘 임금의 곁에서 왕을 지키는 친위대인 겸사복의 수장이 문을 열고 들어와 형원의 앞에 무릎 꿇었다.

"그대는 지금 당장 봉교 도규언의 집으로 가, 그가 갖고 있는 예언부를 가져오라. 단, 이 일은 다른 이들이 눈치채지 못하게 조용히 해야 할 것이다."

"알겠사옵니다, 전하. 빠르게 대령하겠나이다."

율덕은 명령을 받들고 일어나는 겸사복장과 함께 문을 나섰다. 희정당을 나와 율덕에게 인사를 하고 몸을 돌리려는 그를 율덕이 붙잡았다.

"도규언의 방에는 예언부를 보관하는 함이 하나 있다네. 화려하여 눈에 띌 테니 소란 일으킬 것 없이 그것만 찾아보면 될 것이네."

"그렇군요. 알겠습니다."

겸사복장은 서둘러 주변의 겸사복 몇 명을 소집해 궁궐 밖으로 향했다. 그 모습에 율덕은 미소를 지으며 반대 방향으로 사라졌다.

* * *

'소저는 반드시 소저가 원하는 것을 이루게 될 겁니다! 난 그렇게 믿어요!'

또다. 또다시 먹먹하고 앳된 목소리가 담월의 머릿속에 울렸다. 허공에 멈춘 붓끝에서 미처 털어 내지 못한 먹이 뚝, 마루 위로 떨어졌다.

"아씨! 또 먹을 떨어트리셨잖습니까. 더 쉬셔야 한다니까요."

개똥이는 서둘러 먹이 떨어진 자리를 훔치며 담월을 나무랐다. 열은 내렸지만 아직 척 봐도 수척한데, 삼 일을 앓아눕고 난 후 정신을 차리자마자 한다는 말이 지필묵을 갖다 달라는 것이었다.

"이러시다 또 열이 나 쓰러지시면 제가 주인어른께 치도곤을 당해요. 어서 들어가셔요."

그러나 얼굴을 보아하니 들을 것 같지도 않았다. 계집이 글이래 봤자 훗날 시집가서 곳간 정리하는 숫자 셈이나 배우면 될 텐데. 부유하지는 않아도 명망 있는 가문이라 시집도 좋은 데로 갈 것 같건만, 온통 생각이 딴 데 팔려 있는 아가씨를 개똥이는 이해할 수 없었다.

"몸은 괜찮아요. 그러니 걱정 말아요."

담월은 다시 고개를 세차게 젓고는 정신을 가다듬으려 했지만, 길을 잃고 토끼처럼 동그란 눈으로 저를 보던, 진심을 담아 글씨를 칭찬하던, 용기 내 격려하던 목소리의 소년이 계속 머리에 맴돌았다.

"다시 보진 못하겠지……."

담월은 얕게 한숨을 쉬었다. 대군마마라 하였다. 담월이 비록 반가의 여식이라고는 하나, 왕실과 인연이 있을 정도의 집안은 아니었으니 결과 다시 볼 일은 없으리라.

그래도 한 번만 더 보고 싶었다. 꽃가지를 받은 그의 어머니, 중전마마께서 꽃을 보고 웃었는지, 조금이나마 몸은 괜찮아지셨는지. 그 때문에 소년도 웃었는지……, 그런 것들을 물어보고 싶었다.

감사를 받고 싶어 그런 건 아니었다. 그저 다시 한 번 만나고 싶을 뿐이었다. 그리고 가능하다면 그 꿈이 이뤄지길 바란다던, 아니 이뤄질 거라던 그 말을 다시 한 번 듣고 싶었다.

하지만 이 모든 생각이 부질없을 정도로 요원한 일. 그녀는 재차 한숨을 쉬다가 결국 붓을 벼루에 내려놓았다.

"잘 생각하셨어요, 아씨. 그만 들어가셔야…… 아이코, 주인마님 오셨어요."

자박자박하는 걸음 소리에 담월이 고개를 들었다. 규언이 인자한 얼굴로 담월의 별당에 들어오고 있었다. 소녀는 흰 치맛자락을 걷어쥐고 마루에서 내려와 인사를 올렸다.

"오셨어요, 아버지."

한참을 말없이 먹을 갈고 있었던 탓인지, 앳된 목소리가 먹먹했다. 탁한 소리가 부끄러웠는지 소녀는 작게 기침을 했다. 그 모습에 규언은 걱정스러운 표정을 지었다.

"열이 내린 지 얼마나 되었다고 벌써부터 나와 있는 것이더냐. 네가 그러할까 봐 건이에게 너를 감시하라 일렀거늘, 이 녀석은 어딜 갔는지."

규언은 흔적도 없이 사라진 아들에 혀를 끌끌 찼다. 세간에서는 말이 좋아 호남이니 쾌남이니 하는 평을 받는 담건이었지만, 나이가 스물이 되었는데도 아직 바깥놀음에 관심이 많은 것이 규언은 걱정이었다. 공부에 소홀한 것은 아니었기에 그냥 두었지만, 며칠을 앓아누웠던 여동생을 두고 나간 것이 규언은 영 못마땅했다.

"장에 사당패가 왔다는 소리에 소녀가 다녀오라 했어요. 몸도 괜찮아졌고, 남도에서 올라온 패거리라는 말에 어찌나 눈을 빛내던지."

"녀석, 곧 과거 시험을 봐야 할 나이인데 아직도 노는 데만 관심이 많으니."

"세상을 알아야 사관으로서 직필의 소임도 다할 수 있지 않겠어요. 왕실의 일만 알아서는 되는 일이 아니지요."

이제 나이 열둘을 먹은 계집의 말이라고 하기엔 맹랑했다. 규언은 대청에 올라앉아 담월에게도 자리를 권하며 웃었다. 저 말을 저 아이에게 외게 시킨 것이 누구인지는 물어볼 필요도 없었다.

"네 오라비의 말을 그대로 옮기는구나."

"오라버니의 지론이 아닙니까."

담월은 보드랍게 웃었다. 오누이 간에 사이가 좋은 것은 흠을 잡을 일이 아니었다. 탄헌군과 경원대군을 둘러싼 정국이 어수선하여도, 두 형제간의 우애만큼은 모든 신하들이 입을 모아 극찬하지 않던가. 불경한 말이나 제 자식들에게는 그런 일로 우애가 상할 일이 없다는 것을 규언은 다행이라 생각했다.

"그토록 고생을 하고도 일어나 바로 붓을 잡다니. 아직 공부에 흥이 가시진 않은 모양이구나. 한동안 걱정하였거늘."

"며칠을 쉬었더니 붓을 잡는 손이 굳어 걱정이에요. 어서 소선당에 나가고 싶은데…….”

열이 올라 쓰러져 있던 사이, 그녀를 괴롭히던 학우들은 얼마만큼 공부를 쌓았을까. 자신이 얼마나 뒤처졌을지를 생각하니 담월은 마음이 급했다. 비록 이뤄질 수 없는 꿈이라도 다시는 노력을 게을리 하지 않으리라 마음먹지 않았던가.

이제는 제 꿈을 믿어주는 사람이 있으니까. 다시 만나지 못할지라도, 어쩌면 소선을 통해 편지는 전할 수 있을지도 몰랐다. 솜씨를 더 갈고닦아 결에게 더 나은 모습을 보여줄 수 있을지도 모른다는 생각에 담월은 가슴이 두근거렸다.

규언은 마루에 늘어져 있는 글씨들에 손을 뻗어 한 장 한 장 주워들었다. 또래 남아들에 비해서는 늦은 글씨였으나, 아비와 오라비의 것을 보고 자란 덕인지 필체가 유려한 것이 제법 마음에 찼다. 새로 먹을 갈아야 할 정도로 글씨를 쓰고도 흰옷에 먹 한 방울 튀지 않은 것 또한 흡족했다.

규언에게 담월은 눈에 넣어도 안 아플 만큼 어여쁜 아이일 뿐 아니라, 도가(道家)의 이름을 걸고 세상에 내어 놓아도 부끄러움이 없는 자식이었다. 그는 만족과 확신에 차 입을 열었다.

“네가 그대로 붓을 놓는다면 이 말을 꺼내지 않으려 했으나, 여전히 네게 열의가 있으니 한시름 덜었다.”

“무슨 말씀을 하시려구요?”

괜히 혼이라도 날까 움츠렸지만 아비의 입에서 나온 말은 전혀 다른 것이었다.

"지난번 전하께 내실과 침전의 일을 기록하는 여사관을 임명하시라 간언드렸다. 주상께서는 탐탁지 않아 하시지만, 나는 반드시 해야만 하는 일이라고 생각한단다."

"여사관이라니, 여인의 몸으로서 궁중의 일을 기록한다는 말입니까?"

"그래. 우리 사내들이 기록하지 못하는 중궁전과 내명부의 일을 적게 될 것이다. 내명부는 궁궐의 안살림을 도맡음과 동시에, 정치와 떼려야 뗄 수 없는 곳. 그런 곳의 역사를 기록하지 않아서야 사관의 체면이 서지 않을 것이다. 그리고, 대대로 사관의 명맥을 이어 온 우리 집안의 여인이야말로 첫 여사관이 될 자격이 있다고 생각한단다. 그리고 그것은 네 소명이 될 것이야."

담월이 태어날 때 받은 예언에 대한 규언의 답은 이것이었다. 여자 사관으로 궁에 들어가는 것. 왕의 비빈이나 일반 궁녀들과는 다르지만, 이 또한 엄연히 왕의 여인이 되는 것이다.

아비 된 입장으로는 어여쁜 딸이 좋은 집안에 시집가 며느리로서 어여쁨을 받으며 어엿한 한 집안의 여주인이 되는 것을 바라지 않는다고는 할 수 없었다. 딸아이를 닮은 외손자를 보고 싶은 마음도 있었다.

그러나 딸아이의 글에 대한 욕심과 재주, 그 간담. 그리고 하늘이 그녀에게 내려준 운명까지 고려했을 때, 그는 이것이 그가 담월을 위해 준비해 줄 수 있는 최상의 것이라 믿었다. 그 때문에 어린 딸을 왕자의 교육을 맡는 소선에게 부탁해 교육을 시켜온 것이었다.

"여사관은 내명부 정6품인 사기(司記)로 임명되어 궁인이 되는 것이니, 그때부터 네 목숨은 주상전하의 것이 되느니라."

열네 살, 평범하게 수를 놓으며 자란 집안의 여아라면 감히 감당할 수 없는 말이었다. 그러나 먹 냄새를 맡으며 왕실의 역사를 자장가 대신 듣고 자란 담월이었다. 여자인 제게도 그런 큰일을 할 수 있는 기회가 주어진다는 생각에 담월은 어린 얼굴에 기쁨을 감추지 못했다.

그러나 이내 자애로운 아비의 눈과 마주치자 차분하지 못한 마음을 들킨 것이 부끄러워 표정을 가다듬었다. 한일자(一)를 써 내린 것처럼 눈썹이며 입매며 다시 흔들림 없이 정갈해졌다. 또래 같은 소녀다움은 부족할지언정 평생을 선비로 살아온 규언에게는 귀애하지 않을 수 없는 딸이었다.

"평범한 여인의 삶이 되지는 않을 게야. 감히 혼인을 꿈꿀 수도 없을 것이고, 보고 들은 것을 글로 남길 뿐 타인에게 전해서도 안 될 것이야. 그러한 길을 감히 걸을 자신이 있느냐."

들뜬 감정도 잠시였다. 여인으로서 사내와 다를 바 없이 가문의 이름값을 짊어지게 된다는 생각에 소녀의 어깨가 무거워졌다.

그때 생각난 것은 결의 말이었다. '원하면 이루어질 것입니다.' 이런 일이 있을 것이라는 걸 알고 말을 했던 것일까. 확신과 기대에 찬 목소리, 부드럽고 다정한 미소가 자연스레 떠올랐다. 지금 옆에 있었다면 자기 일처럼 즐거워했을 소년을 떠올리자, 거짓말처럼 부담이 사라졌다.

그래, 원했던 일이잖아. 기쁘게 받아들이자!

"감사합니다, 아버지! 소녀, 평생의 소원이었어요."

그녀의 목소리는 결국 그 어린 희열을 감추지 못했다. 규언이 이를 왕에게 허락받기 위해 각고의 노력을 기울였음은 말하지 않아도 알았다. 여인이 글을 배우는 것조차 쉽지 않은 때에 사내와 같은 일을 하는 관직이라니. 쉽지 않은 일이었을 것이다.

"네 나이가 열여섯이 되면 내 주상께 너를 천거할 것이다. 이 아비는 담월이 네가 그때까지 그럴 그릇이 되지 못하리라 생각지 않는단다."

아비의 확신 가득한 다정한 말에 소녀의 얼굴은 그 또래의 얼굴처럼 해사하게 풀어졌다. 때 아닌 철에 복사꽃 피듯 밝아진 얼굴에 규언도 미소를 지었다.

"그러나 네가 궁궐에 들어가기 전에 내게 약조해야 할 것이 있다."

규언은 손짓으로 하녀를 물렸다. 담월은 자세를 바로 하고 아비의 말을 들을 준비를 했다. 듣는 이를 물러나게 한 것으로 보아 그녀의 재주에 대한 이야기임이 틀림없었다.

"첫째로, 소원을 이루어주는 재주를 사사로운 데 쓰지 말지어다. 군자의 도리에 따라 사적인 이득을 꾀하지 말고 하늘의 뜻을 지키는 데 쓰여야 한다."

"그거야 늘 하시는 말씀이 아닙니까."

별 특별한 것이라고, 담월은 입을 뾰로통하게 내밀어 보았지만 규언은 단호했다.

"비록 이번에는 네가 피워 낸 꽃으로 중전마마께서 쾌차하셨다지만, 대군마마임을 모르고 드린 것이 아니더냐. 그리고 설령 마마의 부탁이었을지라도 아니 되는 것이야."

"알았사옵니다."

딱히 내켜하는 표정은 아니었지만 담월은 고개를 끄덕였다.

"그간 소원부가 이루어져도 크게 앓는 일이 없었던 건, 그 소원이 작고 사소했기 때문이다. 계절과 순리를 거스르는 건 그만한 대가가 따르지. 더군다나 담월이 네가 아직 어렸기에 꽃을 피우는 것만으로도 크게 앓은 것이다."

"그러면 소녀가 성년이 되면 더 큰 소원을 이룰 수 있다는 것이겠지요?"

맹랑한 말에 규언은 헛웃음을 지었다.

"그렇지만 그만큼 네가 감당해야 하는 대가도 커지는 것이다. 혹여 운명을 거스르거나 이미 정해진 바를 바꾸려 들었다간 큰일이 날 게다. 네가 만약 세 신물을 갖춘다면 모르겠지만…… 하여튼 네 재주는 양날의 검이다. 궁중에는 그를 이용하려 드는 이들이 있을지도 모르니, 항시 마음속에 다짐을 새겨 두어라."

"네. 언제나 마음속에 새겨 두고 되새길게요!"

저리도 좋을까, 좀 전까지만 해도 병색이 완연히 가시지 않았던 얼굴이 내려 쬐는 햇볕만큼이나 밝았다.

"눈은 이제 어떻더냐?"

규언은 담월에게 더 가까이 가 앉았다. 눈동자의 반이 하얗게 셌던 것이, 다시 티끌만 하게 줄어 있었다. 이제 처음의 초승달 모양으로 거의 돌아간 눈빛을 확인한 규언은 안심했다는 듯 뒤로 물러났다.

"이제 몸은 많이 회복되었구나. 그 눈 속의 빛은 네 몸이 받아들일 수 있는 소원의 한계이니, 소원부를 쓸 때는 늘 유념하거라. 만약 과한 욕심을 부린다면 그 빛이 눈동자를 죄 덮어버려 눈을 잃거나 목숨이 위험할 수도 있단다."

"명심하겠습니다."

"평소에 몸이 좋지 않아도 그 빛이 번져 나가니, 늘 네 상태를 인지하고 있어야겠지. 안 그래도 이게 필요할 것 같아 사 오는 길이었다.”

규언은 품에서 작은 옥갑을 하나 꺼내 건넸다. 경대를 들고 다니기 편하게 작게 만든 그것은 겉은 옻칠을 한 오동나무요, 속은 얼굴을 비추는 거울이 들어 있었다. 담월은 그것을 받아 거울로 제 눈을 요리조리 살폈다.

“거울로 눈을 보니 오늘은 소선당에 나가도 좋을 것 같은데, 어찌 생각하시는지요?”

살포시 눈웃음을 지으며 허락을 구하는 담월에게 규언은 크게 웃으며 고개를 끄덕였다.

“그래. 어서 가서 소선께도 여자 사관을 준비하게 되었다는 소식을 전해야지. 아마 전보다 더욱 엄하게 가르치실 게다, 껄껄.”

“감히 원하는 바이옵니다. 개똥아! 옷 갈아입는 것 좀 도와다오!”

담월은 옥갑을 챙기고는 서둘러 인사를 올리고 방으로 쪼르르 들어갔다. 그 모습을 흐뭇하게 지켜보던 규언은 오늘이야말로 입궁하여 밀린 일을 처리해야겠다는 생각에 몸을 일으켰다.

담월이 준비를 마치고 나왔을 때, 규언은 이미 담월의 별채를 떠난 지 오래였다. 그리고 그것이 담월이 규언과 함께 대화를 나눈 마지막이었다.

*　　*　　*

지난날 포로를 심문하던 의금부의 국문장에는 다시 삼엄한 분위기가 흘렀다. 형원은 다시금 믿기지 않는다는 표정으로 두 장의 예언부를 꺼내 들었다. 하지만 몇 번을 다시 봐도 달라지는 건 없었다. 겸사복장이 가져온 예언부는 두 장이었다.

"규언, 다시 묻겠네. 후대 임금에 대한 예언을 고친 것이 정녕 사실인가?"

왕은 분노를 눌러 참으며 말했다. 낮부터 시작된 국문은 밤늦도록 이어지고 있었다. 고문으로 인해 녹초가 되었음에도 도규언의 눈빛은 쉬이 사그라지지 않았다. 그는 다시 한 번 있는 힘을 다해 목소리를 냈다.

"전하, 소신 단 한 번도 소신의 예언을 고쳐 본 적이 없나이다."

규언은 억울했다. 예언을 고치는 것은 상상도 해 본 적 없었다. 그건 도씨 가문이 세워질 때부터 엄격히 금지되어 왔던 일이었다.

"그렇다면 어찌 왕을 예언하는 예언부가 두 장이 있는 것이냐. 경원대군이 왕이 될 것이라는 예언부를 쓰고, 어째서 탄헌군이 왕이 된다고 새로 쓴 것이지? 그대가 탄헌군을 지지하였기 때문에 예언을 새로 쓴 것이 아니더냐!"

"소신, 적장자가 왕위에 올라야 한다 생각하여 탄헌군 마마를 지지하였으나, 예언은 그렇게 바뀌지 않사옵니다. 더군다나 그것은 제가 쓴 것이 아니옵니다!"

"어허, 그래도 사실을 고하지 않을 것이야! 여봐라!"

임금의 말에 규언의 옆에서 대기하고 있던 이들이 다시 막대를 들고 그의 주리를 틀기 시작했다. 고통스러운 비명이 한참 내질러지다가 이내 끊어졌다. 고문관들이 살피곤 숨이 끊어지진 않았다 일렀다.

"전하, 도규언의 말이 맞사옵니다. 그들의 예언은 신이 내린 듯 써 내려가는 것. 사람의 의지로 쓴다 한들 효력이 없음을 잘 아시지 않습니까."

왕이 한껏 불편한 심기를 드러내었지만, 우의정은 용기를 내어 간언하였다.

"하지만 도씨 집안의 재주는 예언을 하는 것뿐이 아니지 않소. 소원을 들어주는 재주 또한 있는 것을 익히 알고 있소."

"소원을 이루는 것은 도가(道家) 여식들의 재주이옵니다. 그것도 나이 스물이나 되어야 그 재주를 제대로 부릴 수 있다 들었사옵니다. 도 봉교의 여식은 이제 겨우 열세 살이옵니다."

"그렇다 한들 그들의 재주는 감히 얕볼 수 있는 것이 아니오. 감히 후계에 대한 예언을 멋대로 고쳐 고하려 하였으니 그 죄는 역모와 다를 바 없소."

역모라는 말에 좌우에 시립한 정승들의 몸이 떨렸다. 도규언은 운이 없었다. 다른 일도 아니고 형원이 가장 신경 쓰고 있는 두 왕자의 일 사이에 끼어들어 버린 것이 죄라면 죄였다.

그러나 이는 분명 소중한 재주다. 영의정과 우의정이 눈빛을 교환하더니 서로 도규언의 그동안의 공헌과 도가(道家)의 예언 능력이 귀함을 들어 형원의 결정을 만류했다.

"좋소. 삼족을 멸하는 대신 도규언과 그 일가만을 벌하겠소. 감히 종묘사직을 업신여기고 욕보였으니, 그 죄는 목숨으로 대신하여야 할 것이오."

왕의 말을 받아 적는 예문관의 이 인자, 봉교 이문직의 손이 떨렸다. 이 일로 예문관의 위세는 땅에 떨어질 터였다. 왕이 국법을 어기고 사관의 집에서 사초와 예언을 몰래 빼내어 열람하였으니, 그 누가 정직하게 역사를 기록할 수 있을까. 문직은 앞으로 역사를 기록하는 일이 쉽지 않아짐을 예감했다.

"도규언의 식솔들을 잡아 하옥하라!"

의금부의 포졸들이 달려가는 소리에 규언은 잃었던 정신을 잠시 되찾았다. 이렇게 몇 대에 걸쳐온 가문의 명맥이 다하는가, 규언은 참담했다. 없는 죄를 인정하였더라면 명예롭지 못하게 죽었을지언정 가족들은 살릴 수 있었을지도 모르는데…… 하지만 이미 늦은 후회다. 모진 고초를 당할 어머니와 아내, 자신을 따라 목숨을 잃을 아들 담건의 생각에 목이 메다가, 아직 꽃도 피지 못한 어린 딸 담월에 생각이 미치자 그는 참았던 눈물을 흘리고 말았다.

* * *

의금부에서 군사들이 열을 지어 빠져나와 대로로 사라졌다. 늦은 밤이었지만 의금부 내의 소란을 궁금해하던 이들 몇몇이 금군의 행방을 놓고 도씨 가문이 어떻게 될 것인지에 대해 갑론을박을 벌였다.

그중 논의에 끼지 않은 자 하나가 슬그머니 무리를 빠져나왔다. 그는 사람들이 보이지 않자 서둘러 소선당으로 달음질쳤다. 원체 덩치가 있어서인지 소선당까지는 오래 걸리지 않았다. 그는 굳게 닫혀 있는 문을 슬그머니 열고 조심스레 들어갔다. 언제나 밝게 등을 켜고 손님을 맞이하던 소선당은 어둠과 적막에 싸여 있었다.

"한섬이 왔구나. 어찌 되었느냐."

"금군이 도 어르신의 집으로 향하는 것까지 보고 왔습니다요. 일가를 다 잡아들이려는 모양입니다."

그 말에 착잡한 표정을 짓던 소선은 뒤에서 옷자락을 잡아당기는 움직임에 뒤를 돌아보았다. 부은 눈에 다시 눈물이 고인 담월이 그에게 꼭 붙어 있었다. 소선은 손을 뻗어 소녀의 머리를 쓰다듬으며 한섬에게 말했다.

"네가 이 아이를 잠시 데리고 떠나 있는 것이 좋겠다. 전하의 오해는 곧 풀리겠지만, 그동안 이 어린아이가 옥살이를 하는 것은 고달플 것이야."

"싫습니다! 부모와 형제를 버리고 저 혼자 어딜 가라 하십니까!"

"담월아…… 이 스승의 말을 듣거라. 잠시만 안전한 곳에 피해 있으면 될 것이야. 규언이 어린 네가 끌려가 고초를 겪는 것을 보면 더욱 힘이 들게다."

"맞습니다, 담월 아씨. 그리고 속히 도성을 빠져나가지 않으면 곧 금군들이 소선당까지 몰려올 것입니다요."

한섬은 서둘러 짐을 챙겨 갖고 나와 어쩔 줄 모르고 발만 동동 구르고 있는 담월을 끌고 소선당을 나섰다. 야음을 틈타 동문을 빠져나가고 한참을 걸어 도착한 곳은 산속의 작은 암자였다.

"비나이다, 비나이다. 칠성신께 비나이다……."

아무것도 없는 작은 암자에서 소녀는 몇 날 며칠이고 정안수 한 그릇을 떠놓고 가족들의 무사 안녕만을 기원했다. 지필묵이라도 있으면 가족들을 살려 달라 소원이라도 적었으련만, 그조차도 없는 담월이 할 수 있는 거라곤 기도뿐이었다.

급하게 챙겨온 식량이 떨어지자, 도성의 동태도 살필 겸 한섬이 산을 내려갔다. 담월은 그에게 오는 길에 지필묵 일습을 꼭 당부하였다.

'상황이 좋지 않다면 이 목숨을 걸어서라도, 모두를 구할 소원부를 써야겠어……!'

그렇게 다짐하며 기도를 올리던 중 밖에서 털걱거리는 발걸음 소리가 들려왔다. 한섬이 틀림없었다. 담월은 서둘러 일어나 문고리를 잡아당겼다. 그러나 그는 담월이 기대했던 밝은 표정이 아니었다.

"담월 아씨…… 어쩌면 좋습니까요……."

한섬은 제 눈앞의 어린 계집아이가 안쓰럽고 불쌍해서 눈물이 날 것 같았다. 담월은 그대로 얼은 듯 자리에 섰다. 한섬은 다가와 봇짐을 내려놓고 주저주저하다가 입을 열었다.

"죄명은 소상히 알 수 없었지만요, 대역죄를 저질렀다고 어르신과 도련님이 오늘 참수를 당하였답니다. 여인들은 노비가 되구요. 저희도 어서 더 멀리 도망쳐야 할 것 같습니다. 도성에 아씨를 찾는 방이 붙었어요."

누가 벼루를 던져 머리에 맞는다면 이런 충격일까. 담월의 벌어진 입에서는 놀란 소리도 새어 나오지 않았다. 그저 빼끔거리며 아버지, 오라버니, 어머니…… 하며 가족들의 이름을 주워 삼킬 뿐이었다. 차마 울지도 못하고 소리 없이 눈물만 흘리던 담월의 눈에 한섬의 봇짐 꾸러미가 눈에 들어왔다.

"지필묵은, 지필묵은 가져 왔나요?"

"아, 예예. 지금 가진 돈으로는 썩 좋은 걸 살 수는 없었지만……."

한섬이 짐에서 화선지며 붓, 벼루와 먹을 꺼내었다. 척 봐도 질이 좋지 않은 물건들이었다. 하지만 담월은 그런 것을 가릴 처지가 아니었다.

소녀는 한섬에게서 지필묵을 빼앗듯 받아 자리에 깔았다. 종이 깔개 하나 없었으나, 그런 걸 신경 쓸 겨를이 없었다. 서둘러 먹을 갈고 제대로 색이 나오지도 않았는데도 붓을 적셨다.

"칠성신님…… 부디 아버지를, 오라버니를 다시 살려 주세요."

계집이 할 일이라곤 지아비를 잘 모시고 후계를 잇는 것이 전부인 시절이었다. 딸아이의 남다른 재주와 욕심을 알아보고 선뜻 그 재능을 밀어줄 정도로 딸에게 애정이 있는 아비였다.

그것은 하나뿐인 동기인 오라비도 다를 바 없었다. 계집이 무슨 글이냐면서 면박을 줄 수도 있었지만, 그는 글을 읽는 담월을 귀여워하며 이게 다 담월이 어릴 적부터 자장가 삼아 경서를 읽어준 제 덕이라며 뿌듯해하곤 했었다.

"제발, 제 소원을 들어 주세요……!"

평소의 정갈하던 글씨와는 달리 조급함이 그대로 묻어났다. 흰 종이에 온통 먹이 튀어 엉망이었지만 담월은 소원부의 마지막 글자를 힘주어 마쳤다. 온 힘을 다해, 온 마음을 다한 한 장이었다.

화르륵—, 담월이 종이에서 붓을 떼자마자 소원부의 끄트머리에서부터 불꽃이 타올랐다. 담월은 규언이 했던 마지막 말 하나를 떠올렸다.

'혹여 운명을 거스르거나 이미 정해진 바를 바꾸려 들었다간 큰일이 날 게다.'

그와 동시에 담월은 눈이 타들어 가는 통증을 느끼며 앞으로 쓰러졌다.

"꺄아아아악—!!!"

"아씨, 위험해요!"

불타는 종이 위로 쓰러진 담월을 한섬이 급하게 끌어당기고 제 소매로 불을 끄려 했다. 하지만 불은 이 세계의 것이 아닌 듯, 꺼지지도 소매로 번지지도 않았다.

운명을 거역한 가당찮은 소원은 하늘의 노여움을 사 불타올랐다. 순식간에 소원부는 한 줌도 안 될 잿더미가 되어 허공으로 날렸다.

"아니 갑자기 종이에 불이 붙어선…… 아이구, 아씨!"

이미 죽은 사람의 목숨을 살려 달라 빌었기 때문일까, 한섬의 품에서 담월은 몸을 파들파들 떨었다. 인두로 눈을 지지는 것 같은 고통에 비명조차 제대로 지를 수 없었고, 엄청난 두통과 현기증이 함께 몰려왔다. 일전에 계절을 거슬러 꽃을 피웠을 때와는 비교도 할 수 없을 정도였다.

놀란 한섬이 서둘러 담월의 얼굴을 살폈다. 희게 뜬 눈은 초점이 없었고, 순식간에 고열이 치솟아 온몸에 땀이 맺히고 있었다.

"당장 멀리 도망을 쳐야 하는데 큰일났구만."

한섬은 고민하다가 담월을 들쳐 업었다. 밖에 둔 봇짐도 마저 챙겨 들고 그는 최대한 도성에서 멀리 달아나기 시작했다.

제2장
다시 시작되는 예언

하늘은 흐렸지만 다시 따뜻해진 봄 날씨에 꽃망울들이 애써 움트고 있었다. 아직 만개하지는 않아 그 색이 뚜렷하진 않았지만, 그 엷은 분홍빛이 참으로 고왔다.

봄을 맞아 다시 피어나는 도화를 보며 생각에 잠긴 사내가 있었다. 고쳐 맨 갓끈이 아직 서투른 것을 차치하고서라도, 검은 수염 한 가닥 나지 않은 부드러운 얼굴이 이제 약관을 갓 넘긴 이였다.

그의 몸을 휘감은 엷푸른 수국 색 두루마기가 바람에 흩날렸다. 막 피어나는 복숭아꽃과 더없이 잘 어울리는 모습이었다.

어린 시절 이 나무 아래에서 놀라운 기적을 두 눈으로 보았던 소년, 경원대군 이결. 그는 복숭아꽃이 피는 시기가 찾아오면, 꼭 한 번 소선의 정원을 들르곤 했다.

"올해도 어김없이 꽃은 피는데, 사람은 한 번 간 길에서 돌아오질 않는구나……."

그는 꽃가지 하나를 손에 뻗어 쥐고 그리움이 묻어나는 목소리로 혼잣말을 주워 삼켰다. 벌써 칠 년의 세월이 흘렀다. 서리가 내린 가지에 글씨를 써 붙여 꽃을 피워 내던 소녀의 얼굴은 흐릿해져 갔지만, 그 기억만큼은 여전히 또렷했다.

'마마, 이제 그 소녀는 잊으시옵소서. 얼굴도, 이름도 잊으시는 것이 마마께 좋을 것입니다.'

그의 스승인 소선은 그렇게 당부했다. 하지만 토끼처럼 동그랗게 뜬 눈을 가득 채웠던 분홍 꽃잎들과 그 아래 고왔던 담월의 상은 쉽사리 지워지지 않았다.

"대체 그 집안이 무슨 죄를 지었기에, 아바마마께선 그토록 무참히 한 일가를 몰살하셨는지……."

역모에 준하는 죄라 전해 들었다. 하지만 그 말을 전해 주는 영상이나, 스승 소선이나 썩 개운한 눈치는 아니었다. 아무도 제대로 말을 해 주지 않으니, 궁금함과 그리움만 더해 갈 뿐이었다.

"홀로 도망쳤다고 하였는데. 이 하늘 아래 어디선가 살아가고 있으려나."

생각에 잠겨 있던 결은 누군가가 사뿐사뿐 걸어오는 소리에 정신을 차리고 고개를 돌렸다. 녹의홍상으로 곱게 단장한 여인이었다. 그녀는 결의 곁에 다가와 장옷을 걷었다. 결이 누이처럼 생각하는 약혼녀, 혜연이었다.

"또 여기 계시옵니까? 참 이 나무를 좋아도 하십니다."

"곱지 않습니까. 그 앞에 혜연이 서니 이곳이 선계인가 싶습니다."

결의 눈매며 입가가 반달처럼 호선을 그리며 휘어졌다. 아직 소년티를 벗지 못한 얼굴의 때 묻지 않은 미소에, 혜연은 얼굴을 붉히며 어서 가자며 재촉을 했다. 먼저 앞서 가는 혜연의 뒷모습을 보며, 결은 또다시 담월을 떠올렸다.

'만약 살아 있다면, 그 소저도 혜연처럼 저렇게 여인이 되었을까?'

"마마, 시장을 돌아보시려면 서두르셔야 합니다!"

재촉하는 혜연의 말에 결은 생각에서 빠져나와 쓴웃음을 지었다. 부질없는 생각이었다.

시장에 들어서자 잠시 시들했던 결의 표정이 다시금 생생하게 살아났다. 신이 난 것이 역력한 표정으로 중인들의 사이를 쏘다니는 결을 보며 혜연은 어쩔 수 없다는 듯 웃었다.

나라에 둘밖에 없는 귀한 왕자의 신분이건만, 그는 궁 안보다 밖이 더 즐거운 모양이었다. 기회만 생기면 민심을 살피러 간다는 핑계로 몰래 빠져나와 혜연을 끌고 다니는 그가 가끔은 귀찮기도 했지만, 저렇게 신이 난 모습을 보면 언제 그랬냐는 듯 기분이 풀어져 버렸다. 최근 안면을 익힌 상인과 친근하게 이야기를 나누고 있는 결을 향해 혜연은 걸음을 옮겼다.

그렇게 몇 시진을 돌아 다녔을까, 지방에서 올라온 잡상인들의 이야기며 온갖 물건의 시세를 물어보다 보니 벌써 해가 질 무렵이 되었다. 모처럼 단둘이 있었음에도 대화 한번 제대로 나누지 못한 혜연은 뾰로통해 있었다.

휘적휘적 앞서 걸어가던 결은 문득 생각났다는 듯 돌아보았다. 그는 혜연이 성이 난 표정도 눈치채지 못하고 해사하게 웃으며 웬 주머니를 건넸다.

"아까 상인에게서 산 것인데 드리질 못했군요. 혜연의 녹의에 잘 어울릴 것 같았습니다."

혜연이 받아 꺼내 보니 노란 노리개였다. 뾰로통한 얼굴이 풀릴 뻔했지만 아직 섭섭한 마음은 가시질 않았다. 아직 화가 덜 풀렸음을 알아 달라 표정을 굳혔지만, 잘 어울린다는 칭찬까지 곁들여지자 그녀는 항복할 수밖에 없었다. 하여튼, 참으로 미워할 수가 없는 사내였다.

"아, 저기 아직 좌판을 깔고 있는 자가 있지 않습니까? 저 사람까지만 보고 이만 돌아가지요."

"결, 시간이 늦었사옵니다!"

이젠 지칠 만도 하거늘, 결은 다시 눈을 반짝이며 낡은 한지와 같은 연미색 옷을 차려입은 상인에게로 뛰어갔다. 내년이면 약관의 나이가 될 사내가 어찌 아직도 저리 소년과 같은지. 혜연은 한숨을 쉬며 그 뒤를 따라 걸었다.

*　　*　　*

"잠이 든 겐가?"

결은 작게 좌판을 깔고 앉아 눈을 감고 꾸벅꾸벅 졸고 있는 소년을 내려다보았다. 뭔가 나쁜 꿈이라도 꾸는지 표정이 좋지 않았다. 꿈에서 깨지 못한 채 계속 신음성을 삼키고 있자, 결이 걱정스러운 얼굴로 어깨에 손을 뻗었다.

"이보게, 일어나 보라."

어깨를 흔드는 손길에 담월은 잠에서 깼다. 눈을 뜨자 속눈썹에 맺혀 있던 눈물이 볼을 타고 흘렀다. 오랜만에 아버지의 꿈을 꾸었다. 귓가에 맴돌던 아비의 다정한 목소리는 어드매로 사라지고 사람들의 수군거리는 소리가 들렸다.

"어디 아프기라도 한 것인가?"

손으로 눈가를 훔치며 침침한 눈을 몇 번 감았다 뜨자, 눈앞에 저를 깨운 것이 분명한 도령이 걱정스러운 얼굴로 담월을 보고 있었다.

담월과 눈이 마주치는 순간, 결은 이상한 기분에 사로잡혔다. 시선을 뗄 수가 없었다. 빛 하나 새어 들어갈 틈 없는 짙고 검은 눈동자에서 뭔가를 찾듯 결은 담월의 눈을 빤히 쳐다보았다.

"뭐, 뭡니까?"

담월은 저를 깨운 사내에게서 몸을 뒤로 물렸다. 사내는 멍한 얼굴로 저를 뚫어져라 쳐다보는 것이 아닌가. 고급스러운 푸른 옷을 걸친 것을 보아하니 영락없는 양반집 자제인데. 담월은 혹시 여인임을 들켰나 싶어 사색이 되었다.

아무리 남장을 하였다 한들 도성에서는 매사 조심해야 하는 것을. 그러나 다행히 눈앞의 도령은 담월이 남복을 하고 있다는 건 눈치채지 못한 듯했다. 담월이 뒤로 물러나는 바람에 시선을 거둔 결이 걱정 어린 말을 건넸다.

"날도 어두워지는데 대로에서 잠이 들다니. 변이라도 당하면 어쩌려고 그러나. 아직 어려 보이는데."

도성의 오일장 구석에서 자리를 펴고 있다가 지나가는 사람이 없어 까무룩 잠이 들었나 보다. 담월이 자리를 깔 때는 중천에 걸려 있던 해가 벌써 서대문에 걸려 있었다. 걱정 어린 소리에도 놀란 마음이 컸기에 담월은 절로 볼멘소리가 나왔다.

"소인이 도령께 어리다는 소리를 들을 정도는 아닌 것 같습니다만."

심성이 곱지 않은 자라면 당장이라도 끌어다가 치도곤을 낼 무례함이었으나, 결은 시원스레 웃었다. 되레 도령의 뒤에 있는 처자가 그에게 다가와 귀엣말로 성을 내었다.

"마마. 그러니 그런 자는 두고 속히 돌아가자 하지 않았습니까."

"혜연, 아직 저잣거리입니다. 말을 조심해 주시지요."

"……알겠습니다, 결. 이제 이자도 깨웠으니 걸음을 옮기시지요."

하여튼 마음씨가 좋아서 탈이었다. 남을 위하고 뭔가를 해 주려는 것은 좋았으나, 그것도 상대를 좀 가려가면서 했으면 하는 게 혜연의 바람이었다.

그러나 결은 아직 걸음을 옮길 생각이 없어 보였다. 그는 담월의 앞에 놓인 지필묵을 흥미롭게 바라보았다.

"여기서 무얼 하고 있나? 지필묵을 파는 상인처럼 보이지는 않네만."

붓 두 필, 화선지 한 묶음, 낡은 벼루에는 척 봐도 묽어 보이는 싸구려 먹이 갈려 있었다. 대필을 해 주는 자인가 싶었지만, 결의 눈에 눈앞의 소년은 그런 일을 하기엔 너무 어려 보였다. 제 나이보다 두 살은 적지 않을까.

퉁명스럽게 굴었음에도 개의치 않고 다시 웃으며 말을 걸어오는 것이 미안하여 담월은 조금 누그러졌다. 어쩐지 밉게 대하지 못할 인상이었다. 그 모습에 어렴풋이 기시감이 들었지만 담월은 절레절레 고개를 젓고는 결의 물음에 대답했다.

"소원부를 적어 주고 있습니다."

담월의 말에 혜연이 입을 뾰족하게 내밀었다.

"소원부라니. 천것들이 붉은 글씨를 아무렇게나 써서 비싼 값에 팔아대는 그것 아닙니까?"

"큰스님들께서 정성을 다해 쓰시는 것도 있지요. 그러나 소원부를 쓴다고 하기엔, 자네 앞에는 경면주사도 놓여 있지 않잖나. 어떻게 부적을 쓰지?"

혜연은 결이 계속 이름 모를 낯선 장사치에게 관심을 보이는 것이 마음에 들지 않았다. 그녀도 전국팔도의 이름난 대선사들로부터 온갖 부적을 써 봤지만, 혜연이 원해 온 것들은 그 어느 것도 이루어진 것이 없었다. 결과의 혼사도, 그의 마음을 얻는 것도 그랬다. 그런데 이런 어린 자가 소원부를 적는다며 결의 관심을 끄는 것이 불쾌했다.

혜연의 모난 소리에 기껏 누그러졌던 담월의 기분이 불편해졌다. 저의 재주를 고작 돈푼이나 탐내는 모리배의 것과 비교를 하다니. 지금 담월의 모습이야 볼품없는 상민이니 저를 얕보는 것은 어쩔 수 없었지만, 가문의 재주를 업신여기는 것은 참을 수가 없었다.

담월은 제대로 실력 발휘를 해 보겠노라 깨끗한 화선지 한 장을 꺼내 펼쳤다. 갑자기 나타난 도령은 주머니도 제법 두둑해 보였다. 운이 좋다면 하루 종일 공을 친 빈 주머니에 몇 푼을 채워 갈 수 있으리라.

"부적 같은 것이 아니라 글을 적습니다. 소원하는 바에 대하여 성심성의껏 적어 내려가지요."

오기가 돋은 담월의 목소리는 다소 오만했지만, 결은 꽤나 흥미를 보였다. 혜연은 저리 말하지만, 그는 이미 그런 소원을 들어주는 소녀를 만난 적이 있었다. 비록 그것이 매우 비범한 재주라지만, 세상에 그 재주 가진 이가 하나 더 있지 말라는 법도 없었다.

"그렇게 부적을 쓰는 것만으로 이루어진다는 건가?"

"정말 간절히 원한 바라면 말입니다. 그렇다고 언제나 이루어지는 건 아니지만."

"제법 자신하는 말이군. 내게도 한 장 써 주지. 값은 넉넉히 쳐주겠네."

결은 아예 담월의 앞에 자리를 깔고 앉았다. 더러운 자리에 옷이 더러워진다고 혜연이 난리를 쳤지만 결은 아랑곳하지 않았다.

"혹 과거에 일어난 일을 바꾸거나 그런 것도 가능한가?"

"가능한 건 오직 앞으로 일어날 일들뿐입니다."

그렇게 말하는 담월의 목소리가 무거웠다. 지나간 일을 바꿀 수 있었다면 저부터 진작 그렇게 했을 것이다. 그랬다면 이런 저잣거리에서 더러운 자리를 깔고 시정잡배들에게 알아보지도 못할 글을 써서 팔고 있진 않았으리라.

어두운 담월의 얼굴을 보던 결이 입을 열었다. 양반도 아닌 일반 평민이니 필시 처음 보는 이일 텐데도, 결은 담월이 어쩐지 친숙하게 느껴졌다. 그 때문인지 마음속에 담아 두었던 진솔한 말이 절로 튀어나왔다.

"아버지께서 아프시다네. 자리에 누운 지 오래되셨지."

저보다 먹먹한 목소리에 담월은 고개를 들었다. 마음고생이라곤 해 본 적이 없을 것 같은 귀태 어린 얼굴에 지는 노을이 드리웠다. 입은 늘 그래 왔던 듯 미소를 띠고 있었지만, 눈에는 수심이 어려 있었다.

담월은 일순간 넋을 놓고 바라보았다. 나이가 스물은 되었을까. 미려하다고 하기엔 아직 어렸지만, 그 모습엔 사람의 시선을 끌어당기는 마력이 있었다.

"부친께서 그리 되시고서는 집안이 어지러우니, 매사 쉬이 넘어가는 일이 없고. 다들 험한 낯빛들을 하고 있어. 예전의 모습들이 아니지. 모두가 희망을 버리고 의원마저 손을 놓았지만, 난 어리석어서 여태껏 자리에서 일어나시기만을 바라고 있다네."

아버지. 담월은 결의 얼굴에서 제 어린 시절의 얼굴을 보았다. 일가가 전부 붙잡혀 갔을 때 산속 깊은 암자에서 부모가 무탈하기만을 빌고 또 빌었던 기억. 끝끝내 무참히 참수되어 그 머리가 서대문 밖에 걸렸다는 말을 들었을 때, 어찌나 세상이 무너져 내렸는지.

"이 정도면 내 원을 써 줄 만한가? 이루어지겠는가?"

오랜만에 아버지에 대한 그리운 꿈을 꾸었기 때문일까, 살포시 웃으며 묻는 결의 얼굴이 어렸던 저와 같아 담월은 목이 메었다.

평소라면 고민이라도 해 보았을 큰 소원에도 그녀는 말없이 붓을 들어 먹에 적셨다. 자리보전을 한 사람을 낫게 하는 일은 나름 큰일이었지만, 이젠 그 정도는 하루를 푹 쉬면 감당할 수 있었다.

담월은 붓을 털었다. 죽은 사람을 살려내진 못해도, 산 사람을 회복시켜 눈앞의 도령을 웃게 만들고 싶어졌다. 그녀가 붓에 먹을 조절하는 것을 결은 재미있다는 듯 지켜보았다.

"천명에 가까운 일은 간절한 마음으로는 이루기 어려울 것입니다. 더 좋은 지필묵이 있었다면 좋았겠지만……."

그녀가 소원부를 적어 준다고 해서 반드시 이루어지는 건 아니다. 이미 수명이 정해진 이라면 어쩔 수 없는 일. 부적을 쓰듯 일필휘지로 갈길 것 같았던 붓은 예상외로 차분하게 글씨를 적어 내려갔다.

'낯이 익다.'

결은 당황스러운 눈으로 담월이 백지를 채워나가는 모습을 훑었다. 분명 낯이 익은 글씨였다. 칠 년 전 그날 이후, 고이 챙겨 두었던 꽃 화(花) 자와 닮았다.

수백 번도 더 넘게 꺼내 보았다. 칠 년의 세월, 강산이 바뀌고 사람이 바뀌어도 그 타고난 필체의 버릇은 버리지 못하는 법이었다.

'아냐, 그럴 리가 없지. 살아 있을 리가 없지 않나. 게다가 사내이고. ……아냐, 남복을 하고 있는 걸지도 모르지. 더군다나 같은 재주를 부리겠다고 하지 않나.'

하지만 결이 알고 있는 것은 담월이 쓴 글자 하나였다. 그것 하나만으로 눈앞의 소년이 그가 그토록 그리던 소녀라고 단언할 수는 없었다. 결이 눈을 동그랗게 뜨고 그 얼굴과 글씨를 번갈아 보던 사이 담월은 제 글을 마쳤다.

"도령께서는 꽤나 부유한 집안의 자제이신 것 같으니 칠성각에 이 글월을 올리고 제를 지내세요. 치성할수록 좋습니다. 궁 안에 있는 곳에서 지내는 것이 가장 좋겠지만 그건 역시 어렵겠죠."

칠성각에 제를 올린다면 담월이 감당해야 하는 대가도 적어질 수 있어서 좋았다. 담월의 말에 결은 반신반의하는 표정으로 그녀를 바라보았다.

"……그러면 이루어진다는 말인가?"

"저도 장담은 할 수 없습니다."

담월이 여태껏 적어 주었던 소원부들은 소소한 것들이었다. 노름판에 뛰어들었다 소식이 없는 남편이 돌아오게 해 달라든지, 이번에 태어날 아이가 아들이기를 바란다든지 하는 것들이었다. 그런 것들은 열에 다섯은 이루어졌다.

이렇게 중한 일의 소원부를 적어 준 적은 없었다. 이루어지지 않았을 때 상대의 실망감을 감당하기 어려웠으니까. 자칫 목숨이 위험할 수도 있었다.

지금도 그랬다. 귀한 댁 자제일진대, 원한 바가 이루어지지 않았다고 해코지라도 당하는 것은 아닌지 싶은 마음에, 담월의 마음 한편이 무거웠다.

"길에서 놀리기에는 아까운 솜씨구나."

오랜만에 듣는 칭찬이었다. 부끄러운 마음에 담월은 서둘러 붓을 내려놓았다. 먹이 마르기까지 잠시의 시간이 지나고 종이를 말아 건네자 결은 그것이 소중한 것이라도 되듯 소매에 집어넣었다. 그리고 다른 쪽에서 엽전 닷 냥을 꺼내 내려놓았다.

"혹 내 소원이 이루어진다면 훗날 큰, 무척 큰 사례를 하겠다."

그러고는 결은 몸을 일으켰다. 그는 소년의 얼굴을 한 번 더 눈여겨보았다. 그가 담월을 만난 것은 단 한 번, 그때 그 소녀가 맞는지 얼굴로는 확신할 수 없었다.

'하지만 만약 이 소원부가 이루어진다면, 그보다 더한 근거는 없을 것이다.'

결은 저를 갸우뚱하게 보고 있는 담월에게 인사를 하고 혜연과 함께 가던 길로 마저 걸음을 옮겼다. 아직 통행금지 시간도 아닌데 서두르는 걸음들이었다.

"이름 석 자 물어보지도 않고 사례라니. 하여간 도성 사람들이란……."

투덜거리면서도 담월은 돈푼을 챙겼다. 어쨌든 하루 공을 칠 뻔했던 것을 소원부 한 장으로 꽤 넉넉히 받았으니 나쁘지 않은 벌이었다. 해도 저물고 있으니 이쯤 하고 주막에 돌아가는 것이 나을 듯했다.

"내일은 북촌을 다녀 봐야겠네. 위험하지만 남촌에서는 더 이상 어머니의 소식을 찾을 수가 없으니……."

혼잣말을 뇌까리며 담월은 자리를 접기 시작했다. 그때 누군가가 빠른 걸음으로 담월의 앞을 지나가며 그녀에게 시선을 주었다. 날카로운 눈매였다. 매가 사냥감을 노리듯 그녀를 훑은 남자는 다시 시선을 거두고 결과 혜연이 사라진 방향으로 서둘러 걸음을 옮겼다.

사대부의 몸가짐이라고 보기 어려웠으나, 그의 몸을 휘감은 자줏빛 도포는 얼핏 보기에도 고급품이었다. 그가 스치고 지나간 자리에서 옅은 사향 냄새도 났다. 담월은 오늘 참 특이한 양반들과 많이 마주한다는 생각을 하며 마저 짐을 정리했다.

'어디서 많이 본 얼굴인데……?'

각운은 좀 전에 스쳐 지나갔던 흰옷을 입은 소년의 얼굴을 떠올리며, 우뚝, 걸음을 멈췄다.

그가 저잣거리에서 경원대군과 그의 약혼녀 혜연을 만난 것은 그야말로 우연이었다. 수행원 하나 붙지 않은 점이 수상하여 몰래몰래 뒤를 밟던 차였다.

그러던 중, 갑자기 결이 길가에 선 소년과 이야기를 주고받더니 소년이 쓴 글을 받아 들고 사라지는 게 아닌가.

멀리서 보았을 땐 웬 수상쩍은 녀석인가 했는데, 지나치면서 본 얼굴은 분명 낯이 익었다. 그는 결이 사라진 방향과 이미 걸어온 길을 번갈아 보았다.

그는 경원대군을 좇아가야 했다. 최근 비밀리에 바깥나들이를 자주 하는 경원대군의 꿍꿍이가 무엇인지 확인할 수 있는 절호의 기회였다.

'하지만 그 얼굴은 분명…… 설마. 칠 년 전에 사라진 이인데. 그럴 리가 없다.'

그렇게 생각하면서도 이미 걸음은 돌아온 길을 되짚어가고 있었다. 혹시 그새 소년이 사라져 버릴까, 조금씩 빨라지던 걸음은 이내 뜀박질로 변했다.

그는 숨을 헐떡거리며 소년에게로 돌아왔다. 좀 전에 저에게 잔뜩 흙먼지를 먹이고 갔던 사내가 돌아오자 담월은 움찔하며 곁눈질로 그를 훑었다.

"무, 무슨 일이십니까, 나리?"

'그럴 리가 없어. 하지만 내가 다른 이도 아니고 도담월을 못 알아볼 리가 없다.'

그것은 외모 하나에 국한된 이야기가 아니었다. 담월은 그리 빼어난 미색은 아니었고, 얼굴 어딘가 독특한 구석이 있는 것도 아니었다. 하지만 어린 소녀 시절에도 사람의 시선을 빼앗는 무언가가 있었다. 지금 이렇게 각운의 발목을 붙잡아 가던 길을 되돌아오게 할 정도로.

각운은 이마를 찌푸리고 담월의 얼굴을 무례하다 싶을 정도로 뜯어보았다.

'하지만 담월은 여자가 아닌가. 하물며 살아 있다 한들 감히 도성에 들어오지는 않았을 거다.'

"소인께 무슨 볼일이라도 있으신지요?"

불편한 기색이 가득한 담월의 목소리에 각운은 정신을 차렸다.

저가 기억하던 것보다 낮고 탁한 소리였다. 여인이라고 못 낼 소리는 아니었으나, 각운이 기억하던 것과는 달랐다.

"……아니다. 내가 사람을 잘못 본 것 같네. 갈 길 가게."

그리고 그는 다시 경원대군이 사라진 길로 걸음을 옮겼지만 이미 그의 행방은 묘연해진 지 오래였다. 그는 검은 비단신을 바닥에 성질대로 구르고는 다시 걸음을 돌렸다.

오는 길에 담월을 닮은 그치의 얼굴이라도 다시 볼까 하였으나, 담월은 이미 자리를 접고 사라진 후였다.

* * *

결은 해가 지고 나서야 궁궐 서문 앞에 당도했다. 늦은 시간이었기에 문지기들 외에 사람의 기척은 없었다. 결을 본 문지기는 조용히 문을 열었다. 문 너머에서 발을 동동거리며 그를 기다리던 내관이 소매에서 몇 냥을 꺼내 문지기에게 쥐여 주고는 이미 앞서 가는 결의 뒤를 따랐다.

"대군마마. 돌아오시는 길이 너무 늦으셨사옵니다."

"내가 없다고 문제가 되는 것도 없지 않습니까."

"탄헌군께서 찾으셨습니다."

"형님께서? 어떤 일로 찾으신 겁니까? 정무를 보시며 공부를 겸하시느라 바쁘신 분이 하찮은 일로 나를 찾지는 않으셨을 텐데요."

"아닙니다. 그저 차 한 잔 함께 하자고 연통을 넣으셨습니다."

"그렇군요……."

결은 동궁전을 향해 고개를 돌렸다가 다시 말없이 걸음을 옮겼다. 경원대군이 머무는 주영각에 들어서 자리에 앉자마자 결은 담월이 써 주었던 글월을 꺼내 다시 읽어 보았다. 결의 말을 그대로 글로 옮긴 것뿐이었으나 헛되게 멋을 내거나 힘이 들어가지 않은 글씨가 계속 시선을 빼앗았다. 그가 의관도 갈아입지 않고 웬 글만 계속 들여다보자 방 내관이 무엇인가 싶어 고개를 빼었다. 하지만 그가 보기에는 그저 글씨가 적힌 종이일 뿐이었다.

결은 서랍을 열어 비단에 곱게 싸둔 것을 꺼내 소원부 옆에 풀었다. 그것은 방 내관도 익히 아는 것이었다. 결이 열한 살 소년이던 시절부터 고이 간직한 것이었다. 꽃 화(花)자 하나가 큼직하게 써진 종이 한 장. 연유는 모르겠으나 결을 아는 이라면 누구나 알고 있는 그의 오랜 보물이었다. 결은 그 종이와 이번에 받아온 소원부를 펼쳐 놓고 필적을 비교했다.

"방 내관, 이것 좀 봐 주시지요."

"호오, 이것은…… 같은 이의 글씨입니까? 워낙 꺾임이 특이한 체라 알아보기 쉽군요."

오랫동안 궁중 업무를 보느라 서체를 구분하는 눈이 있는 내관마저 그렇게 말하자 결은 빙그레 웃어 보였다.

"방 내관. 칠성각에 제를 드리고 싶은데, 준비를 부탁해도 되겠습니까?"

"지금 말입니까? 밤이 늦었사옵니다, 마마."

"자고로 공자께는 아침에, 부처께는 해 뜬 후에, 칠성신께는 별이 내릴 때 제를 드리라고 하지 않습니까."

다짜고짜 제를 올리겠다니. 수라간도 저녁 수라 준비를 마치고 정리를 한 지 오래였다. 난감해하는 방 내관의 얼굴에 소년티를 벗지 못한 결이 씨익 웃었다. 나이든 내관이 제 웃음에 약한 것을 알고 부러 하는 것이리라.

"이건 주상 전하의 쾌차를 비는 좋은 부적입니다. 금일이 가기 전에 제를 올리고 싶네요."

"……알겠습니다. 하여간 대군마마를 당해낼 수가 없군요. 한 시진 내로 준비가 될 것입니다."

항간에서는 잔혹왕이라 불릴 정도로 냉혹한 왕이지만 경원대군에게만큼은 다정한 아비였다. 그런 아비를 위해 밤늦도록 제를 올리겠다는데 늙은 내관은 당해낼 도리가 없었다. 수라간 최고 상궁을 들들 볶아서 당장 제수 음식을 만들어 내라 할 수밖에. 방 내관이 문을 나서고 나서도 결은 한참이나 담월의 글을 바라보고 있었다.

'만약 이 소원이 이루어진다면, 그가 바로 그 소저일 거야.'

단정하게 소원부를 써 내려가던 담월의 얼굴을 떠올리며 결은 밝게 미소를 지었다.

* * *

문이 열리는 소리에 각운은 일어나 들어오는 이에게 예를 갖추었다. 좌의정 권율덕, 각운의 양부이자 경원대군의 외조부이기도 한 그는 현 조정의 최고 실세였다.

"이제 들어오십니까."

"음, 와 있었느냐."

"주상께서는 어떠신지요?"

율덕의 얼굴이 밝았다. 근 3년간 자리보전을 면치 못했던 주군이 깨어남에 감복해서일까. 도통 차도가 없어 어의가 손을 놓았던 것이 반 년 전의 일이었다. 더 이상 가망이 없으면 다른 수를 써야 하나 매일 밤잠을 설쳤으니 기쁠 만도 하였다.

"정신을 가다듬으시긴 했지만 아직 체력이 쇠하셔서 몸을 반 정도 일으키는 게 고작이시다. 정무를 돌보러 돌아오신다 하더라도 시간이 꽤나 걸릴 것이야. 한동안 계속 대리청정을 하는 탄헌군 마마를 상대해야 할 것이다."

"그래도 다행이군요."

"그래, 시간을 벌었다. 세자인 탄헌군 마마를 상대하는 것과 군왕이 된 탄헌군 마마를 상대하는 것은 격이 다른 일이니 말이지."

율덕은 그간 탄헌군을 상대하느라 애를 썼던 세월을 생각하며 안도의 한숨을 내쉬었다. 형원이 점차 쇠약해져 결국 정신을 잃고 자리보전을 한 지도 벌써 3년째. 어떻게든 탄헌군을 경계하고 경원대군의 입지를 올려 보려 했으나 나이 서른의 왕세자 이욱은 정계에서 뼈가 굵은 좌의정조차 함부로 대할 수 없는 위인이었다.

"정말 천운입니다. 주상께서 다시 눈을 뜨실 거라고 아무도 생각지 않았잖습니까."

그 말에 율덕이 회심의 미소를 지었다.

"어제 새벽 대군께서 칠성각에서 주상의 건강을 위한 제를 올렸다더군. 그리고 주상께서 일어나셨으니 모두가 대군의 효성 덕분이라고 입을 모으고 있다. 도통 정세에는 관심을 두지 않고 마음이 여리기만 하여 걱정이었는데, 이게 그렇게 도움이 될 줄은 몰랐군. 우리에게 천운이 온 게지."

"대군마마께서 제를 올렸다고요?"

"어디서 효험 좋은 부적을 얻었다 하시더군."

각운은 경원대군이 어제 저잣거리에서 웬 소년에게 글씨를 받아가는 것을 본 기억을 떠올렸다. 그리고 그 글씨를 쓴 자가 담월을 닮았다고 생각했던 것도. 필시 그 글월을 올리고 제를 지냈을 것이고, 영영 가망이 없을 것 같았던 임금이 자리에서 일어난 것까지를 생각했다. 우연으로 치부할 수도 있었지만 뭔가 집히는 것이 있었다.

"어제 갑자기 큰 비에 뇌정벽력(雷霆霹靂)하기에 큰 사달이라도 날까 겁을 냈다만 기우였군. 그런 번개는 칠 년 전 그 날 이후로 처음이었지……."

좌의정의 말에 각운은 확신을 얻었다. 지난날 율덕이 지나가

듯 애기했던 도가의 재주와, 그 재주들이 발휘될 때의 이야기들을 그는 또렷이 기억하고 있었다.

"아버님, 혹 도규언의 일을 기억하십니까?"

맥락 없는 각운의 말에 율덕은 눈을 가늘게 떴다. 벌써 칠 년이 지난 얘기에 그는 잠시 생각을 하다 입을 열었다.

"봉교 도규언……. 너무 강직하여 화를 당했지. 주상의 신임을 받던 몸이니 조금만 굽혔다면 목숨을 보전할 수 있었을 텐데. 그 직계가 몰살을 당하고서 그 친척인 이들 중에서는 쓸모 있는 자가 여태 없지 않았나. 그 집 사내들의 예언 능력이나 계집들의 소원을 이루어 주는 능력까지. 썩 대하기 어려운 이들이었지만 없으니 이리 아쉽군. 특히 계집들의 능력은 탐이 났거늘……. 그런데 이렇게 옛 얘기는 어이하여 꺼낸 것이냐?"

각운은 입꼬리 한쪽을 끌어올리며 미소 지었다. 율덕은 그 미소에 흠칫 놀랐다. 제 수양아들이 저렇듯 소름 끼치는 얼굴을 할 때는 분명 뭔가가 있었다.

"제가 그 도규언의 여식을 본 듯합니다. 소원을 들어주는 재주를 지닌 계집 말입니다."

그건, 아주 큰 사냥감을 보았을 때의 얼굴이었다.

* * *

"벌써 다섯 번째 같은 골목입니다요, 마마."

방 내관이 결의 뒤를 따르며 조심스럽게 소곤거렸다. 주상이 깨어난 이후로 그 부적을 써 준 이를 찾아야겠다며 결이 무작정 저잣거리로 뛰어 나온 지도 벌써 두 시진째였다. 바랜 화선지 색의 옷을 입은 소년을 보지 못하였느냐고 물어물어 다녔으나, 결이 담월을 만난 날 이후 남촌에서 남장을 한 그녀를 보았다는 이는 없었다.

"그날 이후로 본 자도 없는 것을 보면 도성을 떠난 것이 아니겠습니까? 그만 돌아가시지요. 주상 전하 곁에 있으셔야 하지 않겠습니까."

"하지만, 사례를 하겠다 약조를 하였는데……."

"돌아가 방을 붙이라 이르시면 될 것 아닙니까. 주상 전하를 쾌차시킨 소원부를 적은 이라 의정부에 아뢰면 전국 팔도에 방을 붙여줄 것입니다."

"……아니. 내 힘으로 찾고 싶었습니다. 방 내관, 어디 가서 그에 대한 얘기는 하지 말아 주시오."

내관은 경원대군의 요청에 이상하다는 표정을 지었다. 왜 신료들에게 일을 알려 그를 찾지 않는 것일까. 다른 이도 아니고 이 나라의 적자인 경원대군의 청이다. 진위 여부는 모르겠으나 그 부적 한 장이 살린 것은 이 나라의 국왕. 대역죄라도 지은 이가 아니라면 필시 큰 상을 받을 것이 자명하였다. 하지만 늘 사려 깊던 소년이 이리 행동하는 것을 보니 뭔가 이유가 있음 직했다. 내관은 새무룩한 표정의 왕자를 달랬다.

"이름자도 남기지 않고 사라진 것을 보면 하늘이 내린 선인이었을지도 모르지요. 그런 대단한 성원의 재주가 있는 자였다면 벌써 널리 알려졌을 겝니다. 마마의 효심이 지극한 것에 감동한 하늘이 선인을 내리신 게 아니겠습니까."

이만 돌아가야 한다는 방 내관의 재촉에 결은 하는 수 없이 궁으로 걸음을 옮겼다. 하지만 걸음은 쉬이 떨어지지 않았다. 만날 수 없으리라 생각한 이를 이제야 만났는데, 그때 고민하지 말고 이름을 물었어야 했다고 소년은 자책했다.

'하늘이 굽어 살피신다면 필시 세 번은 기회를 주실 터. 만약 그렇다면 다음에는 놓치지 않을 거야.'

*　　*　　*

방 내관의 말은 한쪽만 맞았다. 결과 내관이 담월을 찾아 나왔을 때 담월은 이미 홍인문을 나선 지 오래였다. 아무리 일가식솔이 형을 받은 것이 오래된 얘기라지만, 담월의 스승이었던 소선이나 친척들은 여태 도성에 살고 있었기에 오래 머무는 것은 위험했다. 더군다나 북문에서 어머니에 대해 수소문을 하다 제법 믿을 만한 이야기를 들었기 때문에 지체할 이유가 없었다.

규언과 아들 담건이 사형의 형을 받았을 때 여인들은 노비의 형을 받았더랬다. 삼 년 전, 전라남도 관아에 관비로 일하던 조모를 수소문해 찾아갔지만 그때 이미 조모는 익지 않은 일이 힘에 부쳐 타계한 지 오래였다. 이제 담월에게 남은 것은 저 멀리 강릉에서 관비 생활을 한다는 어미뿐이었다.

희소식이라면 희소식이련만, 걸음을 옮기는 담월의 낯이 썩 좋지 않았다. 평소엔 제가 짊어지던 봇짐마저 저를 따르는 한섬에게 맡기고 걷다가 인적이 드문 산길이 되자 담월은 결국 주저앉고 말았다.

"담월아!"

소선의 하인이었고 담월을 피신시킨 이후 쭉 담월과 함께 지내온 한섬은 담월의 앞에 무릎을 꿇고 상태를 살폈다. 식은땀이 눌어붙은 얼굴은 창백했고 눈빛이 흐렸다.

"어디가 안 좋은 거야? 이런 줄 알았으면 하루는 더 있다 올걸. 빨리 말하지 그랬어. 어제 비도 억수로 내려서 길도 질고 힘든데."

말로는 담월을 꾸짖으면서도 한섬은 그 얼굴에 흐른 땀을 소매로 닦아내 주었다.

"괜찮아요. 별것 아니어요."

"별것 아니긴, 이렇게 땀을 흘리면서……. 머리가 펄펄 끓네. 안 되겠다. 지금이라도 돌아가는 것이 좋겠어. 업혀."

돌아앉아 그녀를 업으려는 한섬에 담월이 손을 내저으며 나무에 머리를 기댔다.

"도성에 다시 가는 건 위험하잖아요. 좀 쉬면 나을 거예요. 짚이는 것도 있고……."

"담월이 너, 또 소원부를 써 준 거야? 내가 구걸을 해서라도 벌이를 할 테니 너는 하지 말라고 했잖아. 이렇게 앓다니 대체 어떤 소원을 들어주었기에……."

한섬은 속상한 표정으로 담월의 옆에 털썩 앉았다. 한섬에게 폐가 된 것 같아 미안했는지 담월이 다시 몸을 일으키려 했지만, 한섬은 그런 담월을 만류하곤 한숨을 쉬었다. 보나마나 한섬이 일감을 받으러 간 사이 유일한 재주나마 팔아먹은 것이 분명했다.

오랜만의 원열(願熱)이었다. 나이가 스물이 다 되어 가면서 하찮은 소원은 그리 힘들지 않았기에 잠시 잊고 있었다. 골이 경종이 울리듯 지잉지잉 울려오는 와중에도 담월은 결의 생각을 했다.

이렇게 눈앞이 희게 흐려지는 것을 보니 그 도령의 아버지가 깨어난 걸까. 수심에 차 있던 얼굴이 기쁨으로 해사하게 피어났을까. 그 얼굴을 직접 볼 수 있었다면 좋았을 텐데. 담월은 잠시 그 얼굴을 상상해 보다가 식은땀을 흘리면서도 입에 미소를 걸었다.

나무에 머리를 기댄 그 잠깐 새에 담월은 쌕쌕 숨소리를 내며 잠들어 버렸다. 이렇게 한번 잠이 들면 열이 내릴 때까지 깨어나지 않았다. 한섬은 한숨을 내쉬었다가 조심스레 담월을 업고 다시 도성을 향해 걸음을 옮겼다.

원래대로라면 양반집 여아로 귀하게 자랐을 아이였다. 그 사건이 없었다면 한섬과 이렇게 오누이처럼 지내지도 못했겠지만, 담월이 한섬을 만나지 않고 대신 그 고생을 하지 않을 수 있었더라면 한섬은 그래도 좋을 거라고 생각하곤 했었다. 그만큼 담월의 모진 세월이 안타까웠다. 그래서 소선당으로 돌아가지 않고 저를 오라비처럼 의지하는 담월을 지키리라 마음을 먹었다. 바로 지금처럼.

도성으로 가는 길의 수풀이 흔들리더니 담월을 업은 한섬의 주변을 낯선 자들이 에워쌌다. 한섬의 팔에 잔뜩 힘이 들어갔다. 얼추 돌아보기에도 숫자가 열은 되어 보였고 죄다 허리춤에 칼 한 자루씩은 차고 있었다. 누군가의 명령을 기다리듯 손잡이에 손을 얹고 발도를 위한 자세를 갖춘 채였다. 잠든 담월을 업고 있다는 악조건이 아니라도 한섬이 대적할 만한 상대들이 아니었다. 홍인문이 코앞인 이곳에 이렇게 큰 무리의 도적이 있을 리는 없었다. 담월의 정체를 눈치챈 관군인가 싶었지만 결코 관아의 녹을 먹는 면면들이 아니었다. 같은 재질의 옷을 차려 입은 것으로 보아선 양반의 사병이었다.

"네놈들은 누구냐!"

한섬은 기죽지 않고 일갈을 내질렀으나 그들을 둘러싼 이들은 조금도 자세에 변화가 없었다. 한섬이 필사적으로 탈로를 궁리하던 찰나, 멀리 말 한 필이 달려와 그 무리 앞에 멈춰 섰다. 짙은 자색의 비단을 감은 각운이 말에서 내리자 한섬의 앞을 가로막은 이들이 길을 열었다.

"다행이군. 미시(未時)에 주막을 떠났다 해서 따라잡지 못할까 걱정하였는데."

한섬은 제게 가까이 다가오는 각운을 경계하였으나 그가 물러날 곳은 아무 데도 없었다.

"너무 겁먹지 말게. 그저 그대들을 데려오라는 명을 받았을 뿐이니."

"나리께서 어떤 분인지도 모르는데 어찌 겁을 먹지 않을 수 있단 말입니까."

척 보아도 신분이 높은 양반인 것을 알 수 있었음에도 한섬은 허리를 굽히거나 하지 않았다. 각운은 눈썹 하나 까딱하지 않고 피식거리며 말을 되받아쳤다.

"내가 누구인지는 몰라도 자네에게 썩 유리한 상황이 아니라는 것은 필부라도 알겠지."

과연 그랬다. 혼자 빠져 나가는 것이라면 모를까 등에 사람 하나를 업고 이 숫자에 대적하기는 어려운 일이었다.

"나쁘게 대하려는 것은 아니니 순순히 따라오시게. 그런 마음을 먹었다면 이미 자네는 칼에 꿰어진 토끼만도 못한 신세였을 것이야. 그리고……."

각운의 시선이 그보다 머리 하나는 큰 한섬을 넘어 그 뒤에 늘어진 검은 머리카락에게 닿았다.

"원열(願熱)을 앓는 이를 빨리 쉬게 해주고 싶지 않은가? 큰 소원을 이루어 주었으니 그 여파가 상당할 것인데."

안 그래도 바짝 긴장한 한섬의 등이 불편해서인지 담월이 계속 뒤척이고 있었다. 등줄기에 흐르는 땀은 분명 한섬의 것이 아니라 담월의 것이었다. 한섬과 각운의 시선이 줄다리기를 반복했다. 하지만 답은 정해져 있었다. 한섬이 무릎을 꿇고 고개를 숙였고 각운은 가볍게 고개를 끄덕이는 것으로 그의 항복을 받아들였다. 각운의 수하들도 살기를 거두었다.

'대체 저자는 누구기에 담월의 일을 알고 있는 거지?'

각운의 말을 따라가며 한섬은 그의 뒷모습을 뚫어져라 쳐다보았다. 담월의 재주는 저렇게 젊은 자가 쉬이 알 만한 일이 아니었다. 어딘가 낯이 익긴 익었다. 그러나 지금 한섬이 그의 정체를 기억해 낸다고 해서 크게 도움이 될 건 없었다. 그가 할 수 있는 것이라고는 열에 들뜬 소리를 내며 앓고 있는 담월을 최대한 편안하게 업고 가는 것뿐이었다.

*　*　*

담월의 원열은 꼬박 열흘을 갔다. 누구의 집인지도 모를 도성 외곽의 저택에서, 한섬은 자신들을 데려온 무사들의 감시를 받으며 담월을 간호했다. 각운은 이삼 일에 한 번씩은 담월의 상태를 보러 왔다. 그가 올 때마다 한섬은 그를 어디에서 봤는지 기억해 내려고 애를 썼으나 쉽지 않았다. 담월의 능력을 아는 점과 더불어 앓는 그녀를 애틋하게 바라보는 것으로 보아 도규언과 연이 있던 자인가 짐작을 할 뿐이었다.

때문에 담월이 눈을 떴다는 소식에 그 수하가 달려 나가고, 그날 밤 조용히 대문 앞에 멈춘 평교자를 보았을 때는 숨이 멎을 만큼 놀랐다. 교자에서 내린 이가 한섬이 소싯적 소선당에서 일할 때 그곳을 몇 번 방문했던 좌의정 권율덕임을 알아차린 탓이다.

"도 소저에게 들어간다 전하여라."

너무 놀란 나머지 한섬은 각운이 담월을 소저라 칭한다는 것도 미처 깨닫지 못하고 담월의 방으로 들어가 손님의 입실을 알렸다. 해쓱함이 가시지 않은 얼굴로 담월은 들어오는 이들의 면면을 훑었다. 한섬의 말로는 이들이 그녀의 능력을 알고 있다 했다. 긴장하지 않을 수 없었다. 율덕은 담월의 앞에 다가와 앉고, 각운은 옆에 시립했다. 이만 나가 보라는 말에 한섬은 걱정스러운 눈길로 담월을 한 번 보고 자리를 비켰다. 이런 상황에서도 흔들림 없는 표정을 짓고 있는 담월을 보며 율덕이 입을 열었다.

"좌의정 권율덕이오. 규언의 여식은 아주 어린 여아일 때나 보았는데 이렇게 자라 만나니 반갑군."

좌의정이라니, 과연 만만치 않은 인사였다. 담월은 한껏 굳은 채로 고개를 숙여 인사를 올렸다.

"몸이 불편해 제대로 예를 갖추지 못하여 송구합니다. 제가 정신을 차릴 때까지 안가를 마련해 주셨다 들었사옵니다."

"소저가 한 일에 비하면 이 정도는 아무것도 아니지. 사실 더 큰 상을 받아 마땅하네."

율덕의 손에서 손부채가 파르락파르락 펴졌다 접혀졌다를 반복했다.

"일전에 길거리에서 푸른 비단옷을 입은 도령에게 소원부를 적어 준 것을 기억할 것이야."

"그 도령의 춘부장께서 중한 병에 걸려 있다 하여, 소생을 기원하는 부를 적어 드렸습니다. 제가 이렇게 오래 앓은 것을 보니 효험이 있었던 게지요. 그러나 그것을 어찌......"

탁—, 부채가 단호한 소리를 내며 접혔다. 온화해 보이던 율덕의 얼굴이 진중해졌다.

"그 소년의 이름은 이결, 내 종손이자 이 나라의 하나뿐인 적통 왕자인 경원대군 마마시네."

초지일관 침착함을 잃지 않았던 담월의 얼굴에 핏기가 가셨다.

"소저가 살린 것은 이 나라의 임금이란 말이지. 큰일을 해냈어. 원래대로라면 큰상을 받아야겠지. 그러나 동시에 주상께선……. 예언과 성원(成願)의 재주를 두려워해 뿌리를 뽑은 바 있어. 그대가 살아 있는 것을 알면 그저 두시진 않으실 걸세."

율덕은 짐짓 으름장을 놓으며 부채를 매만졌다. 담월은 소매를 꽉 쥐었다. 수심 어린 얼굴에 흔들려 써준 부적이 생각보다 큰일을 불렀다. 바보같이, 도성에선 숨 쉬는 것조차 조심해야 했는데 무슨 짓을 한 건지! 그러나 일은 이미 벌어졌고 후회는 늦었다.

"소원부에 대한 이야기는 이미 궁궐 내에 다 퍼져 있네. 글월로 소원부를 적는 것은 도가만이 할 수 있는 재주이지. 주상께서 쾌차하시면 무사하지 못할 터."

"제게 이런 말씀을 하시는 연유를 묻고 싶습니다."

담월은 율덕의 기색을 살피며 물었다. 임금의 명을 받아 담월을 죽일 생각이었다면 이렇듯 구구절절 사연을 얘기할 필요도 없었다. 뭔가 바라는 것이 있기에 이렇게 숨겨 주기까지 한 것일 테다. 가진 것이라곤 쥐뿔도 없는 그녀에게 바랄 것이라곤 그 소원의 재주. 좌의정쯤 되는 인사이니 재물이나 권세 따위를 원하진 않겠지. 그렇지 않으면 대체 무엇을 원하려고? 담월은 조심스럽게 입을 열었다.

"제게 어떤 글월을 원하셔도, 도리에 어긋난 것은 써 드릴 수 없다 말씀드리겠습니다. 받은 은혜는 어떻게든 다른 것으로 갚아드리지요."

담월의 얼굴에 비장한 기색이 흘렀다. 그 모습에 먼저 웃음을 흘린 것은 시립하여 이를 지켜보던 각운이었다. 그 실소를 받아 율덕도 크게 웃었다.

"핫하하—. 이 율덕, 그대의 한 몸을 바쳐야만 이룰 수 있는 소원 따위에는 관심이 없다네. 사람 한 목숨 살리는 것도 버거운 몸이 아닌가."

입술을 앙다문 담월에게 율덕이 다가갔다. 원래는 검디검었던 눈동자 전체에 안개가 낀 듯 희뿌연 기색이 가득했다. 얼핏 보면 잿빛 같았다. 큰 소원을 사용한 대가였다. 원래는 희게 떠 앞이 보이지가 않던 것을 열흘에 걸쳐 회복한 것이 이 정도였다. 상태를 전부 회복하려면 반년은 걸리지 않을까. 흐린 눈의 상태를 살핀 율덕이 다시 뒤로 물러났다.

"난 그대의 춘부장께서 쓰시던 지필묵이 필요하네. 봉교 도규언이 예언부를 쓸 때에만 사용했던 도가의 신물. 그 재주를 한없이 끌어올려 주는 것들이지. 그러나 그가 죽고 나서 그의 붓은 사라지고 종이와 먹도 무엇인지 알아낼 수가 없었어. 소저의 다른 친척들이 그 신물을 찾아 다음 예문관의 수장을 맡으려고 애들을 썼지만 찾아낸 바가 없다네."

담월은 율덕이 무엇을 말하는지 알았다. 규언이 사초를 정리할 때 쓰던 붓과 종이, 그리고 먹. 그것들은 어린 담월이 보기에도 특별한 물건들이었다.

"그것을 가진다고 예언이 가능한 것은 아닐진대……."

"우선은 그것을 원하고 있다고만 말해 두지. 소저는 그 신물들을 보며 자랐으니 다른 것들과 구분이 가능할 터. 그것을 찾아 준다면 신변의 안전을 약조하고 또한, 나도 소저가 필요로 하는 것을 들어주겠네."

율덕은 품 안에서 무언가를 꺼내 담월에게 건넸다. 차랑, 금속성의 장신구들이 부딪치는 소리가 났다. 부드럽고 고운 실들이 달려 있는 여인의 노리개였다. 여염집 여인들의 화려하기 그지없는 것들이 아니라 흰색과 검은색의 실과 옥으로 장식된 그것은 분명 담월 어머니의 것이었다.

"소저가 앓아누운 동안 도 봉교의 처가 어디에서 관비 생활을 하고 있는지는 알아냈지. 내 일을 받아들인다면 신물을 다 모을 때까지 거두어 보살펴 주겠네. 모든 것이 끝난 후엔 부인과 안돈할 수 있게 돕도록 하지."

율덕은 담월의 떨리는 눈을 직시하며 다시 한 번 말을 덧붙였다.

"내 주상 전하에 대한 충심을 걸고 약조하겠네."

담월의 그 작은 손에 낡은 노리개가 꽉 쥐어졌다. 옥과 장신구가 요란하게 부딪혔다. 한참을 파들거리던 손이 진정을 찾고 나서야 담월은 입을 열었다.

"무턱대고 조선 팔도를 뒤지라 하는 건 아니시겠지요. 어디입니까, 제가 어디에 가서 그것들을 찾아오면 되겠습니까?"

아무리 세상 풍파를 겪으며 굴러 왔다 해도 아직은 어린 처자였다. 눈에 박힌 굳은 다짐을 확인한 율덕은 흐뭇한 미소를 지었다.

"도규언의 집에서는 별달리 나온 것이 없었지. 난 그가 그것들을 예문관에 숨겨 두었을 거라고 생각하네."

"예문관이라 하면……!"

"그래, 궐내 각사에 있네. 또한 그곳은 사관이 아닌 자들의 출입이 극도로 어렵기도 하지. 나는 소저가 그곳에 들어가 신물들을 찾아 주었으면 한다네."

"호랑이 아가리에 머리를 들이밀라는 말씀이십니까?"

"바라기만 해서는 이루어지지 않는 것들이 있지. 그런 것들을 손에 쥐기 위해선 반드시 큰 담력과 희생을 필요로 한다네."

부드럽게 말하면서도 율덕의 눈빛은 날카로웠다. 담월은 말없이 문 밖으로 고개를 돌렸다. 한섬의 말로는 사병 여럿이 이곳을 지키고 있다고 했다. 그녀가 좌의정의 말을 받아들이지 않는다면 목숨을 부지하기가 힘들 것이다. 제 목에 이빨을 들이밀고 호랑이 아가리에 들어가라 하는 자의 약조를 믿을 수 있을 것인가. 그러나 담월에게는 선택지가 없었다. 당장의 목숨을 구원하는 것이 더욱 급한 일이었다.

"하겠습니다."

종이 위로 매끄럽게 붓끝이 그어지는 목소리였다. 망설임이 없었고 단호했다.

"궁에 들어가 아버님이 남긴 신물을 모두 찾아 드리겠사옵니다. 대신 여인네인 제가 궁에 들어가는 방법은 좌의정께서 맡아 하시겠지요."

"자세한 건 내 아들인 각운에게 듣게. 소저가 정신을 잃은 사이 모든 준비를 마쳐 두었으니."

그렇게 말하고 율덕은 몸을 일으켰다. 각운이 율덕을 배웅하러 잠시 방을 나섰다. 율덕이 치밀하게 짠 덫에서 오도 가도 못하게 된 담월의 표정은 썩 좋지 못했다. 각운이 다시 돌아와 담월의 앞에 앉으며 그 모습에 한 마디 건넸다.

"기왕지사 하게 된 일이라면 편히 받아들이시오. 앞으로의 일은 그렇게 속 좁게 담아 두고는 못 버틸 테니. 앞으로 소저의 일을 도울 좌의정 대감의 양자 주각운이오. 이조의 정육품 좌랑(佐郞)이지. 잘 부탁하오."

담월은 각운을 쏘아보았다. 고급스러운 자색 도포가 낯이 익었다. 분명 그 날 길에서 담월을 지나쳐 간 이였다. 한섬의 말로는 그가 저들을 쫓아왔다고 했다. 썩 고운 눈으로 볼 수는 없는 자였다. 그에 아랑곳 않고 각운은 소매에서 무언가를 꺼내 담월에게 던졌다. 담월은 얼결에 그것을 받아 들었다.

"이건…… 호패?"

담월은 각운이 던진 호패를 살펴보았다. 도담원(道談蒝). 담월도 많이 들어본 이름이었다. 한 번도 본 적은 없지만 저와 나이가 비슷한 개성의 친척 동기였다.

"그는 생원시를 합격한 후 개성에서 성균관을 다니고 있었소. 신분을 넘기는 대신 큰돈을 쥐여 주었지. 역적의 성씨를 가져 그곳에서도 제법 애를 먹었던 모양이더군요. 이걸로 이번 과거 시험에 응시하게 될 겁니다. 주상께서 쾌차하신 것을 기념하는 특별시가 곧 열릴 예정이오. 좌의정 대감께서 심관 중 하나이니 장원은 어려워도 차석 정도는 무리가 없을 거요."

각운의 말에 담월은 눈을 가늘게 떴다. 그의 말에 이상한 구석이 있었다.

"차석이라니. 예문관에 들어가려면 검열의 소임을 받아야 할 텐데. 자고로 검열은 장원 급제자에게만 주어지는 자리 아닙니까?"

한양에 도읍을 정하고 개국 이래 예문관의 사관은 가장 중요한 직책으로 대우 받아 왔었다. 8인의 사관 중 가장 직위가 높은 봉교가 정7품에 불과했지만 그 위세는 감히 삼정승도 함부로 대하지 못할 것이었다. 정9품의 검열에 불과할지라도 역사와 정세를 평가하는 자리. 가장 뛰어난 자가 아니면 감히 넘보지도 못할 곳이 예문관이었다.

담월의 노한 표정에 각운은 피식피식 웃었다. 그 웃음에 담월은 얼굴을 찌푸렸다. 좀 전에도 그녀의 말에 비웃음을 흘리지 않았던가. 사람 속을 긁는 데 일가견이 있는 자였다.

"이보시오, 도 소저. 소저가 알던 그때의 예문관이 아니요. 도봉교가 그렇게 참수당한 후 예문관의 위세는 땅에 떨어진 지 오래요. 사관이 옆을 지나가면 말을 삼가고 행동을 조심하던 이들도 지금은 그들이 새나 쥐가 된 듯 행동을 하지요."

"그럴 수가…… 그럴 리가 없습니다."

사관의 일은 온 집안의 명예였다. 사초를 보고 싶다는 왕의 명령조차 거부할 수 있었고, 모든 일을 바르게 보기 위해 규언은 마음을 바로 세우는 일에 늘 신경을 썼다. 담월의 오라비인 담건 또한 그랬다. 장원 급제를 하여 검열의 자리에 오르고, 아버지의 뒤를 이어 예문관을 바르게 이끌어 나가는 것이 그의 꿈이자, 미래였다. 그런 이들을 보며 자란 담월로서는 도무지 각운의 말을 믿을 수 없었다.

"그건 직접 들어가서 확인해 보면 알 것이니. 그때 가서 속상해 울지나 마시오. 남복이야 늘 해 왔던 것 같으니 걱정은 않겠소. 미련하게 궁내에서 여인임을 들키지는 않겠지."

각운은 기타 자세한 준비는 차차 해 나가자며 몸을 일으켰다. 곱지 않은 시선이 따라 붙는 것을 느끼며 문을 나서던 그는 그를 부르는 담월의 목소리에 멈춰 고개를 돌렸다.

"대체 나를 어떻게 알아보신 겁니까?"

담월은 쭉 그 생각을 하고 있었다. 도성에 온 것은 칠 년 만이었다. 어릴 적에 비해 많이 변하였고 남복도 하지 않았던가. 심지어 각운과는 길거리에서 짧게 마주친 게 전부였다. 나이가 동기간인 것으로 보아 어릴 적 마주쳤던 사이인 듯했으나 담월의 기억에는 없었다. 예나 지금이나 눈에 띄는 미색인 것도 별다른 특징도 없는 무난한 인상일진대. 시종일관 비릿한 미소로 담월의 속을 긁던 각운의 안색이 순간 어두워졌다. 그러나 그것도 잠시였다.

"내가 그걸 도 소저께 설명해야 할 이유는 없는 것 같습니다만. 몸조리 잘하고 계시지요. 곧 이모저모 바빠질 겁니다."

각운이 싸늘하게 말을 내뱉고 나가자마자 한섬이 허둥지둥 들어왔다. 처음에는 창백하게 질린 담월의 얼굴에 걱정을 해댔으나 좀 전에 있었던 일을 설명해 주자 곧 그 선한 얼굴에 노기가 서렸다.

"다른 곳도 아니고 궁에, 남장을 하고 가겠다고?! 그자라면 네 어머니를 구하는 것쯤이야 일도 아니겠지만, 그래도 이건 너무 위험하잖아!"

"하지만 한섬 오라버니, 이건 기회일지도 몰라요."

수년의 세월을 눈물로 보냈다. 일가가 몰락한 것이 슬퍼서라기보다, 그렇게 왕실에 대한 충성을 강조하던 아버지가 대역죄를 지었다는 것이, 그런 죄인의 딸이라는 것이 부끄러워 눈물을 흘렸다. 그러나 그렇듯 강직했던 아비가 대죄를 지었으리라고는 생각할 수 없었다. 담월에게 규언은, 자상한 아버지이기 이전에 세상을 바로 보는 눈이었고, 그 앞에선 감히 누구도 부정을 저지를 수 없는 올곧은 신하였다.

"더 이상 도망쳐 다니는 것도 지쳤어요. 이참에 조정에 들어가 아버지가 무슨 죄를 지었는지 알아내겠어요. 아버지께서 그런 죄를 지었을 리 없으니 필시 누군가의 누명일 테죠. 그렇다면 그 증거가 있을 테니, 좌의정의 청을 들어주며 집안의 결백을 밝혀내겠어요."

"하지만 이제와 결백을 밝힌다 한들, 뭐가 달라져. 두 분이 살아 돌아오는 것도 아니고……."

한섬의 말이 옳았다. 하지만 그녀에게는 새로운 방법이 있었다. 불가능하다고 여겼기에 여태 생각조차 하지 않았던 일이었다.

"만약 세 가지 신물을 다 찾고, 아버지의 일이 무고하다면…… 역사를 바로잡을 소원을 빌 수 있을지도 몰라요."

그런 생각까지 하고 있었던 건가, 한섬은 단단하게 굳은 담월의 표정을 바라보았다. 그녀가 가진 소원을 이루는 힘, 그리고 도가의 세 신물이 모인다면. 어릴 때는 미처 바꾸지 못했던 그들의 죽음도 다시 되돌려 놓을 수 있을지 몰랐다. 그녀 혼자라면 불가능하겠지만 지금이라면 신물을 찾는 데 도움을 줄 든든한 뒷배도 있다. 이 어린 계집아이 하나가 좌의정의 의도를 역이용해 먹을 작정인 것이다.

"신물을 갖추게 된다면 이 세상 누구도 저를 해할 순 없어요. 그 전까진 좌의정이 원하는 대로 보물을 찾아다니는 사냥개가 되어 주지요."

세월이 이 아이를 이렇게 모질게 만들었나 싶어 한섬은 입이 썼다. 도망을 다니는 와중에도 불쌍한 사람들을 차마 지나치지 못하는 부드러운 성품의 아이였다. 본래대로라면 좋은 집안에 시집가 어질고 좋은 지어미가 되었을 아이. 그러나 죄를 지은 집안의 멍에를 짊어진 소녀의 얼굴에선 웬만한 사내에게서도 보기 힘든 무게가 느껴졌다.

"……그래, 내가 너를 어떻게 말리겠냐."

"너무 고집 부려서 죄송해요. 애초에 도성에 오는 것도 오라버니는 반대했었는데."

한섬에 대한 미안함에 담월은 고개를 푹 수그렸다. 그는 그런 그녀의 머리를 쓱쓱 쓰다듬었다.

"대신 약속해라. 너무 위험한 일은 하지 않겠다고 말야."

담월은 차마 그렇게 확언을 할 수가 없었다. 조정에 들어가는 것만으로도 이미 충분히 위험한 일이 아닌가. 하지만 그랬다간 한섬이 걱정할 것이 뻔했기 때문에 담월은 고개를 끄덕여 보였다.

* * *

각운이 말한 대로 담월의 주변은 곧 분주해졌다. 우선 거처를 옮겼다. 이전에 머물던 곳이 별채에 가까웠다면 북촌과 남촌의 경계 구석에 있는 이 집은 보다 삶의 냄새가 났다. 안채와 사랑채, 별실 몇 개와 하인이 머무는 곳까지 갖춘 양반의 집이었다. 그 문에는 도담원이라는 명패가 붙었다. 본래 이름은 아니었지만 도씨 성의 팻말을 걸자 담월은 정말 오랜만에 집에 돌아온 기분을 느꼈다. 정처 없이 떠돌아다니던 시절의 외로움이 약간이나마 해소되는 느낌이었다.

하인의 방 중 하나는 한섬이 차지했다. 위험한 일이 될 테니 자신을 떠나도 좋다고 누차 얘기했지만 한섬은 그럴수록 제가 곁에 있어야겠다며 부득불 방에 제 짐을 풀었다. 이전처럼 말도 높여 부르기 시작했다. 어쩐지 거리감이 느껴졌지만 한섬은 둘만 있을 때도 다시 말을 편하게 하지 않았다.

“하인이 하나여서는 불편하지 않겠소. 더군다나 여인의 일을 돌보려면 같은 여인이 필요한 법이지. 소화, 인사하게."

각운은 소화라는 여인과 어린 남녀 둘을 몸종으로 데리고 와 담월에게 인사시켰다. 꽃같이 화사한 여인이었다. 화려한 가채를 얹은 것이 기녀처럼 보이기도 했다.

"아씨의 일을 봐 드릴 소화이옵니다. 주 도련님께 말씀 많이 들었사옵니다."

"소화는 앞으로 도담원의 처로 행세할 것이니 그리 알아 두면 되겠소."

소화를 소개한 후로도 각운은 자주 담월의 집에 찾아왔다. 이번에는 몸종들에게 서책을 한 보따리씩 지고 오게 하더니 담월의 앞에 풀어 놓았다.

"앞으로 하루 두 시진씩 나와 경서를 볼 것이오. 공부를 제법 했었다고는 하나 칠 년 세월이면 다 잊었겠지. 별시야 답안을 만들어 갈 테니 무리가 없다지만 입궁한 뒤 무지가 탄로 나면 곤란하니까."

하여튼 곱지 않은 말만 골라 하는 자였다. 그래도 뱉은 말은 꼬박꼬박 지켰다. 시간을 정해 놓고 매번 그 시간이면 대문을 두드렸다. 처음에 담월은 그를 얕잡아 보기도 했다. 서른도 한참 먼 나이에 정육품 이조 좌랑이라니. 양부인 좌의정의 힘을 빌린 게 틀림없었다. 그런 자의 공부가 얼마나 깊을까 싶었지만 때때로 담월은 각운의 이해에 놀라곤 했다. 그 이해의 기반에는 담월의 스승이었던 소선의 냄새가 풍겼다. 하긴 그 당시에 담월이 남아들과 어울리던 건 소선당에서 공부를 하는 시간뿐이었으니, 각운과 담월은 소선 문하의 동문인 것이 틀림없었다. 그러나 제게 경서의 해석을 읊어 주는 각운의 얼굴은 보고 있어도 도통 누구인지 기억이 나질 않았다. 그녀의 또래에는 이토록 학문이 깊었던 이도, 벼린 칼날과 같이 발월한 이도 없었다.

담월의 궁금증은 목 끝까지 차올랐지만 한번 거절당한 질문을 다시 건네기는 싫었다. 다행히도 그녀의 곁에는 이런 일을 물어볼 만한 적임자가 있었다. 그날도 틀린 해석으로 핀잔 아닌 핀잔을 들은 날이었기에 소화는 자기 전 담월의 머리를 정성껏 빗어 주며 기분을 풀어 주려고 노력하던 중이었다.

"소화, 각운과는 오래 알고 지낸 사이인가요?"

"좌랑께서 대감마님의 양자로 들어오기 전부터 알았지요. 그건 왜 물어보시는지?"

"예전에 알던 이인 것 같은데 도통 기억에 없어서…… 내가 아는 사람 중에는 저렇게까지 얄밉게 구는 이는 없었는데요."

그렇게 말하고도 담월은 아차 했다. 아무리 요 며칠 담월에게 잘 대해 주었다고는 하나 소화는 각운의 사람인 것을. 이 말이 그 귀에 들어가면 또 어찌나 시비를 걸 것인지. 소화는 그 말에 호호, 하고 가볍게 웃고 말았다.

"고하지는 않겠습니다. 실제로도 그러하니까요. 남에게 마음

쓰는 일이 거의 없는데다가 대체로 저런 편이라 고까워하는 이들이 많죠. 그래도 정이 깊은 분이어요."

아, 저것이 연모하는 정을 품은 여인의 얼굴인가. 각운에 대해 말하는 소화의 얼굴이 도화 빛으로 엷게 물들었다. 소화는 담월의 머리를 하나로 모아 묶은 후 말을 이었다.

"처음 뵈었을 땐 제가 열 살 남짓이었어요. 좌의정 댁은 제 또래가 없었기에 눈에 띄었지요. 낡은 옷차림을 정제하고서 달에 한 번은 쌀을 꾸러 오거나, 좌랑의 아버지를 찾으러 오곤 했는데 부탁을 하러 온 소년의 눈이 무척 당당했거든요. 예의 바르면서도 자신을 굽히질 않아서 대감께서 무척 어여삐 여기셨죠. 사내라면 능히 그 정도는 되어야 한다면서요. 좌랑의 아버님은 대감부인 오라비였는데, 걸핏하면 노름판에서 돈을 날리거나 술빚을 사정하러 오시곤 했죠. 그럴 때마다 그 집에 연통을 넣으면 주좌랑이 와서 아버지를 모시고 갔어요. 아버지가 돌아가시고 난 후에 좌의정 댁의 양자로 들어오게 됐답니다."

담월은 조용히 소화의 말을 경청했다. 연모하는 이에 대해서 얘기할 때는 이렇게 말하게 되는 걸까? 나긋나긋하고 부드럽게, 말을 듣는 것만으로도 각운의 어릴 적 모습이 절로 그려졌다. 그를 바라보던 소화의 따뜻한 시선도 느껴졌다. 신비로웠다. 언제나 도주와 염려가 가득했던 지난 칠 년간 담월은 감히 염두에 두지도 못했던 것이기에 그랬다. 또한 제게는 그토록 얄미운 이지만 저토록 사모의 정을 품은 사람이 있다면, 각운은 생각처럼 품성이 나쁜 남자는 아닌 듯싶었다.

“좌랑은 어린 시절 얘기를 잘 하지 않아요. 자존심이 강한 분이라 그런 시절이 있었다는 티를 내고 싶지 않아 하시니까요. 지금은 인상도 많이 부드러워지신 거예요. 그땐 말이라도 걸면 물릴까 싶은 얼굴이었으니까요. 제대로 공부를 하시게 된 것도 대감마마 댁에 들어오고부터예요. 많이 변하셨죠.”

그런 말을 듣고 나서부터는 담월은 전처럼 각운을 얄미워할 수가 없었다. 무탈하게 잘 자라온 저 잘난 줄만 아는 도련님이라 생각했기에 샘이라도 났던 것일까. 제 비아냥거림에도 고분고분 글씨를 옮겨 적는 담월을 수상쩍게 보던 각운도 점차 그런 담월에게 익숙해져 갔다. 별시가 다가올 즈음에는 사이가 좋다고는 못 하여도 일방적으로 감정 상할 언사는 입에 올리지 않게 되었다.

별시는 담월이 긴장한 것에 비해 쉽게 풀려 나갔다. 율덕은 담월에게 세 가지 주제를 알려 주며 이중 하나가 나올 것이니 준비를 하라 일렀고, 각운과 함께 준비한 답안은 담담한 필체로 종이 위를 수놓았다. 감히 장원이라 장담할 수는 없어도 제법 잘 썼다 생각했기에, 차석으로 급제했다는 방이 붙었을 때 담월은 조금 실망한 기색을 감출 수 없었다.

“장원 급제자는 여러모로 관심의 대상이 되니 대감께서 원하시는 바와는 맞지 않소. 일부러 차석을 주신 것일 테니 너무 마음에 두지 마시오. 그보다 곧 입궐을 준비해야 할 테니 그쪽에 신경을 쓰는 것이 좋을 것이오."

일견 냉정해 보였지만 각운의 말이 맞았다. 과거 시험장에서야 고작 몇 시진 정도였지만, 이제 그녀는 정말 여인의 몸으로 관직을 제수 받아야 하는 몸이 된 것이었다. 당장 눈앞으로 다가온 일에 부담은 날이 갈수록 커져갔지만, 담월의 속내에는 아랑곳 않고 시간은 흘렀다.

소화는 손수 지은 관복을 정성스레 담월에게 입히었다. 체구가 작아 관복이 쉬이 어울릴까 싶었지만 소화의 바느질이 뛰어나서인지 제법 태가 났다.

"늘 흰 여복을 하시다가 푸른 관복을 차리시니 이 소화 절로 서방님 소리가 나오지 않습니까."

"농이 과하십니다, 부인."

목소리를 한껏 낮춘 목소리와 짐짓 무게를 잡은 말투에 소화가 방긋 웃었다. 한섬은 걱정이 된다는 얼굴이었지만 담월은 모른 척 집을 나섰다.

시간을 넉넉하게 잡아 출발을 한 것이었기에 담월은 서두르지 않았다. 칠 년 만이긴 해도 도성의 지리는 크게 변한 것이 없었고 관복을 차려 입은 이들이 하나둘 같은 방향으로 걸음을 하고 있었기에 길을 잃을 염려도 없었다. 그럼에도 담월은 두어 번

다른 거리로 걸음을 옮겼다가 다시 제 길로 돌아오곤 했다. 새로이 관복을 입은 낯선 자를 향한 관료들의 호기심 어린 시선을 감당하기 어려운 탓이었다.

"어딜 헤매기에 아직 오질 않나 싶더니."

어지럽게 걸음을 옮기던 담월의 팔을 누군가 낚아챘다. 놀라 뒤를 돌아보니 각운이 한숨을 쉬며 자신을 보고 있었다.

"이럴 줄 알았다면 내가 가서 모셔 올 것을 그랬군요. 이제와 도망이라도 치는 거요?"

"―그, 그런 게 아닙니다!"

저도 모르게 낸 큰 소리에 각운은 피식 웃고는 제가 온 방향으로 담월을 끌었다.

"너무 걱정은 마시오. 대전에 나도 있고 좌상 대감도 계시니, 평소 성정대로 하시면 될 테요."

"제 성질이 평소 어땠단 말입니까?"

각운의 말에 울컥한 담월이 바락 대자 그는 피식 웃었다. 그 웃음에 차마 안도하는 마음이 들지 않았다고는 할 수 없었다.

"그렇게 하면 된다는 얘깁니다. 가지요."

평소보다 부드럽게 달래는 말에 담월은 머쓱해져 각운을 따랐다. 이미 대다수의 관료들이 입궁을 마친 거리는 이제 하루를 시작하는 시정인들로 붐비기 시작했다. 조금 늦게 궁으로 걸음하는 두 사람에게 시선을 주는 이들은 없었다. 잠시 눈길을 돌렸다가도 곧 제 일들로 분주하게 움직였다.

안정을 찾고 나서야 담월은 각운이 여태 제 팔을 잡고 있다는 것을 깨달았다. 잘 끌려오던 그녀의 걸음이 다시 주춤하자 각운이 돌아보았다.

"팔…… 이만 놓아주시지요. 어디 도망가지 않을 테니."

"이제야 좀 안정이 됐습니까."

"심려를 끼쳐서 미안합니다."

여인의 말투로 대하던 이를 사내의 말투로 대하는 것이 담월은 아직 어색했다. 쭈뼛거리며 사과를 건네자 각운은 알았으면 됐다며 시원히 넘기다가 이내 걱정을 뱉었다.

"사실 나는 잠시 뒤의 일이 더 걱정이오."

"잠시 뒤의 일?"

"주상을 알현하고도 분노하지 않을 자신이 있소?"

그랬다. 그녀는 지금 제 아비와 오라비를 참수시키고 어머니와 할머니를 관비로 보낸, 여인인 담월이 남복을 하고 세상을 떠돌게 만들었던 사람의 앞에 무릎을 꿇으러 가는 것이었다. 이 세상에서 가장 지엄하고도 위대한, 아버지가 충심을 다하던 이 나라의 왕을. 그녀의 낯이 더없이 창백해졌다. 입술이 파르르하게 떨렸다. 덮어 두었던 슬픔이 꾸역꾸역 차올랐지만 담월은 그 마음을 억눌렀다.

"아버지는, 역모에 준하는 죄를 지었다 들었습니다. 내가 기억하는 아버지께선 결코 그럴 분이 아니었지만 그것을 판단하신 것은 이 나라의 지엄한 왕. 가문이 대대로 충심을 다해 모시던 분께서 내린 판결이지 않습니까. 그저 훗날 저세상에서 왜 그러서야 했느냐고 아비를 탓할 뿐이겠지요."

분하지 않을 리가 없었다. 각운은 폐부를 짓눌린 듯 말하는 담월을 보며 그리 생각했다. 그렇게 생각해 버리지 않는다면 살아가기가, 살아남기가 어려워 그랬을 것이라 그는 짐작했다. 이루지 못할 복수에 대한 꿈보다는 이미 가버린 이를 미워하고 탓하는 것이 견디기 수월할 테니까. 무력한 자신에 대한 분노보다는 그것이 나으니까. 각운도 그랬던 것을 장본인인 담월이 그러지 않았을 리가 없다. 각운은 먼저 걸음을 옮기면서 흘리듯 얘기하였다.

"나는 그때 인사불성이 된 아비를 찾아다니느라 도성에 큰 일이 있었다는 것을 후에나 알았습니다. 언제나 정자에서 묵묵히 글을 쓰고 있던 그대가 보이질 않아서 스승님께 물었더니 그런 변이 있었다, 얘기를 해 주시더군요."

고개를 숙이고 있던 담월이 머리를 들었다. 각운은 몇 걸음 앞을 걸어가고 있었다. 그녀는 서둘러 걸음을 옮겼다. 그가 얘기하는 것은 그들이 서로를 알고 있을 때의 이야기였다. 담월이 따라와 옆에 나란히 서서 걸어가자 각운이 그녀를 돌아보곤 웃었다.

"진정 나를 기억하지 못했나 봅니다. 그 표정을 보아하니."

각운은 전부 기억했다. 그녀가 규언의 손에 이끌려 처음 소선당을 찾았을 때부터, 구름이 떠나가듯 세상 어디론가 사라져 버렸을 때까지의 모든 것을.

"어찌 알아보았느냐고 물었었지요."

스치듯 지난 것이 아니라 설사 저잣거리의 인파에 섞여 있었어도 각운은 담월을 알아보았을 것이다.

"어찌 잊었겠소."

처음 소선 앞에서 담월이 제 재주를 선보일 때 각운은 그 자리에 있었다. 사내들의 거침없는 손놀림과는 분명 달랐다. 먹이 제자리를 찾듯 스며들었고 붓놀림에는 한 치의 낭비도 없었다. 단아하다, 그것은 이런 모습을 보고 하는 말일까. 그런 생각이 든 것도 나중이었다. 먹이 튀면 어찌하려고 저토록 흰 옷을 입었나 하는 동기들의 수근거림도 들리지 않았다. 오롯이 한 소녀가 글을 쓰는 모습만이 어린 각운의 시간에 존재했었다. 마른 봄날의 일이었다.

"스승님 문하에 여인이 들어온 것은 그때가 처음이었으니, 관심을 두지 않은 동기들이 없었지요. 여인이라 얕잡아 보았다가 되레 제 실력에 부끄러움을 느낀 이들도 많았고. 귀찮게 구는 이들이 한둘이 아니었으니 나를 기억하지 못할 만도 합니다."

담월은 저잣거리에서 각운이 그녀를 지나치다 말고 돌아와 빤히 쳐다보았던 기억을 떠올렸다. 그랬구나, 그 시절 나를 알고 기억하고 있었기에 알아보았구나. 이제 누구도 기억하지 못하는 도담월의 여리고 풋풋하던 시절을 유일하게 알고 있는 사람이었구나.

"……미안합니다, 좌랑. 그대를 알아보지 못해서."

"괜찮습니다. 나도 그 시절 그대에게 미안했으나 사과하지 못한 일이 있었으니. 그것으로 서로 넘어가지요."

"사과하지 못한 것?"

담월은 고개를 갸웃했다.

"다들 어리고 어리석은 시절이었으니, 그대에게 눈길 한 번 받아 보고자 짓궂게 굴지 않았습니까."

흠 없이 펼쳐진 화선지를 보는 기분을 느끼게 하는 소녀였다. 각운이 기억하는 담월은 그런 계집아이였다. 연심에서든, 호기심에서든 그 담담한 표정에 파문을 일으켜 보고자 하는 사내아이들로 정자는 늘 북적이곤 했다.

"동기들과 합심하여 그대 옷에 먹을 뿌린 적이 있었습니다."

각운은 어린 날의 치기가 부끄럽다는 듯 담월에게서 고개를 돌렸다. 그제야 담월도 기억을 떠올렸다.

"그런 일도 있었더랬지요. 그대의 얼굴이 기억나지는 않았으나, 어머니가 지어 주신 옷에 먹이 얼룩져 울었던 기억이 납니다."

고작 그런 일에도 울던 시절이 있었다. 그때는 세상이 무너질 것처럼 느껴졌던 일이 지금에 와서는 참 아무것도 아닌 일이 되었다. 오랜만에 어린 시절을 떠올리고선 담월은 미소 지었다. 그 얼마만의 웃음일까. 각운이 기억하던 어린 시절 그 모습을 떠올리게 하는 얼굴에 그는 잠시 말이 없었다.

"주 좌랑?"

담월이 말이 없는 그를 올려다보며 불렀다. 각운은 쑥스러워 크게 헛기침을 하며 서둘러야 한다는 말과 함께 먼저 앞서 걸어갔다.

제3장
검열 도담원

담월과 각운은 궁의 정문을 통과하고 대전으로 향했다. 그런데 어쩐지 주변이 어수선했다. 내관들이 뛰어다니고 이미 대전에 시립해 있어야 할 대신들이 분주하게 돌아다녔다.

"무슨 일일까요?"

"글쎄…… 썩 좋지 못한 일일 것 같긴 하군요."

각운은 상선이 의관들을 대동하고 바삐 걸음을 옮기는 모습을 보며 말했다. 대전에 당도하자 그 앞에서 다른 이들과 말을 나누고 있던 율덕이 그들을 알아보았다. 그의 표정은 썩 좋지 않았다.

"늦었군."

"무슨 일입니까, 아버님."

"주상 전하께서 좀 전에 다시 쓰러지셨다더군. 때문에 오늘 조례는 철회되었다."

"용태는 어떠십니까?"

"어의가 바로 침을 시술하였으나 깨어나지 못하고 계시다. 며칠 더 차도를 살핀 후에나 확언을 할 수 있다 하니 당분간 국정은 다시 탄헌군 마마께서 돌보게 되겠군. 생각대로 되는 일이 없구나."

"일이 어렵게 되었군요."

두 사람이 대화를 주고받는 사이 담월은 한 걸음 떨어져 그들의 말을 듣고 있었다. 그런 담월의 뒤로 소곤거리는 목소리들이 들렸다.

"저자가 그 도담원인가?"

좀 전의 대로에서 느꼈던, 담월이 누구인지에 대한 호기심 어린 시선과는 달랐다. 그녀가 누구인지 알아본 듯 속닥이는 무리들이 번갈아 담월을 훑었다. 담월은 제가 남장을 한 것이 들키기라도 한 것인가 겁이 나 소매 끝을 꽉 쥐었다. 그러나 그런 시선도 율덕이 각운과의 대화를 마치고 담월 앞에 서자 모로 치워졌다.

"원래대로라면 오늘 전하를 뵙고 관직을 제수 받아야 하나, 조례가 내일로 미뤄졌다네. 정식으로 관직을 받지는 못했지만 예문관 검열에 임명하신다는 교지는 내려졌으니, 예문관에 들러 인사를 올리고 가는 게 어떤가?"

"네, 좌상대감. 그렇게 하도록 하겠습니다."

"그대에게는 기대가 크니 앞으로 잘해 주시길 바라네, 담원…… 아니지, 이제 도 검열이라 불러야겠군."

다시 한 번 담월이 할 일, 신물을 찾는 일을 강조하는 말에 담월은 모른 척하며 깊게 허리를 숙였다. 율덕은 떠나고 각운이 그녀를 예문관 앞까지 데려다 주겠다며 자청했다. 예문관으로 가는 내내 담월의 표정은 좋지 못했다. 궁내에 들어온 중압감 때문이려니 하던 각운은 예문관 앞에 도착할 때까지 입도 벙긋 안 한 채, 체한 것 같은 얼굴인 담월을 보다 못해 결국 입을 열어 이유를 물었다.

"벌써부터 그러면 앞으로 어떻게 하려고 그러는 거요. 분명 평소 성정대로 하라 이르지 않았소. 특별히 신경 쓰이는 거라도 있는 겁니까?"

"아까 주변 대신들께서 저를 보는 눈들이 곱지 않아 그것이 신경 쓰여서……."

각운이 따지듯이 묻자 담월이 졸아든 목소리로 대답했다. 아까의 배짱은 어디로 기어들어 갔는지 모를 모습에 각운은 크게 한숨을 내쉬었다.

"일전에도 얘기하지 않았습니까. 사관의 일을 함에 있어 옛 대우를 생각하면 안 될 것입니다. 거기에 도규언의 당질이라는 이야기는 이미 널리 퍼진 바이니, 사람들이 꺼리는 것에 익숙해져야 할 것입니다.”

담월의 표정은 쉽사리 풀리지 않았다. 하긴 받아들이기 어려운 이야기일 것이다.

“뭐, 모르고 싶어도 차차 겪다 보면 뼈저리게 알게 될 테니 더는 사족을 붙이지는 않겠습니다. 자고로 쓴 약은 먹어 봐야 안다고 하지 않소.”

그렇게 말하곤 각운은 제 갈 길을 가야겠다며 휘적휘적 걸어갔다. 담월은 잠시나마 저 치를 좋게 생각했던 저가 부끄러웠다. 여전히 얄미운 말만 골라 하지 않는가.

그러나 예문관의 문을 열었을 때, 담월은 각운의 말이 사실임을 인정하지 않을 수 없었다.

*　　*　　*

예문관의 초입인 작은 정문 안으로 들어섰지만 뜰 안에는 아무도 없었다. 저벅저벅, 모래 밟는 소리가 사위를 메웠다. 담월은 뜰 한 가운데에 서서 주변을 둘러보았다. 대숲이 담을 빽빽이 둘러싸고 큰 버들나무 하나가 그늘을 드리우고 있었다. 대숲에서 불어오는 특유의 고매한 향에 담월은 저도 모르게 크게 숨을 들이쉬었다. 마치 어린 시절로 돌아온 기분이었다. 저가 머물던 별당이 딱 이러했다. 규언은 담월의 별당이 예문관을 옮겨 놓은 느낌이라 하여 등청하지 않을 때에도 그곳을 자주 찾았다. 이제 와 보니 알겠다. 이곳은 이토록 마음 편안한 곳이었다.

담월은 예문관 문 앞에 섰다. 아직 다들 등청하지 않은 것인지 문은 굳게 닫혀 있었다. 조심스럽게 손잡이를 잡고 문을 열자, 경첩이 맞물리고 문틀이 마찰하여 삐걱거리는 소리가 났다.

관내는 어두웠다. 옅게 햇볕이 들어와 보이지 않을 수준은 아니었기에 담월은 발밑에 주의하며 걸음을 옮겼다.

"계십니까—. 콜록, 콜록."

먼지가 많은지 이내 기침이 터져 나왔다. 그 소리에 어두운 저편에서 무언가 부스럭대는 소리가 났다.

"음냐—. 뉘여…… 현이냐?"

술이라도 잔뜩 먹은 듯, 아니면 잠에 취한 듯한 목소리로 누군가가 답했다.

"소인, 이번에 예문관 검열의 소임을 받은 도담원입니다. 예문관 사관 분들께 문후 여쭈러 왔나이다."

소리가 나는 쪽으로 걸음을 옮기자 제법 빛이 들어오는 실내에 다다랐다. 큰 상과 의자들이 놓여 있었고, 벼루며 붓들이 어지러이 늘어놓아져 있는 것으로 보아 이곳이 예문관 사관들의 집무실인 듯했다. 그 옆으로 새 종이들과 사초를 이리저리 쌓아 놓은 책장들이 놓여 있었고, 부스럭거리는 소리는 그 사이에서 나고 있었다. 그까지 걸음을 옮겼을 때, 담월이 예상치 못한 것이 책장 사이에 놓여 있었다.

"이불?"

사초와 종이들이 나뒹구는 바닥에 깔린 이불에는 거구의 사내 하나가 누워 있었다. 사내는 뒷목을 벅벅 긁더니 머리만 들어 담월을 내다보았다.

"그래, 오늘 새 검열이 하나 들어온다고 봉교 어르신이 그러시긴 했지. 흐아암—. 거 앉아서 대충 시간이나 때우다 가라."

그리고 그는 다시 고개를 뒤로 젖혀 누웠다. 드르렁…… 드르렁…… 누운 지 얼마 지나지도 않아 코 고는 소리가 작은 집무실을 가득 채웠다. 담월은 얼굴을 찌푸렸다. 뭐지 이 사람은? 이런 자가 예문관의 사관이란 말인가? 이곳은 담월이 늘 상상해 오던 예문관과 사뭇 달랐다. 정갈하게 관복을 차려입은 사관들이 잘 정돈된 밝은 집무실에서 일하는 것이 아니었나? 하지만 그녀의 물음에 대답해 줄 수 있는 사람은 없었다. 오직 천둥같이 큰 코 고는 소리만 실내를 울렸을 뿐이었다.

일단 시키는 대로 자리에 앉기는 했으나 도통 할 일이 없었다. 콜록, 콜록. 드르렁…… 콜록—. 드르렁…… 먼지 때문에 나오는 기침 소리와 코 고는 소리가 엇박자로 울려 나갔다. 담월은 더 이상 참지 못하고 집무실의 모든 창을 열었다. 아침별이 가까이 다가올 때였기에 열린 창 사이로 볕이 쏟아졌다. 담월을 상쾌하게 했던 대숲의 바람이 집무실을 한 번 헤집으며 먼지를 훑고 나갔다. 창 옆에 서 있자 호흡이 훨씬 편해졌다. 어느 정도 환기가 된 후에 담월은 다시 자리에 앉았다.

"어디선가 많이 맡아 본 냄새가 나는데?"

바람이 통하면서 상 위에 놓여 있던 벼루들에서 마르지 않은 먹의 냄새가 났다. 담월은 그중 하나에 코를 갖다 대고 향을 맡았다. 과연 왕실에서 쓰는 것이라 그런지 향이 깊고 고매했다. 각운이 갖다 주었던 먹도 이렇게 좋은 묵향이 나진 않았었다. 속을 청량하게 만들고 차분한 마음을 가지게 하는 향, 담월은 분명 일전에 이 냄새를 맡아본 기억이 있었다.

"설마 이것이."

담월은 주변을 둘러보다가 바닥에 나뒹구는 백지 한 장을 집어와 다시 자리에 앉았다. 책상 위에 여러 붓들이 놓여 있었지만 남의 붓을 쓰는 것은 예의가 아니라는 생각에 담월은 오른 소매를 걷어 먹에 검지를 찍었다. 끈적끈적하게 눌어붙은 먹은 그 농도가 진했다. 검은 먹에 담근 손가락을 조심스레 옮겨 종이에 한 일자를 그었다. 매끄러웠다. 종이에 스며든 먹색은 주변의 모든 것을 빨아들일 듯 검었다. 담월은 각 벼루에 놓여 있는 먹의 문양을 살폈다. 모두 같은 문양이 양각되어 있었다.

"아버지가 예언부를 쓰실 때 썼던 먹이 이것인가."

확실했다. 이 향은 담월이 자라며 아버지의 소매 끝에서 맡아 왔던 그것이 틀림없었다.

'이렇게 쉽게 세 가지 신물 중 하나를 찾다니.'

생각해 보면 이상한 일은 아니었다. 평생을 예문관의 일을 해 온 아버지께서 쓰신 먹이 예문관에 있는 건 당연한 일이었다. 이곳은 사관들 외에 다른 이들의 출입이 엄격하게 금지된 곳이니 좌의정이 미처 찾아내지 못한 것도 이해가 갔다. 좌의정이 맡긴 일이 생각보다 수월해질 것 같아 담월은 마음을 놓았다.

탁, 누군가 문을 밀치고 들어오는 소리가 들려 담월은 서둘러 손가락에 묻은 먹을 마저 종이에 닦아내고 자리에서 일어났다.

"누가 창문을 열어 놓은 거야!"

누군가 버럭 소리를 지르며 들어왔다. 눈을 사박스레 치뜬 그 자는 짜증 가득한 얼굴로 담월이 열어 두었던 창문을 서둘러 닫았다. 집무실을 한 바퀴 빙 둘러 창문을 닫고 나서야 그는 엉거주춤 서있는 담월을 노려보았다.

"네놈이냐? 예문관의 창을 다 열어 둔 것이?"

"머, 먼지가 많고 환기가 도통 되지 않아 열어 둔 것입니다."

"이곳의 문서들은 상해서는 안 되는 것이다! 창문을 여는 것은 월에 한 번 청소를 할 때만 연단 말이다, 넌 대체 누구야?!"

"저, 저는……"

"허허, 그만하게 강현."

말 꺼낼 틈 없이 담월에게 사납게 윽박을 지르는 자를 누군가 만류했다. 뒤이어 들어온 백발의 노관이었다. 그의 만류에 강현이라 불린 사내는 억울하다는 듯 항변했다.

"이 봉교님, 어찌 그냥 넘어갈 수 있겠습니까! 처음 보는 얼굴인 것을 보니 이번에 이조에 새로 장원 급제를 했다는 이겠지요. 아무리 이조의 관리들이 사관을 우습게 안다지만 이것은 너무한 처사가 아닙니까. 보나마나 이조의 그 좌랑이 짓궂은 일을 하고 오라며 시켰을 겁니다."

"이조의 관리들이 호탕한 이가 많지, 껄껄."

백발의 노관은 예문관의 하나뿐인 수장인 봉교 이문직이 틀림없었다. 그는 도규언이 예문관을 도맡을 때 함께 하던 이였다. 서로 사적인 친분이 있던 사이는 아니라 얼굴을 본 적은 드물었으나 그 이름만은 규언에게 여러 번 들었더랬다. 사관으로서 직필을 하기에 다소 마음이 유약한 것이 탈이나 그만큼 정이 많고 다감한 자라고 했다.

"그래, 자네는 누군가. 진정 이조의 새로 들어온 이인가?"

담월은 얼떨떨함을 털어 버리고 겨우 자세를 바로한 뒤 다시 예를 올렸다.

"금번 별시에 차석으로 예문관 검열이 된 도담원이라 합니다."

"도담워언? 아아—. 이거 이조 신입 관리인 것보다 더하네."

담월은 밉살스럽게 이죽거리는 강현을 애써 무시하고 문직을 향해 인사를 올렸다. 이어 이번에는 저를 노려보는 강현에게로 몸을 돌렸다. 초면부터 다짜고짜 면박을 당했지만 그래도 그녀의 선배가 아닌가. 다시 한 번 인사를 하려 했으나 강현은 탐탁잖은 목소리로 인사를 가로막았다

"됐네, 됐어. 어차피 반년도 못 돼서 옮겨갈 것을 무엇하러 인사를 해?"

"예?"

담월은 눈앞의 인사가 도통 마음에 들지 않았다. 사관의 일은 평생의 일이라고 할 정도로 오래 도맡는 것이 기본이 아닌가? 그녀가 예문관에 품고 있던 꿈이 얼마인데 인사조차 받지 않고 이런 빈정거림이라니. 창문을 활짝 열어 둔 것이야 모르고 할 수도 있는 실수인데.

사과나 변명할 생각조차 없어 보이는 강현 때문에 담월은 불쾌한 표정을 감출 수 없었다.

담월이 뭐라 입을 열려던 차에 문직이 그들의 싸움을 만류했다.

"그만들 하게. 강현 자네도, 언제 다른 곳으로 가든 지금은 우리 식구가 아닌가. 더군다나 도가(道家)면 규언의 친척일진대 갈 곳이 어디 있으려고."

도가(道家)의 이름을 언급하는 문직의 말에 강현의 인상이 더욱 험해졌다.

"아까 이자가 좌상 대감과 주각운의 옆에 있던 것을 보았습니다, 어르신."

"대전에 갔으니 정승께 인사를 올릴 수도 있지. 그만하고 새 검열에게 예문관 안내나 해 주게. 나는 주상 전하께 가 봐야겠네. 언제 또 무슨 일이 생길지 모르니."

"싫습니다. 봉교님을 따라갈 겁니다."

대놓고 도리질을 치는 모습에 담월은 혀를 내둘렀다.

"됐네. 이 늙은이 하나면 충분할 테니 자네는 오늘 담원에게 이것저것 알려 주게나. 부탁하네."

"으윽, 그렇게 말하시면 어쩔 수가 없지 않습니까!"

늙은 노사관의 부탁에 강현은 마지못해 고개를 끄덕였다. 문직이 짐을 챙겨 나가자 강현은 그를 배웅한 후 팔짱을 끼고 멀뚱히 서 있는 담월을 쏘아보았다.

'내가 아무리 잘못을 했다지만, 생면부지의 사람을 저렇게 살벌하게 쳐다보는 이라니.'

영문을 알 수 없는 적대감에 담월도 짜증이 났지만 어쩔 도리가 없었다. 어릴 적 아버지에게 이것저것 들은 바가 있다지만 담월은 신입 관원이고 그는 선배이지 않은가.

"다시 한 번 인사드립니다. 도담원입니다."

도담원, 이름자만 봐도 도규언의 혈연임이 확실했다. 지긋지긋한 도씨 가문, 강현의 표정이 다시 한 번 구겨졌다. 대체 어디까지 찌푸릴 수 있는 건지 궁금할 정도였다. 담월이 계속 답을 기다리자 그는 못마땅하게 통성명을 했다.

"내 이름은 강현(彊泫). 너보다는 오 년 먼저 예문관 검열이 된 선배다. 지금부터 예문관을 안내해 주지. 한 번만 알려 줄 테니 다시 묻는 일은 없도록."

그리곤 싸늘한 얼굴로 담월을 지나쳐 문 밖으로 향했다. 담월이 그 뒤를 따랐다. 규언이 숨긴 신물은 바로 이 예문관에 있다. 어서 빨리 찾아내 궁궐을 나가려면 예문관에 대해 속속들이 아는 것이 급선무였다.

"우리 예문관에는 총 세 개의 건물이 있어. 지금 있었던 곳이 우리 일반 사관들의 집무실이고 이 옆 복도로 이어져 있는 곳에 지필묵을 보관하는 창고가 있지. 원래는 숙직실을 겸한 곳이었는데 지금은 워낙 잡기가 많아서 불가능해. 숙직을 할 거면 자기 이불을 가져오도록."

담월은 아까 책장 사이에서 이불을 깔고 자고 있던 이를 떠올렸다.

"집무실에서 주무시던 분이 계시던데, 그분도 예문관 사관입니까?"

"당연하지. 예문관에 사관 아닌 이들이 함부로 들어오는 건 엄격하게 금지되어 있어. 말을 전하는 내관들 정도나 들어올 수 있다."

"그러면 다른 사관 분들은 어디 계십니까? 입궐 시간이 한참 지났는데도 보이질 않으시는군요."

그 말에 강현은 아주 들으라는 듯 깊게 한숨을 내쉬었다. 누가 보면 부모의 원수 앞에서 화라도 참는 모양새였다. 첫 인상이 아무리 좋지 않았다고 해도 바로 보는 앞에서 저건 너무 예의가 없지 않나? 그래도 설명은 꼬박꼬박 해 주었다. 아주 고깝다는 투이긴 했지만.

"원래대로라면 정7품 봉교 두 명, 정8품 대교 2명, 정9품 검열 4명까지 총 여덟 명이어야겠지. 지금은 봉교 한 분에 너까지 검열 넷이 전부다. 그리고 이쪽이 예문관 서고다."

강현은 휘적휘적 걸어가 서고의 문을 열었다. 역시나 문헌의 보존을 위해서인지 어두웠고 공기가 가라앉아 있었다.

"설 형, 여기 계십니까?"

"여기 있네. 무슨 일이니?"

서고 사이에서 창백한 얼굴 하나가 빼꼼 튀어나왔다. 강현은 인사를 올리고 담월에게 그를 소개했다.

"검열 설태진 선배님이다. 아까 집무실에 계신 분은 권유정 검열이시지."

"아아, 새로 온 신입인가. 그래, 잘 부탁한다네."

그러곤 태진은 손을 대충 휘젓고는 다시 책장 안으로 사라졌다. 뭐라도 말을 더 붙여 보려던 담월은 강현이 다시 문을 나서자 서둘러 그를 따라갈 수밖에 없었다. 보통 새로 온 이를 대하는 태도가 이런가? 너무도 관심이 없어 보이는 태도들은 의아함을 자아냈다.

"그리고 이쪽이 예문관의 수장이 쓰는 건물인 여산당(輿山堂)이다. 집무실과 서재 등이 있지. 하지만 지금은 아무도 쓰지 않아. 혹여 들어갈 생각은 말아."

강현의 말대로라면 이곳이 바로 규언이 쓰던 집무실이었다. 그러나 정말 아무도 쓰지 않는 것이 맞는지, 문에는 걸쇠가 잠겨 있고 건물은 관리가 되지 않은 채 폐가처럼 허물어져 가고 있었다.

"왜죠? 이 봉교께서 예문관의 수장이신 게 아닙니까?"

그 질문이 여태 화를 꾹꾹 눌러오던 강현의 역린을 건드린 모양이었다. 담월을 향해 몸을 획 돌린 그가 노기 어린 목소리로 일갈을 내질렀다.

"대체 너 뭐하는 자식이냐? 아는 것 하나 없이 예문관에는 왜 들어 왔어?"

그러나 담월도 지지 않았다. 담월도 그의 고까운 태도에 한창 마음이 상해 있던 차였다.

"그러는 강 검열께서는 제게 왜 계속 하대를 하시는 겁니까? 제아무리 신입으로 들어왔다지만 이토록 무례한 대우를 받을 이유는 없습니다!"

"흥, 사관의 일을 말아먹은 도규언의 당질로 들어왔으면, 이 정도 대우는 예상했어야 하지 않나? 진짜 멍청이인 건가? 아니면 믿고 있는 알량한 재주라도 있나 보지? 담건 이후 그 집안에 예언의 재주를 가진 이는 전무할 텐데?"

"예언가가 전무하다니, 어찌 그리 확언을 하시는 겁니까? 무엇을 안다고?"

아버지 규언이며 집안을 무시하는 언사는 도를 지나쳤다. 담월도 머리끝까지 화가 나 말이 함부로 튀어나오고 있었다. 더 이상 참을 수가 없었다. 아무리 죄를 지은 아비라지만 집안이 대대로 나라에 헌신한 역사가 있거늘! 머리끝까지 열이 올라 씩씩대는 담월에게 강현이 한 걸음 가까이 다가왔다. 담월을 내려다보는 그의 표정은 차게 식어 있었다.

"그건 내가 도규언의 누이 도규월의 아들이기 때문이지. 그 피를 물려받은 이 중에 그 재주가 손톱만큼이라도 있던 건 이제 나뿐이다."

"뭐라고—?"

규월은 담월이 태어나기도 전에 먼 지역으로 시집을 간 터라 그녀에 대해서는 아는 바가 없었다. 아버지가 가끔 해 주시는 말이나 그녀가 전해 오는 편지 외에는. 아들이 하나 있다는 것은 들었으나 몸이 약했던 규월이 그 명을 다한 후로는 왕래가 없었다. 그것이 담월이 다섯 살이던 무렵이니, 강현이라는 사촌의 이름을 기억하지 못한 것도 당연했다.

"좌상에게 조금이라도 재주 있는 척해서 궁에 들어온 거겠지. 헛짓이다. 도규언과 관련이 있는 자라면 그 누구도 말을 들어주지 않을 테니까. 지방 관직을 얻어 꺼지는 것이 네가 할 수 있는 유일한 길이겠지. 사관으로서 아무 생각도 책임감도 없이 들어온 네 녀석이 과연 예문관에서 얼마나 버티는지 두고 보자."

그렇게 내뱉은 후 후련하다는 표정으로 강현은 다시 집무실 쪽으로 걸음을 옮겼다. 담월은 얼빠진 표정으로 멀어지는 그 모습을 보다가 정신을 차렸다.

각운이 말했던 것처럼, 예문관은 이미 담월이 알던 그 모습이 아니었다. 기분이 한껏 우울하여 처진 어깨로 걸음을 옮기던 그녀는 뒤를 돌아 다시 예문관 수장의 집무실을 바라보았다. 한때 아버지의 집무실이었던 그곳이 이제는 발걸음조차 금지된 곳이라는 사실에 마음이 쓰라렸다. 그녀는 조용히 그곳에 목례를 하고 다시 검열들의 집무실로 돌아왔다.

집무실로 들어오니 좀 전에 왕에게 간다던 문직이 다시 돌아와 있었다. 그 옆의 강현은 담월에게 그랬던 것보다 더욱 얼굴이 붉으락푸르락해져서 분한 듯 책상을 내리쳤다. 그 모습에 담월이 놀라 물었다.

"무, 무슨 일입니까?"

"아무것도 아닐세. 예문관 구경은 잘 했는가?"

문직은 아무렇지 않게 넘기려 했지만 옆에 있던 강현은 아무래도 그냥 넘어가지 못할 것 같았다.

"아무것도 아니라니요. 주상께서 쓰러졌다는, 이토록 중요한 일에까지 사관이 기록을 못 한다면 저희는 무엇을 위해 이곳에 있는 겁니까!"

"탄헌군께서 물리라 하시는데 어찌 거역한단 말인가."

"탄헌군 마마의 위세가 아무리 대단하다 한들 아직 세자 저하일 뿐입니다. 이대로 물러설 수는 없습니다. 제가 가지요."

그리곤 강현은 문직이 말릴 새도 없이 지필묵을 챙겨 문을 나섰다. 문직은 한숨을 내쉬었고 담월은 고민하다가 입을 열었다.

"주상의 용태를 기록하러 가신 것이 아니셨습니까?"

"그렇네. 그러나 보다시피 쫓겨난 신세지."

"이해가 가질 않습니다. 당연한 사관의 일이 아닙니까. 주상과 정사의 일, 나아가 궐내의 중요한 일들을 기록하는 것이—."

"규언의 일 이후로는 당연한 것이 아니게 되었다네. 예전이었다면 주상의 곁에서 정사를 기록하는 것이 우리의 당연한 권리였지만 지금은 사초를 기록하기 위해서는 쥐새끼처럼 몰래몰래 숨어 다니며 기록을 해야 하지. 그러다 들키면 쫓겨나기도 하고, 뭐 그런 게 우리의 일이라네."

"그럴 수가……."

정말 상상도 할 수 없었던 일들의 연속이었다. 칠 년 만에 돌아온 도성은 변한 것 없이 그대로였는데 그녀가 알고 있던 모든 것들이 역전되어 있었다.

"그렇다고 기록을 하지 않을 수도 없지 않나, 허허. 그저 심하게 꼬투리가 잡히지 않게 몸을 낮출 뿐이라네. 이 예문관이 아주 사라지면 안 될 테니."

담월은 참담한 표정을 숨기지 못했다. 문직은 그런 담월의 어깨를 도닥이며 조금 더 둘러보고 이만 퇴청해도 좋다 일렀다. 담월은 잠시 앉아 있다가 이내 예문관을 나섰다.

예문관을 말하던 아비와 오라비의 눈은 언제나 빛이 반짝였는데. 건물은 옛것 그대로이나 빛은 이미 사그라든 지 오래였다. 서러운 마음이 갈 곳을 모르고 흐트러졌다. 담월은 담을 따라 쌓인 애꿎은 댓잎들을 지근지근 밟아대다가 예문관을 나섰다.

집으로 향하던 걸음이 어느새 육조의 건물 앞에 다다랐다.

울적한 기분을 누구한테라도 털어놓고 싶어서였을까. 제가 어느새 그 얄미운 각운에게 마음을 의지하고 있었던 모양이었다. 부끄러운 마음에 서둘러 걸음을 옮겼으나 이미 그녀를 알아본 각운이 소리 내어 이름을 부르고 다가왔다.

"벌써 일이 끝난 겁니까? 하긴 그곳에 실질적으로 일이라 할 만한 게 없긴 하지요."

안 그래도 예문관의 실상을 보고 온지라 더더욱 창자를 꼬이게 만드는 말이었다. 당연 반박을 할 줄 알았던 담월이 말이 없자 각운은 그녀를 흘낏 내려다보았다. 침통한 표정을 보니 무어라 한마디 더해 현실을 일깨워 줄까 싶은 생각이 쏙 들어갔다. 대신 그는 어색하게나마 위로의 말을 건넸다.

"너무 상심하지 마시오. 그런 입장일수록 궐내를 쏘다니며 신물을 찾기에는 좋을 테니…… 그런데 그 손가락 끝은 왜 먹에 절여진 거요?"

각운의 시선이 그녀의 손가락 끝에 닿았다. 그 말에 담월은 잊고 있던 것이 생각났다. 예문관에서의 일이 너무 충격적이라 신물의 먹을 찾았다는 것조차 잊고 있었던 것이다.

"좌상께서 얘기한 신물 중 그 먹을 찾았습니다. 예문관원들이 쓰는 먹이더군요. 나머지도 생각보다 쉽게 찾을 수 있지 않을까요?"

"그렇다면 다행이지만……."

각운은 말끝을 흐렸다. 그리고는 말을 할까 말까 고민하는 표정을 짓다가 결국 걱정하는 어조로 입을 열었다.

"신물을 찾았다고 해서 그 먹으로 아무에게나 소원부를 써 줄 생각은 마시오. 전보다 성원의 힘은 강해지겠지만, 지난번처럼 몸져눕기라도 하면 일에 차질이 생길 테니까."

"누가 써 준답니까. 사람 목숨에 관한 것을 쓰는 일은 거의 없습니다."

담월은 입을 삐죽거렸지만 각운은 안심이 안 된다는 듯 쐐기를 박았다.

"어찌 되었건 마음이 흔들려 써 준 것은 마찬가지지 않소. 여린 마음이 혹여 화라도 될까…… 됐소, 그만하고 이만 돌아가 쉬시오. 오늘 취소되었던 관직 제수를 내일 조례 때 한다니 늦지 마시고."

"주상께서 일어나셨습니까?"

"아니, 탄헌군 마마께서 전처럼 대리청정을 하시게 되었으니 내일 마음을 굳게 먹고 오는 게 좋을 거요."

임금을 대하러 갈 때도 하지 않던 말에 담월은 의아해하며 고개를 갸웃했지만 각운은 그 이상 말하지 않았다. 각운은 이만 들어 가 봐야겠다며 육조의 문 안으로 사라졌고, 담월은 천천히 걸어 집에 도착했다.

"오셨사와요. 첫 입궐은 어떠셨나요?"

"별 탈이야 있었겠어요."

방긋 웃으며 맞이하는 소화에게 담월은 답답한 속을 감추고 미소 지으며 대답했다. 소화는 점심을 준비하겠다며 나가고, 담월은 지필묵을 꺼내고 의관을 정제했다. 바르게 앉아 먹을 갈며 머릿속으로 생각을 가다듬었다.

하고 싶은 말이 많았다. 전하고 싶은 말들이 넘쳐흐를 것 같아 담월은 심호흡을 하며 먹에 붓을 찍었다. 편지를 쓰려 했다. 그 어디에도 보낼 수 없는 편지를.

여기, 저 담월이 있습니다. 도가의 명패를 단 집에서, 예문관 검열이 되어 푸른 관복을 입은 담월이 있습니다. 어릴 적 꿈결에 듣던 대로 궁은 오색찬연하고 그 가운데 희고 검은 예문관이 서 있었어요. 궁 안의 모든 것이 아버지께 들은 그 모습 그대로인데. 아버지, 아버지만 어딜 가셨나요.

예문관의 대들보는 썩어 부러지고, 굳게 닫힌 여산당의 걸쇠엔 녹이 슬었네요. 이다지도 많은 것들이 바뀌었네요. 들보는 새 나무로 세우고 녹은 빛나게 닦아내면 되는데 아버지 가신 일은 없던 일로 할 수 없네요. 왜 변하지 않는 일은 그뿐인 걸까요.

보고 싶다 말하면 구천에 닿을까요, 변치 않은 모습

들로 거기들 계실까요. 모든 게 변하고 저도 이리 변했
는데, 만나면 제 모습 알아나 보실까요, 아버지.

얼굴을 타고 흐르던 눈물이 후두둑 떨어졌다. 그 바람에 글자가 번져 나갔다. 담월은 당황하여 편지 위에 떨어진 눈물을 닦아내려 했지만 글씨는 더 번져 나갈 뿐이었다.

보내지 못할 편지라고 이리 되는가, 이에 더욱 서러워 눈물이 그칠 줄을 몰랐다.

"상 들어가옵니다."

소화의 목소리에 당황하여 담월은 서둘러 눈물을 닦았지만 번진 서간마저 감출 시간은 못 되었다. 소화는 들어와 소반을 내려놓고 앉았다. 그리곤 글씨가 번진 편지며, 벌겋게 물든 눈을 보곤 사태를 짐작하고 소반을 잠시 옆으로 밀어 두었다.

"내일 세자 저하를 알현할 텐데 눈이 부어서야 되겠습니까."

그녀는 조곤조곤 다정한 말로 위로하며 담월의 등을 쓸어 내려 주었다. 그 얼마 만에 받는 타인의 위로인지, 그에 더욱 울컥하여 눈물이 그치질 않자 담월은 눈을 꾹 감아 버렸다. 소화는 아무것도 묻지 않고 눈물이 그칠 때까지 담월을 다독여 주었다.

"저도 옛 일에 대해서는 들었사옵니다. 그래도 담월은 살아

있지 않습니까."

그랬다. 담월은 살아 있었다. 이미 죽어 버린 아비나 오라비는 아무것도 바꿀 수 없지만 담월은 그럴 수 있었다. 예문관 검열이 되지 않았는가. 가문의 명예를 되살릴 수는 없겠지만 아버지가 평생을 바쳤던, 오라버니의 평생의 꿈이었던 예문관의 이름은 다시 드높일 수도 있는 것이었다. 다른 이가 아닌 그녀 자신의 손으로.

"이제 진정이 좀 되시옵니까?"

눈물 자국을 지워주는 소화에 담월은 부끄러워 고개를 돌렸다.

소화는 부드럽게 웃으며 다시 소반을 끌어와 수저를 쥐여 주었다. 밥을 한두 숟갈 넘기며 오는 정적이 어색하여 담월은 밥을 삼키곤 입을 열었다.

"소화, 세자 저하는 어떤 분인가요?"

그 질문에 소화는 생선의 뼈를 바르던 손을 잠시 내려놓았다.

"대왕마마께는 아들이 넷이 있으셨지만, 그중 가장 전하를 많이 닮았다는 말을 듣는 분이시지요. 용모도 그 자질도요."

"지금 왕자 마마는 두 분뿐이지 않습니까?"

"탄헌군 마마 위로 두 분의 대군이 더 계셨지만 두 분 다 약관을 넘기기 전에 요절하셨어요. 탄헌군 마마께서 대리 청정을 하신 삼 년 동안 세간에는 마마를 칭송하는 말들이 많았지요. 늘 혼란스럽던 북진과 남도의 정세도 좋아지고요. 청정을 하시면서도 공부를 놓지 않으셔서 경서에 통달하신 것은 물론, 시서화(詩書畫)를 비롯한 육예(六藝)도 뛰어나시지요. 그중 궁술(弓術)과 마술(馬術)은 무과에 급제한 이들도 혀를 내두를 정도라고 합니다."

"그 정도인가요?"

"괜히 완벽한 세자마마라는 소리를 듣는 게 아니지요. 실제로 뵈면 그 용모도 수려하고 깊이가 있어 사람의 시선을 빼앗는답니다."

입으로는 온갖 미사여구를 다하였지만 소화의 얼굴은 썩 밝지 않았다.

"뵌 적이 있나 봐요?"

"좌상 대감댁에 평복을 하고 오신 적이 있어 그 자리에 차를 내 드렸거든요."

"대감 마마와 친분이 있나요? 왕자가 사가에 오는 일은 드물텐데."

"아니요. 세자 저하께선 대감마마를 가장 큰 정적으로 여기시고, 대감께선…… 그가 대왕마마를 쓰러지게 만든 장본인이라고 생각하고 계세요."

소화의 말에 담월은 화들짝 놀랐다. 누가 들으면 왕실에 대한 불경죄로 치도곤을 칠 수도 있는 일이었다.

"말을 조심해요, 소화. 그러다 큰일이 나면 어쩌려고…… 그나저나 정적의 집에 찾아오다니 보통 담이 아닌 모양이네요."

"그분은……."

소화는 어릴 적 탄헌군 이욱을 처음 봤을 때를 떠올렸다. 젊은 나이에 친히 군을 이끌고 오랑캐를 섬멸하고 돌아왔을 때였기에 그랬을까, 검은 옷에 검붉은 도포를 걸친 모양이 사냥을 마친 흑표와 같았다. 피 냄새가 나는 것 같기도 했다. 그리고 깊디깊은 푸른 눈. 어렸던 소화는 마치 도깨비불에 홀리듯 그에게서 시선을 뗄 수 없었다.

"대전이니 무슨 큰 일이 나지는 않겠지만 마음에 준비를 하고 가는 게 좋을 거예요. 그분과 눈이 마주쳤다가 시선을 떼지 못해서 불경을 저지르면 아니 되니까요. 호호호."

소화는 그리 웃었지만 눈에는 걱정이 가득했다. 이윽고 소소한 이야기들을 하며 밤이 깊었다.

* * *

다음날 궐로 향하는 걸음은 전날에 비해 한결 수월했다. 무엇이 되었든 한 번 해 본 것이라고 쉬워지는 것은 담월도 별다르지 않았다. 담월과 다른 급제자들은 대전 밖에서 내관과 함께 입실할 때를 기다리며 시립해 있었고, 그 옆을 다른 대신들이 지나치며 대전 안으로 들어섰다.

"오늘 잘하시오."

어깨를 툭툭 두드리는 손에 고개를 돌리자 어쩐지 표정이 좋지 않은 각운이 눈에 들어왔다.

"과거 시험도 아닌데 잘하고 말 것이 무어 있겠습니까?"

전날보다 마음이 한결 편해진 담월이 넉살 좋게 받아쳤지만 각운의 얼굴에 배인 불안은 쉬이 가시지 않았다. 그는 담월에게로 고개를 숙이고 나직이 읊조렸다.

"세자는 결코 만만치 않소. 어쩌면 주상 전하보다 대하기 힘들 것이요. 방심하지 마시오."

그렇게 말을 마치고 그는 어두운 표정으로 다른 이들을 따라 안으로 걸음을 옮겼다. 담월은 대체 탄헌군이 어떤 이기에 이토록 많은 사람들이 제게 경고를 하는지 궁금했다. 여인인 소화야 그럴 수 있다 치지만 저 잘난 줄만 아는 것 같은 각운에게서도 두려움을 일견 엿볼 수 있다니.

세자 저하 드십니다ㅡ. 내관의 목소리가 대전 밖까지 울렸다. 누가 보는 것도 아닌데 급제자들은 절로 자세를 다시 갖추었다. 그리고 얼마의 시간이 흐른 뒤 별시 급제자들을 안으로 들게 하라는 명이 전달되었다. 모두가 대전에 들어가 허리를 깊게 숙였다.

"이번 특별시에 장원으로 급제한 구재명이옵니다."

"아, 그대가 병조참판을 지냈던 구경얼의 손자로군."

고개를 숙인 채로 차례를 기다리던 담월은 탄헌군의 목소리를 듣고 조금 놀랐다. 모두가 그리 겁을 주기에 야차와 같은 목소리를 지녔나 했더니, 가볍지 않고 울림이 있는 것이 거스를 수 없는 큰물의 도도한 흐름 같았다. 과연 제왕의 재목이라 할 만했다.

"조부가 선대 왕 시절에 나라에 큰 공헌을 하였으니 그 충심을 이어받았음이 틀림없으리라. 자네에게 대왕 폐하께서 이조정랑의 자리를 내리셨으니 맡은바 소임을 다 하리라 믿네."

자애롭게까지 느껴지는 목소리가 말을 끝내고 정식으로 그가 관직을 제수 받고 뒤로 물러섰다. 이번에는 담월의 차례였다. 그녀는 한 걸음 앞으로 나아가 입을 열었다. 아니, 열려고 했다. 두 입술이 벌어지고 소리가 나오려는 순간 탄헌군이 먼저 입을 열었다.

"자네가 그 도규언의 당질인가?"

좀 전과는 전혀 다른, 폐부에서부터 끓어오르는 듯 깊고 낮은 울림이었다. 그것은 분노이자, 혐오였으며 경멸이었다. 담월은 놀라 고개를 들었다. 그리고 그 서릿발 같은 시선과 마주쳤다. 그것은 사냥감을 노리는 서슬 퍼런 범의 눈이었다. 담월은 제가 좀 전에 내렸던 탄헌군에 대한 평가를 철회해야 했다.

그녀는 이토록 노골적이고 지독하게 사람의 속을 조여 오는 시선과 마주친 적이 없었다. 목구멍부터 위와 창자까지 말라비틀어지는 기분이었다. 그 눈빛에 붙들려 있다가 담월은 정신을 차리고 고개를 숙였다. 무거운 추가 머리에 놓인 듯 고개가 깊게 숙여졌다.

"그, 그렇사옵니다."

떨리는 목소리로 겨우 물음에 답하곤 담월은 범 앞의 짐승이 된 듯 오도 가도 못한 채 그의 다음 말을 기다릴 수밖에 없었다.

"감히 대역죄를 지은 집안에서 중앙 조정으로 나올 생각을 하다니. 공자께서 정치를 하려거든 무릇 염치를 첫째로 알아야 한다고 하였다. 신하로서 기본 된 도리도 모르는 주제에 감히 이 자리에 서 있다니 그 무례함이 실로 예사롭지 않군."

그 살기 어린 목소리에 담월은 더욱 움츠러들었다. 말의 내용으로 미루어 보아 탄헌군은 도규언의 죄상이 무엇인지를 낱낱이 아는 모양이었다. 그 내역이 무엇인지 모르는 담월로서는 심장이 쥐어짜지는 심정이었다.

"하긴 예부터 이어져온 도가의 예문관이니 도씨 성을 가진 사내가 한 명쯤은 있어야지. 그래도 최소한의 염치라는 것이 있다면 중앙에서 더 큰 벼슬을 원하지는 않겠고. 조용히 눈에 거슬리지 않고 지낸다면 훗날 지방의 미관말직 정도는 하사할 테니 언행을 잘 간수하여야 할 것이다."

차갑게 쏘아붙이는 말에 담월은 조심스레 고개를 들었다. 이쯤 하였으면 감히 조정에 들어올 간담이 있는 놈이라도 기세가 꺾일 것이라 생각한 욱은 조금 놀랐다. 녀석의 눈빛은 의지가 꺾인 흐리멍텅한 그것이 아니었다. 불빛이 일렁였다. 그것은 어둠 속에서조차 꺼지지 않은 의지였다.

탄헌군이 제 눈을 똑바로 직시하는 것을 담월은 피하지 않았다. 시선을 돌리면 그대로 삼켜질 것 같았다. 소화의 말 그대로였다. 정말 깊었다. 깊고 푸른 눈. 바다 저 깊은 속이 울렁이는 것 같지 않은가.

"소신의 집안이 주상 전하와 이 나라에 큰 폐를 끼친 것은 익히 잘 알고 있사옵니다. 그러나 나라에 진 죄는 보다 큰 충심으로 갚아야 하는 법이라 배웠으니, 조정에 출사해 제 소임을 다하는 것으로 옛 부끄러움을 만회하고자 합니다."

저렇게 가냘픈 인사가 무슨 강단이 있어 세자의 앞에서 감히 저런 말을 하는가, 좌우에 시립한 대신들은 담월의 말에 놀라 저들끼리 수군거렸다.

붓만 잡고 살아온 것처럼 보이는 외견에 비해 보통 배짱이 아니었다. 올해 나이가 스물이라 했던가. 몸집도 작고 유약해 보이기만 하는 주제에 어디에 저런 간담을 키우고 있는 거지. 경멸만이 가득하던 탄헌의 눈에 흥미가 돋았다. 꺼질 듯 아닐

듯 위태위태하게 흔들리면서도 눈을 반짝이는 것이 꼭 제 아우를 닮지 않았는가.

"좋네, 내 그대를 유심히 지켜보도록 하지."

탄헌은 눈을 가늘게 뜨고 나른한 미소를 지어 보였다. 이어 담월이 물러나고 다른 합격자들이 앞으로 나섰다. 그녀는 아직도 떨리는 가슴에 손을 얹고 천천히 숨을 쉬었다. 다른 합격자들과 대화를 나누면서도 탄헌군은 종종 담월을 흘겨보았기에 긴장을 풀 수는 없었다. 잠시라도 긴장을 풀었다간 그 자리에서 주저앉아 버릴지도 몰랐다. 그만큼 이 나라의 세자위에 있는 사내의 압박감은 대단했다.

교지를 내리는 것으로 오전 조례가 끝났다. 대신들은 각자의 업무를 위해 걸음을 옮겼다. 모두의 화제는 단연 담월이었다. 좌의정의 무리에서도 어지간히 맹랑한 인사라며 웃어댔지만 각운의 표정은 좋지 않았다.

"담월, 아니 담원을 그냥 두면 아무래도 위험하지 않겠습니까. 뭐라 한 마디 경고라도 주어야 할는지요?"

"뭐, 그 정도야 재미있지 않느냐. 감히 탄헌군 마마 앞에서 저런 말을 하다니. 하긴 그런 담력이 아니었으면 감히 여인의 몸으로 관직을 받아 들어오지도 못했겠지."

"하지만 아버님, 그녀가 세자 저하의 눈에 띄어 좋을 일은 없지 않습니까."

좌의정 율덕은 수양아들의 얼굴에서 다소 과할 정도의 걱정을 읽었지만 이내 무심히 넘겨 버렸다. 필시 담월이 몰래 궁을 쏘다니는 것에 모두의 관심이 집중될까 염려하는 것이겠지.

"그래봤자 한낱 사관 나부랭이. 당장 국경의 일로 조정이 시끄러우니 그런 데 신경 쓸 여유가 없을 것이야. 아니, 그 범과 같은 세자의 주의를 다른 쪽으로 이끌어준다면 우리는 훨씬 편하지. 내버려 둬라."

율덕은 의미심장한 미소를 지으며 각운을 지나쳐 갔다. 그럼에도 그의 마음은 쉬이 가벼워지지 않았다. 혹여 여인인 것을, 그녀가 도담월인 것을 들켜 큰 사달이 날까 하는 걱정이 기저에 깔려 있던 차였다. 그 와중에 그녀가 세자의 관심을 받게 되니 답지 않게 속이 지글거려 왔다. 과연 이것이 일을 그르칠까 걱정하는 것인지, 아니면 담월 그녀를 걱정하는 것인지. 각운은 제 마음의 갈피를 쉽사리 잡지 못했다.

한편 중희당을 나온 담월은 아직 긴장과 분이 덜 풀린 표정을 지으며 그녀를 밖에서 기다리고 있던 예문관 사관들의 뒤따랐다. 그녀가 지나갈 때마다 대소신료들의 시선이 담월을 향했다. 그사이 궁중 전체에 소문이 난 모양이었다.

"저기, 안 그래도 시선을 끄는데 그런 표정 그만 짓지? 세자저하께 잘못 걸리면 치도곤을 당하는 수가 있어."

선배인 설태진이 담월을 나무랐다. 그의 면책에 그녀는 억울하다는 표정을 지었다.

"아무리 세자 마마라고 해도 너무하지 않습니까!"

"별로 마음에 드는 분은 아니지만 뭐 틀린 말도 아니지."

유정이 세자의 편을 들었다. 담월은 황망한 표정을 지었다. 아무리 그래도 이제 한 식구가 되었는데. 예문관 문턱을 넘으며 강현이 한 수 더 거들었다.

"솔직히 다른 꿍꿍이가 있어서 여기 들어온 거, 맞잖아?"

"그게 무슨 소립니까, 강 검열!"

강현의 말에 뜨끔한 담월은 괜히 크게 소리 질렀다. 설마 그가 담월과 좌의정의 일을 눈치챈 걸까?

"그렇지 않고서야 도씨 가문의 녀석이 예문관에 들어왔을 리가 없잖아. 어제부터 난 네가 사관으로서 일할 생각이 있어 보이지는 않았거든. 좀 전에야 눈앞에서 모욕을 당했으니 자존심이 상해 발끈한 거겠지. 적당히 시간 때우다 고향의 관직을 얻을 생각인 거 잘 알고 있으니 피차 피곤하게 굴지 말자고."

"무례합니다! 도씨 가문은 태종 대왕 때부터 이 예문관을 이끌어온 사관 중의 사관. 고작 외가에 불과하면서 도씨 가문의 이름에 먹칠을 하시는 겁니까!"

"이봐들, 그만두게!"

강현의 눈매가 가늘어지는 것을 본 권유정이 두 사람을 말렸지만 이미 담월의 그 말이 그의 귀에 들어간 후였다.

부모의 만류를 뿌리치고 어릴 적부터 꿈꿔 왔던 사관이 되겠노라 과거에 급제한 것이 사 년 전, 강현이 약관의 나이였을 때다. 도규언의 집안이 몰락한 후 뒤를 이은 예언가를 찾아 촉망받는 기재로 예문관에 들어왔지만, 그는 단 한 글자의 예언도 쓸 수 없었다.

"역시 도씨가 아니고서야…… 외가라서 예언의 피가 흐려진 게지."

"예언도 못 하는 사관을 어따 써?"

사관의 가치가 고작 예언에만 있는 건가? 앞날을 예측하지 못하면, 현재의 일을 기록하는 데는 값어치가 없는 것인가? 맨날 도가, 도가. 도씨 가문과 도규언! 지긋지긋하다. 예언도, 예언의 재주가 없는 나 자신도, 예문관의 모든 것을 앗아간 도씨 가문도.

담월을 내려다보는 강현의 얼굴이 싸늘했다. 유정과 태진은 더 이상 말릴 수 없음을 깨닫고 한숨을 내쉬었다. 어차피 담월이 들어온 이상 한 번은 부딪히리라 예상했던 일이었다.

"좋아. 담원 네가 그렇게 도가의 이름에 자부심을 갖고 있다면 사관으로서 소임을 다할 수 있다는 증거를 보여. 그걸 입증

할 수 있다면 내 너를 인정하지."

"증거?"

"뭐긴 뭐겠어, 기록을 해 오는 거지."

"사관으로서 당연히 하는 일이 어찌 증거가 된단 말입니까?"

유정은 못 말린다는 듯 이마를 긁으며 그 육중한 몸을 끌고 옆으로 다가왔다. 그리고 강현의 말에 덧붙여 설명을 늘어놓았다.

"도 봉교의 일 이전에는 우리 사관들은 왕 옆에서 입시하여 나랏일을 기록하곤 했지. 하지만 지금은 입시는커녕 아침 조회에도 들어가지 못하는 신세일세."

"아니, 그렇다면 대체 선배님들은 사초를 어찌 기록하고 계신 겁니까?"

놀란 담월에게 유정은 회심의 미소를 지어보였다.

"몰래! 편전을 문 밖에서 엿보기도 하고, 휘장을 걷고 엿보기도 하고. 긴장감이 넘치지. 민인생 선배님이 된 기분이랄까?"

민인생은 태종 때의 사관으로, 지금처럼 사관들이 왕의 옆에서 사초를 기록하는 것이 당연한 일이 아닐 때 목숨을 걸고 역사를 기록했던 그들의 선배였다. 왕이 했던 모든 행적을 기록하는 것을 부담스럽게 여긴 역대 임금들은 계속해서 사관들을 물리쳐 왔고, 민인생도 감히 왕의 말을 엿듣는 무례를 저질렀다 하여 유배형을 당했다. 그렇게 사관들이 쌓아 온 예문관의 모든 것이 도규언의 일로 한순간에 원점으로 돌아간 것이었다.

"하지만 그건 신하된 도리로서 할 일이 아니지 않습니까? 들키면 큰 벌을 받을 텐데요."

걱정이 가득한 담월의 말에 강현이 단호하게 내뱉었다.

"신하된 도리 앞에 바른 역사를 기록해야 할 책무가 있는 것이 우리 예문관 사관의 일. 감당하지 못할 것 같으면 그만둬. 애초에 기대도 안 했으니까."

강현이 담월의 자존심을 긁었다. 세자 앞에서도 감히 한 마디 내뱉을 담력이니 고작 이 정도로 꼬리를 말지는 않겠지. 과연 강현의 생각대로 담월은 대번 강현의 제의에 응했다.

"좋습니다, 하지요!"

'미안해요, 한섬 오라버니. 위험한 일은 하지 않겠다고 약조했지만 이렇게 되었는데 어떻게 발을 뺄 수 있겠어요!'

담월이 한섬에 대한 미안함을 빌고 있는 사이 태진이 흠흠, 하며 고민하더니 또 다른 안을 내놓았다.

"그냥 하면 재미없으니 둘이 내기라도 하지 그래? 지는 쪽이 상대의 소원을 들어주는 건 어때?"

"저는 그래도 상관없습니다, 설 형."

"저도요."

담월은 의기양양하게 내기를 받아들였다. 다시는 강현이라는 이 무례한 외사촌에게 도가의 인물이 그리 녹록하지 않음을 톡톡히 보여주리라.

"원래대로라면 우리는 주상 전하의 일을 기록하지만, 실질적으로 정사를 돌보는 것은 세자 저하이니 각자 하나씩 맡으면 되겠지. 어디로 갈지를 정하자고."

유정이 빠르게 제비 두 개를 만들었다. 하나는 임금인 형원이 투병을 하고 있는 왕의 침전인 대조전(大造殿). 다른 하나는 세자 탄헌군이 정무를 살피는 동궁전이었다. 그는 제비를 빈 필통에 넣고 흔들었다.

"담원 네가 고르면 남은 걸 내가 하도록 하지."

강현의 말에 담월은 두 개의 제비를 살폈다. 눈으로 본다고 차이를 알 수 있을 리가 없었다.

'세자 마마보다는 대조전의 전하 쪽을 뽑고 싶은데…….'

좀 전의 일이 있었던지라 세자 탄헌군을 쫓아다니는 건 사양하고 싶었다. 소원부라도 적을 수 있으면 원하는 제비를 뽑을 수 있을 텐데. 하지만 당장 눈앞에 사람들이 있는 상황에서 할 수 있는 일은 아니었다.

'에잇, 모르겠다!'

담월이 먼저 제비 하나를 뽑았고, 뒤이어 강현이 제비를 뽑았다. 담월은 조심스럽게 꼬깃꼬깃한 제비를 풀어 보았다.

*　　*　　*

"현이 자네는 어떤 제비인가?"

"대조전에서 주상의 차도를 기록해 오는 것이군요."

"어렵구만. 어제 이 봉교님도 그 앞에서 돌아오시지 않았던가."

유정이 그렇게 말했지만 강현은 크게 낙담한 표정은 아니었다. 반면 담월의 쪽이 다소 기세가 꺾여 있었다.

"저는 동궁전으로 가 탄헌군 마마의 일을 기록해 오는 것입니다……."

하필 그 세자마마라니. 담월은 자신의 뽑기 운을 탓했지만 이미 뽑은 제비를 바꿀 수도 없는 노릇이었다. 좀 전의 조례에서 탄헌군의 말에 발끈하여 그의 말을 정면으로 반박하였으나, 그를 다시 만나는 것은 두려웠다. 그녀를 생니로 씹어 먹을 것처럼 살기 어린 눈빛과 목소리와 다시 마주쳐야 한다니…….

"왜, 자신 없어? 그래 봤자 쫓겨나기밖에 더 하겠니."

"아까 마마가 했다던 말을 들어 보면 쫓겨나는 걸로는 안 끝나겠던데? 볼기짝 드러내고 치도곤이라도 당하는 거 아냐?"

유정은 간만에 신나는 구경 좀 해 보겠다는 듯 신이 나 말했다. 담월의 얼굴은 점점 파랗게 질려갔다. 하지만 '감히 네까짓게 과연 할 수 있겠냐' 싶은 강현의 고까운 시선과 마주치자 두려움이 거짓말처럼 사라졌다.

"지금이라도 그만둘래?"

태진이 담월을 걱정하듯 물었지만 그녀는 고개를 힘 있게 가로저었다.

"아, 아닙니다. 해 보이지요!"

"좋네. 두 사람 다 시각은 통행금지 전인 인정(人定)까지, 기록한 사초를 들고 예문관으로 오면 성공한 것으로 하겠네. 그 내용은 무엇이 되었든 좋아."

"하지만 우리도 승지들을 통해서 어떤 일이 있었는지는 다 듣고 있으니, 거짓으로 날조를 할 생각은 접어 둬."

유정과 태진의 말이 끝나기가 무섭게 담월은 서둘러 오늘 아침에 들고 온 필묵함과 화선지 한 묶음을 챙겨 들었다. 하지만 강현이 더 빨랐다.

담월이 준비를 마쳤을 때쯤 그는 이미 예문관을 나서고 있었다. 문 너머로 사라지는 여유로운 뒷모습에 담월은 질 수 없다는 듯 빠른 걸음으로 예문관을 나섰다. 유정과 태진은 서로를 보며 씨익 미소를 지었다.

"아무래도 재밌는 녀석이 들어온 거 같지 않나?"

"한동안 지루하진 않겠는데. 누구한테 걸 거니?"

"그래도 현이 녀석이 조정에 들어와 사관으로 구른 가닥이 있잖아. 도담원 그 녀석, 제법 줏대야 있어 보이지만 동궁은 만만치 않아. 덩치도 작아선 세자 호위인 익위사 녀석들에게 둘러싸이면 쫄아서 돌아올걸?"

"그러면 나는 도담원에게 걸어 보지. 지는 쪽이 크게 사는 걸세."

"좋지. 간만에 코가 삐뚤어지게 마셔볼 수 있겠군!"

두 선배 사관이 두 사람의 내기에 한 번 더 얹어 내기를 거는 동안 담월은 동궁전으로 향하고 있었다. 세자는 아침부터 저녁까지 동궁전에서 후대 왕이 될 교육을 받는다. 하지만, 몇 년간 쓰러진 왕을 대신해 대리청정을 해온 탄헌군은 중희당(重熙堂)에서 정사를 돌봤다. 바로 아침에 담월이 조례를 보았던 그 곳이었다. 이미 한 번 가 본 길이었기에 그리 오래지 않아 그녀는 중희당에 도착할 수 있었다.

걸음을 멈추고 숨을 돌리자마자 담월은 이조의 관리들과 함께 중희당의 계단을 내려오는 각운과 마주쳐야 했다. 각운은 그녀를 보자 다른 이들을 먼저 보내고 담월에게 다가왔다. 심상치 않은 표정이었다. 그녀는 각운의 그 얼굴을 알고 있었다. 궐에 들어오기 전 각운이 그녀에게 경전을 가르칠 때, 담월이 쓴 공부가 못마땅하면 짓는 표정이었다. 그녀는 그 표정이 꺼림칙했다. 차라리 평소처럼 대놓고 잔소리를 하는 것이 낫지, 무슨 말을 해야 할지 모르겠다는 저 시선 아래 놓이면 스스로가 어리석은 사람이 되는 기분이었다. 담월은 슬그머니 챙겨온 필묵함을 뒤로 숨겼다.

"여긴 또 왜 온 거요?"

담월을 구석으로 몬 각운이 한숨을 내쉬며 따지듯 물었다. 담월은 마땅한 변명을 내세우기 위해 머리를 굴렸다. 바른 대로 얘기를 했다간 왠지 이 깐깐한 남자가 가만히 있지 않을 것 같았다.

"승정원으로 심부름을 가다가 길을 잃은 것뿐입니다. 뭘 그렇게 역정을 내십니까?"

"내가 지금 골이 안 나게 생겼습니까. 좀 전에 조례에서 어찌나 조마조마하던지 내가 걱정을……."

"네?"

담월의 물음에 각운은 아차 하며 입을 다물었다. 그래도 담월이 무슨 소리냐며 빤히 바라보자 각운은 다시 차갑게 쏘아붙였다.

"아무것도 아니요. 부디 당부하건대 이 궁궐에서 그대가 다른 이들의 눈에 자주 띄어서 좋을 것도 없으니 앞으로는 제발 조용히 좀 다니시오. 좌의정께서 부탁한 일에만 신경을 쓰란 말입니다."

하마터면 걱정을 하였다는 말이 입 밖까지 튀어나올 뻔했다. 각운은 말을 삼키며 쓸데없이 잔사설을 늘어놓았다. 그 말에 반성이라도 하였는지 그보다 손 하나는 작은 담월이 쭈뼛거리며 그의 눈치를 보는 게 아닌가. 그는 절로 한숨이 나왔다. 실상이야 뒤에 숨긴 필묵함이 들킬까 그런 것이었지만.

"승정원은 저쪽 담을 지나 왼쪽으로 꺾으면 되니 이만 가보시오."

그렇게 말을 내뱉은 각운이 제 갈 길을 가는 듯해 담월은 안도의 한숨을 내쉬었다. 그러나 이내 각운이 다시 그녀에게 뚜벅뚜벅 걸어왔다. 그가 아주 가는 줄 알았던 담월은 다시 놀라 필묵함을 뒤로 재차 숨겼다.

'가던 길이나 가지 왜 자꾸 사람을 놀라게 하는 거람—!'

그런 담월의 마음은 아랑곳하지도 않고 각운은 다시 다가와 망설이다가 한 마디를 뱉었다. 그 잠시의 머뭇거림을 소화가 보았더라면 저 주각운이 쑥스러워하는 일도 다 있다며 놀랐을 것이다.

"그래도 관직을 제수 받은 날이니 축하를 해야겠지요. 이따 집으로 좋은 술 한 병 챙겨 들고 갈 테니 소화에게 음식이나 준비하라 일러 주시오."

의외의 말에 담월은 조금 놀랐다. 그녀는 알고 있을까, 각운이 이 말을 하기 위해 그 잠깐 사이에 얼마나 많은 고민을 했는지.

"아, 알겠습니다. 이따 뵙지요."

"그럼 이만."

그러고 그는 다시 휘적휘적 걸음을 옮겨 담월의 곁을 떠났다. 이번에는 그가 담을 넘어 아주 사라지는 것까지 확인하고 나서야 담월은 몸을 움직였다. 그녀는 중희당을 지키고 선 이들의 눈을 피해 몰래 궁녀들이 드나드는 작은 문으로 들어갔다.

'아버지, 오라버니! 이 담월, 두 분의 이름을 걸고 반드시 이 내기에 이기고 말 것입니다.'

* * *

그러나 탄헌군의 일을 엿듣는 것은 쉬운 일이 아니었다. 대소신료들과 정치를 논하는 중희당에선 어찌나 사람이 복도로 많이 지나다니는지, 지필묵을 펼쳐놓고 몰래 엿듣거나 할 수가 없었다. 해가 서쪽으로 반절이 넘어갈 때까지 담월은 별다른 소득을 얻지 못했다. 괜히 중희당 내외로 돌아다니는 바람에 세자의 호위인 세자익위사들의 시선을 끌었을 뿐이었다. 그 시간 동안 제대로 앉지도 못해 중희당 옆 섬돌에 주저앉았을 때였다. 검은 비단에 금색 박이 입혀진 곤룡포가 저 멀리 스쳐 지나갔다. 탄헌군이었다. 낮 동안의 긴 업무 일정을 끝낸 모양이었다.

"이 다음 일정은 성정각이었던가?"

"그렇습니다, 저하. 시강원에서 오늘 춘추삼전(春秋三傳)을 강론한다고 합니다."

"강론이 길어지겠군. 이후의 궁술 수련은 내일로 미룬다 전하게."

탄헌군은 서둘러 걸음을 옮겼다. 아무리 쓰러진 아버지 형원을 대신하여 정무를 돌본다고는 하지만 그에게는 엄연히 세자로서의 책무도 있었기에 한시도 게으를 수가 없었다. 숨 돌릴 새도 없는 그의 일정에 덩달아 죽어나는 것은 그를 따라 다니던 담월이었다.

'세상에, 어찌 이리도 파고들 틈이 없담!?'

눈빛이 형형한 익위사들이 세자의 주변을 지키고 있었고, 탄헌군은 하루 종일 수많은 사람들과 만나고 돌아다녔다. 도망 다니는 세월 동안 다져진 체력에는 나름 자신이 있던 담월도 혀를 내두를 정도의 일과였다.

정청에서뿐만 아니라 공부를 하는 성정각에서도 영의정을 비롯해 다른 대신들과 강론을 하기에 어떻게든 엿들어 보려고 했으나 실패하고 말았다. 창문가를 기웃거리던 것을 익위사의 말단 관리인 세마(洗馬)에게 딱 걸리고 만 것이다.

"누구인가 했더니 아까 중희당에서부터 돌아다니던 그 치가 아닌가?"

"처음 뵙는 얼굴인데 어디의 뉘신지요?"

두 세마가 담월의 옆에 나란히 서서 각각 물었다. 답을 저어

하는 사이 담월을 봤다던 세마가 껄껄 웃으며 그녀의 어깨를 툭툭 두드렸다.

"뭐 물을 것 있나. 혼자 필묵함에 화선지를 들고 있는 걸 보니 쥐새끼 같은 예문관의 사관 나으리시겠지. 행여 사고라도 치지 말고 적당히 돌아가시오. 우리 같은 말단 세마들이니 그냥 넘어가지, 익위 나으리께 걸리기라도 하면 힘들 거요."

그리들 말하며 담 밖으로 내쫓는 바람에 담월은 또다시 멀리서 다른 곳으로 움직이는 탄헌군을 볼 수밖에 없었다. 이제 해가 지고 있었다. 이대로는 내기에 질 것이 뻔했다.

'솜씨를 겨뤄서 지는 것도 아니고, 엿들을 수 있느냐 없느냐로 진심을 판가름하는 데 지는 건 억울해! 하지만 그렇게 내기를 하기로 해 버렸으니. 하지만 오늘 세자 마마의 일은 끝났는데…….'

그러나 담월은 이내 고개를 세차게 저어 부정적인 생각을 털어냈다. 이 내기에는 담월 자신의 자존심만 걸려 있는 것이 아니었다. 남복을 하고서까지 궁에 들어온 건 아버지의 누명을 벗겨내고 그 명예를 회복하기 위해서가 아니었던가. 이런 일로 그 명예를 한 번 더 실추시킬 수는 없는 노릇이었다.

"아냐, 내기 시간은 통금 시간인 인정 전까지였으니까. 해가 지고 나면 주변의 경호도 빈틈이 생기겠지."

담월의 그런 생각은 반쯤은 맞았다. 탄헌군이 침전인 중화당으로 들어간 후, 저녁 식사를 마친 시간 후가 익위사들의 교대 시간이었는지 숫자가 반으로 줄었다.

'좋아, 기회야!'

석찬을 마친 후라 동궁을 드나들던 궁녀들도 적었다. 담월은 여기저기 기웃거리다가 침전의 바로 옆에 붙어 있는 방으로 몰래 들어갔다. 방 한 칸을 가득 메운 책장이며 빼곡히 들어찬 경서들을 보니 세자가 특히 자주 보는 책들을 모아 둔 서재인 모양이었다.

한쪽에는 미처 다 보지 못한 장계가 쌓여 있었다. 담월은 발끝으로 조심스레 걸어 침전과 바로 붙은 문으로 다가갔다. 눈동자만 빠끔 보일 정도로 문을 열자 탄헌군과 그의 측근들이 따로 모여 논의를 하고 있는 모습이 눈에 들어왔다.

"명나라에서 보낸 사신이 오늘 개성에 도착하였을 것입니다. 대체 무슨 제안을 하려고 금 대인을 같이 보내는지 모르겠군요."

"그는 명나라의 실세인 상시의 측근. 무엇이 되었든 가벼운 이야기를 들고 오지는 않을 게요."

침전에서 주고받는 이야기인데도 오히려 이쪽이 정청에서 오고 간 얘기보다 더 중요해 보였다. 측근들의 이야기를 듣고 있던 탄헌군이 입을 열었다.

"그가 와 보면 알게 되겠지. 우리에게 불리한 제안을 하지는 않을 걸세. 여진의 소식은 어떠한가."

"근래에 큰 군사적 충돌은 없었으나, 유르지크의 아비가 이번 족장이 되었다는 소식이 있습니다. 조만간 그들도 어떤 연유에서든 사신을 보낼 것 같습니다."

담월은 고이 말아둔 화선지를 펼치고 필묵함을 열었다. 불이 없어 어둡기야 했지만 글을 쓰지 못할 정도는 아니었다. 작은 세필 붓을 고른 담월은 귀를 쫑긋 열고 문종이 한 겹 너머의 이야기를 놓치지 않으려고 애를 쓰며 전부 종이에 옮겨 담기 시작했다. 이렇게 사초를 기록하여 인정전까지 예문관으로 돌아갈 수 있다면 적어도 그녀는 지지 않을 것이었다.

*　　*　　*

결은 불편한 잠에서 깨어났다. 책상에 팔을 얹고 그 위에서 잠이 들었더니 머리가 멍하고 몸이 뻐근했다. 사위가 어둑한 것을 보니 벌써 밤이 된 모양이었다. 점심을 먹고 나서부터 탄헌군의 서재 구석에 틀어박혀 있었으니 족히 서너 시진은 지났으리라.

"방 내관에게 크게 혼이 나겠는걸……."

마른세수를 하며 그렇게 중얼거리긴 했지만 그의 얼굴엔 반성을 하는 기색이 없었다. 그는 부은 눈을 눌러 주고 손에 묻은 먹들을 대충 닦아냈다.

"그렇지만 이런 장계나 상소들이 읽혀지지도 않고 쌓이기만 하는 건 너무 안됐잖아. 이렇게 재미있는데."

결은 보다 잠들었던 남도의 장계를 다시 펼쳐서 읽기 시작했다. 탄헌군의 손까지 올라가지 못하는 장계나 상소를 읽는 것은 경원대군의 유명한 취미였다.

처음에는 왕자가 경서의 공부를 뒷전으로 한 채 승정원이나 육조에 몰래 들어가 문서를 읽는다 하여 말이 많았다. 어릴 적부터 몸이 아픈 왕자를 임금이 너무 오냐오냐 한다는 말도 있었다. 하지만 그것이 몇 년 계속되자 이제는 조정의 사람들도 그 취미에는 손을 놓은 참이었다. 그렇다고 결이 공부를 소홀히 하는 것도 아니었다. 되레 경서와 역사서의 지식과 나라의 현안을 엮어 이해하는 바가 큼을 회강에서 몇 번 선보이자 왕인 형원이며 세자 탄헌군이 그의 그런 기벽을 눈감아 주기 시작했다. 어차피 소년이 볼 수 있는 문서는 그리 중요한 것들도 아니었다. 하지만 궐 밖의 세상에 대한 호기심으로 가득한 그에게는 그것으로 충분했다.

"한동안 몰래 나가는 것도 못 할 것 같으니 이렇게라도 무료함을 달래야지."

기껏 눈을 뜬 왕이 다시 정신을 잃었기에 어머니인 중전의 심려가 컸다. 그런 와중에 자신까지 몰래 궁궐 밖을 나다니다가 무슨 변고가 생기기라도 하면 어머니가 받을 충격이 염려되었기에 그는 한동안 바깥출입을 자제하기로 마음을 먹었다. 어차피 밖에 나가 봤자 찾지도 못할 사람을 찾아다니다가 실망한 채로 돌아오게 될 것이라는 것도 다짐의 이유였다.

"—그 사람은 어찌 지내려나."

결은 연기처럼 사라진 담월을 떠올렸다. 왕이 눈을 뜬 이후 결은 기회를 엿봐 그에게 담월의 일을 꺼내보려고 했다. 그녀가 왕명을 거역하고 도망친 중죄인이라는 것은 알았지만 몇 년이나 자리보전을 하던 임금을 회복시킨 공이 있다면 그 죄가 충분히 상쇄되고도 남으리라 생각했다. 하지만 그가 하루 만에 다시 병석에 눕자 그마저도 요원한 일이 되었다. 담월은 아직도 왕의 명을 어기고 도주한 대역죄인의 집안이었고 왕자에 불과한 결이 할 수 있는 일은 없었다. 그녀를 찾고 있다는 말도, 그녀를 도성에서 본 것 같다는 말도 꺼내서는 안 되는 입장이었다.

"방 내관이 수소문을 해 보겠다고는 했지만, 역시 다시 보기는 어렵겠지…… 더 늦었다간 정말 잔소리를 들을 것 같으니 일어나야겠군."

결은 보다 만 장계 몇 개를 품에 챙기고 의자를 끌어 일어났다. 돌아가 저녁을 먹고서 마저 장계를 읽을 심산이었다. 어차피 이곳에 쌓여 있는 것들은 형님인 탄헌군이 미처 보지 못한 사소한 내용들이니 하루쯤 자신이 빌려 간다고 해서 지장이 있을 일은 아니었다.

그는 문을 나서려다가 이상한 기척을 느끼고 고개를 돌렸다. 의자를 끄는 소리가 났을 때부터 책장 한 구석에서 사람의 인기척이 느껴진 탓이다.

"거기 누구냐?"

결의 말에 어둠속에서 헉, 하고 숨을 삼키는 소리가 들렸다. 뭐지, 수상쩍은데? 그는 천천히 책장 쪽으로 걸음을 옮겼다.

제4장
재회

책장 안쪽으로 들어가자 바닥에 앉아 있던 이가 서둘러 일어났다. 담월이었다. 분명 아무도 없는 줄 알았는데 구석진 자리를 못 보고 지나친 모양이었다. 낭패라고 생각하며 담월은 고개를 푹 수그렸다. 그가 입은 옷은 일반 관원의 옷이 아니었다. 왕실의 사람인가? 눈앞의 사내가 누군지는 모르겠지만 아직 담월의 얼굴을 잘 모를 거다. 길을 잃은 척 빠져나가면 두루뭉술하게 빠져나갈 수 있지 않을까?

담월이 이런 저런 생각을 하는 사이 결은 담월이 앉아 있던 자리에 놓여 있는 화선지와 그 위에 나동그라진 붓을 발견했다. 조금 전까지 글을 쓰고 있던 모양이었는지 종이에는 글이 반쯤

채워진 채였다.

"이 옆은 필시 세자 저하의 방인데, 엿듣고 있는 걸 보니 예문관의 사관인가 보군요. 이번 별시에 젊은 검열이 하나 나왔다 들었더니 그대인가요? 이름 석 자가 어떻게 되나요?"

첫 날부터 욱에게 대든 자에 대한 소식은 이미 결의 귀에도 들어간 참이었다. 안 그래도 흥미가 있던 차에 이렇게 만나게 되다니. 얼굴을 살피려 했지만 어두운 데다 고개를 푹 숙이고 있어 결은 담월을 제대로 볼 수가 없었다.

"소인, 개성에서 온 도담원이라 합니다. 그런데 누구신지……."

도담원이라, 그가 애타게 찾고 있던 소녀와 이름이 비슷해 결은 피식 웃고 말았다. 흔한 성씨가 아니니 그 사촌이기라도 한 모양이었다.

"경원대군 이결입니다. 예문관 검열들의 용기가 대단하다고는 들었으나 새로 들어온 관원이 형님의 침전 옆에서 정사를 엿듣다니 대단한 간담이군요."

결은 재밌다는 듯 키득거렸으나 그 앞에 선 담월은 심장이 떨어지는 기분이었다. 몰래 세자의 침전을 엿보고 있다는 것을 들킨 것으로도 모자라 하필이면 그 대상이 경원대군이라니! 다시 한 번 만나고 싶다는 생각은 있었지만 이런 방식을 생각한 건 아니었다. 그녀는 서둘러 그가 돌아가 주기를 바랐지만 그는 그녀가 쓰고 있던 것이 무엇인지 흥미가 이는 모양이었다.

"어라, 이것은……."

"마마께서 관심을 보일 만한 물건이 아니옵니다. 소, 소인 이만 퇴궐할 때가 되어 그러니 이만 물러나겠습니다!"

담월은 저가 탄헌군의 침전 바로 옆에서 몰래 엿듣고 있었다는 것도 잊은 채 허둥지둥 화선지와 지필묵을 챙겨 담았다. 그리고 얼떨떨한 표정을 짓고 있는 결의 옆을 쌩하니 지나쳐 방을 나섰다. 무례라는 것은 알았지만 그가 자신의 얼굴을 알아볼까 그녀는 필사적이었다.

"이런, 이걸 흘리고 가 버렸는데."

서두르는 바람에 담월이 빠트린 종이 한 장을 결이 주워 들었다. 위험을 무릅쓰고 기록한 사초이니 필시 중요하겠지 싶어 결은 여유롭게 방을 나섰다. 중화당을 나가는 길은 여럿이었으나 예문관으로 향하는 방향은 한 곳이었고, 경원대군의 주영각과도 방향이 맞물렸기에 천천히 가다 보면 만나겠지 하는 심산이었다.

"그런데 분명 낯이 익은데."

얼굴의 얘기가 아니었다. 워낙 어두워 얼굴은 제대로 볼 수 없었지만 결의 손 안에 있는 글씨는 달랐다. 감히 세자의 침전 옆에서 엿듣고 있다는 긴장이 그대로 전해진 글씨는 떨림이 있고 휘갈겨 쓴 흔적이 있었지만, 분명 결이 알고 있는 글씨체였다. 칠 년을 마음에 품었던 한 글자, 며칠을 보고 또 다시 보았던 소원부. 이것은 담월의 글씨와 닮아 있었다. 설마, 그럴 리가…… 머리로는 아니라고 생각하면서도 결은 다시금 그 사초를 펼쳐 글자 하나하나를 뚫어져라 읽어 보았다.

"하지만 이 글씨는 분명……!"

결의 걸음걸이는 점차 빨라졌다. 그러더니 이내 사초를 접어 들고 담월이 갔을 길로 체통도 집어던지고 달음박질치기 시작했다.

그녀는 얼굴이 보일까 더욱 깊게 고개를 숙이며 스스로를 자책했다. 도성에 온 지 칠 년 만이라도 그렇지 왜 아무도 못 알아볼 거라고 장담을 했는지! 아버지를 살려 달라는 소생의 소원부를 써 준 것이 어린 시절의 그 왕자였다는 것만으로도 충분히 그녀는 놀랐었다. 그리고 막연하게 다시 보고 싶어도 볼 수 없는 이려니 생각했다. 그랬기에 이번에 궁에 들어오면서도 그와 언제고 다시 마주칠 수 있다는 것은 아주 까맣게 잊고 있었다.

"못 알아봤겠지?"

그래 봤자 한 번 마주친 인연이었다. 저잣거리에서 만났을 때도 그는 자신을 알고 있다는 눈치가 아니었다. 하지만 그 이후에 소원은 이루어졌다. 그런 재주는 흔치 않은 것이니 어쩌면 지금은 눈치를 챌 수도 있었다. 그가 눈치를 채기를 바라는 것인지, 아니길 바라는 것인지. 중화당 바로 옆 샛길에서 갈팡질팡한 마음에 갈피를 잡지 못하던 담월은 그제야 제 손에 들린 사초가 한 장밖에 없다는 것을 깨달았다. 서둘러 나오느라 놓고 나온 모양이었다. 하루 종일 탄헌군을 좇아 적은 것이 고작 두 장. 그중에 한 장은 경원대군 때문에 놀라 붓이 떨어져 엉망이 되었기에 제대로 알아볼 수가 없었다. 결국 제대로 남은 사초라곤 빠트리고 온 그것 한 장뿐이었다.

"어쩌지? 그게 없으면 내기에 이길 수 없을 텐데."

경원대군과 다시 얼굴을 마주하는 것도 걱정이었지만 저 삼엄한 경비를 다시 뚫고 몰래 들어갈 수 있을지가 문제였다. 아까 전에야 경비도 적었고 사람들이 돌아다닐 시간이어서 괜찮았지만, 지금은 해시가 다 되어 가는 시간이었다. 경비의 수도 두 배가 되었고 특별한 일이 아닌 이상 신료가 세자의 침전에 발 들일 일도 없었다. 그러나 이대로 돌아갈 수는 없었다.

'어딘가 몰래 들어가는 길이 있을지도 몰라.'

왔던 길로 돌아가다가 결과 다시 만날 성싶어 그녀는 담을 따라 빙 돌았다. 동궁전의 후원과 이어지는 길이었다. 이쪽으로 향하면 중화당 뒤편의 문으로 돌아갈 수 있었다. 달도 흐리게 뜬 날이라 담을 더듬어 걷던 그녀는 꺾어지는 골목에서 잠시 걸음을 멈췄다. 반대편에서 소리를 한껏 낮춘 목소리들이 들렸다.

"……분부하신 대로 조합하였습니다. 어의께서도 확인하시고 전하께 올리셨습니다."

"그래. 북에서 특별히 가져온 것이니 앞으로도 심혈을 기울이게."

분명 아까 담월이 귀를 기울여 듣던 탄헌군의 목소리였다. 그새 침전에서 이쪽으로 자리를 옮긴 모양이었다. 그 이후에도 뭔가 대화를 나누는 듯 했지만 목소리가 점차 낮아져 알아듣기가 힘들었다.

'여길 지나가야 하는데…… 아냐, 차라리 지금 이걸 적어서 가져가 볼까?'

누군가 옆을 지나갈 수도 있다는 위험부담이 컸지만 경비가 삼엄한 중화당으로 다시 돌아가는 것보다는 나아 보였다. 담월은 좀 더 가까이 다가간 후 이제는 무겁게 느껴지는 필묵함을 내려놓고 바닥에 구겨진 화선지를 꺼냈다. 아직 밤공기가 차가운 계절이었기에 입김으로 손을 녹이며 벼루에 갈아온 먹을 부으려고 할 때였다.

"하아, 여기 있었군요."

"—!"

뒤에서 들려온 목소리에 하마터면 담월은 넘어질 뻔했다. 차림이 엉망으로 흐트러진 결이 무릎을 짚고 저를 보고 있었다. 얼마나 뛰어다녔는지 그가 거친 숨을 한참 고르는 동안 담월은 사색이 되어 후다닥 필묵함을 다시 정리했다. 결은 소매에서 곱게 접은 담월의 사초를 꺼냈다.

"두고 간 게 있지 않습니까. 그대로 거기 두었다가 형님의 눈에 띄면 크게 경을 칠까 싶어 갖다 주려고 한참을 찾았습니다."

"……감사합니다, 마마."

결은 제게서 애써 고개를 돌리며 사초를 받는 담월의 얼굴을 살폈다. 흐린 달빛이나마 아까보다는 얼굴을 사뭇 선명하게 알아볼 수 있었다. 남복을 했다 한들 어찌 모를 수 있을까.

사초를 확인하고 소매에 넣는 그녀의 손이 긴장으로 떨렸다. 앞에는 경원대군, 뒤에는 탄헌군이라니! 이번에도 좀 전처럼 무례하게 빠져나가기는 어려워 보이는데. 어찌 빠져나가야 하지…… 고민하다가 슬쩍 곁눈질한 결의 얼굴은 은은한 달빛을 받아 그런지 유독 희고 밝았다. 저 둥근 뺨을 보면 당장이라도 '길을 잃어서요……'라고 쭈뼛거릴 것만 같은데, 사내로서 각이 잡혀가는 얼굴을 보면 사뭇 다른 사람 같았다.

"소저, 날 기억하나요?"

"무, 무슨 소리십니까. 소저라니요!"

순간 소리를 크게 낸 것에 놀라 담월은 제 입을 가렸다. 바로 뒤 꺾어지는 길에 사람이 있다는 걸 깜박할 정도로 놀랐지만 담월은 침착하려 애를 썼다. 하지만 긴장한 손이 바르르 떨리는 것만은 막을 수 없었다. 결은 한 걸음 더 다가왔다. 더욱 가까워진 거리에서, 부드러운 목소리가 그녀를 향했다.

"그대이지 않습니까. 내게 주상전하의 쾌차를 비는 소원부를 적어 준, 그 어릴 적 내게 복숭아꽃을 피워 주었던 소저 말입니다. 맞지요?"

확신을 담은 목소리에 담월은 조심스럽게 고개를 들었다. 반짝이는 눈빛이었다. 맞다, 말하면 어떻게 될까. 당장 이 반짝임이 사라지고 엄한 목소리와 함께 징벌을 할까, 아니면 그 어린 시절처럼 환하게 웃으며 반겨 줄까. 이성적으로 생각한다면 당연히 앞선 생각이 옳았다. 아무리 겉으로 웃고 있어도 속에서 무슨 생각을 할지 모르는 거니까. 겉모습만 보고 사람을 믿을 정도로 담월은 순진하지도 어리석지도 않았다. 담월은 침착하게 생각했다. 어차피 그녀가 발뺌한다면 결은 당장 사실을 확인할 수 있는 방법이 없다. 그녀는 목소리를 가다듬었다.

"엄연한 사내를 보고 소저라 하시니 무슨 말씀을 하시는지 모르겠습니다."

담월의 말에 결은 마뜩잖다는 표정을 지었다.

"하지만 그대 글씨가—."

"웬 소란이냐."

뒤에서 들려온 목소리에 담월이 몸을 돌렸다. 어둠 속 검은 옷이었지만 왕세자 탄헌군의 존재감은 확연했다. 담월과 키가 비슷한 결에 비해, 그들보다 머리 하나는 큰 이욱의 시선이 차갑게 그들을 내려다보았다.

"내 지켜본다고는 했으나 그 말이 내 앞에서 이리 얼쩡거리라는 뜻은 아니었네만."

담월은 품에 안은 필묵함을 꽉 끌어안았다. 손에 쥔 화선지도 마찬가지였다. 조선인이라고 보기 어려운 이질적인 푸른 눈동자가 그녀의 손을 유심히 보았다.

"조정에 입시한 첫 날부터 세자의 일을 엿듣다니. 각오는 되어 있는 건가?"

"그런 게 아닙니다, 형님."

욱과 담월의 사이에 결이 끼어들었다. 담월을 매섭게 쏘아보던 시선이 한참이나 손아래인 유일한 아우를 향했다. 결은 제 다른 팔에 끼워져 있던 장계들을 꺼내 흔들어 보였다.

"신입 관원인 것 같던데, 아우가 이런 취미를 갖고 있는 것을 몰랐는지 멋대로 장계를 반출하면 안 된다며 저를 계속 따라오지 뭡니까."

결은 싱글싱글 웃으며 담월의 앞을 가리고 섰다. 저야 자라면서 익숙해진 형님이라지만, 처음 본 사람들에게는 폐부가 떨려 숨을 쉬기 어려울 정도의 위압감을 주는 이라는 것을 그는 익히 알고 있었다. 아침의 일을 듣자니 욱이 그녀를 탐탁지 않게 여기는 듯했기에 결은 적당한 거짓말을 지어냈다.

"너무 노엽지 마세요. 본분을 다한 것뿐이지 않습니까."

그렇게 말하자 욱도 더 이상 담월을 탓할 수가 없어졌다. 감싸주는 것이 눈에 뻔히 보였지만, 열두 살이나 어린 유일한 아우가 이렇듯 웃으며 말을 하면 누그러질 수밖에 없었다. 이렇게 사람을 제 편으로 끌어당기는 것은 왕자임을 떠나 그 스스로의 매력이기도 했다. 욱은 피식 웃고 말았다.

"하여간 사관들이란 고지식해서…… 너도 이제 곧 나이가 스물이 되어 가거늘. 대군으로서 모범을 보여야지 않겠느냐."

"이리 완벽한 세자 저하께서 계시는데 저 하나가 왕실에 어찌 누가 되겠습니까?"

"녀석, 말이나 못하면. 이리 만났으니 간만에 차라도 함께 하자. 얘기를 나눈 것도 오래이니. 마침 후원에 자리를 마련해 둔 참이다."

결과 사이좋게 대화를 나누던 욱은 담월을 힐끗 한 번 쳐다보더니 먼저 몸을 돌려 후원의 정자로 향했다. 결은 앞서가는 탄헌군과 뒤에 얼어붙은 담월을 번갈아 보았다. 이제야 겨우 만났는데, 제대로 얘기 한 번 못 하고 보낼 수는 없는데…… 결은 걸음을 주저했다.

"뭐하느냐, 어서 오질 않고."

경원대군이 따라오지 않자 탄헌이 뒤를 돌아 그를 불렀다. 바로 가겠다며 답하고 그는 담월에게 돌아섰다.

"나중에 다시 얘기하도록 해요."

담월의 귓가에 가볍게 말을 마치고 그는 소년처럼 웃으며 탄헌의 뒤를 따랐다. 어차피 궁내에 있다는 걸 알았으니 다시 만나는 것쯤이야 일도 아니겠지.

귓가를 스치고 간 목소리는 뒤늦게야 담월의 얼굴을 붉어지게 만들었다. 어찌 되었건 이렇게 가까이에서 사내의 목소리를 들은 것은 처음이었으니까. 아까 하도 놀라서 더 놀랄 일은 없을 거라고 생각했는데 그것도 아닌 모양이었다.

"아차, 시간이 얼마나 됐지? 내기 시간에 늦겠어!"

담월은 두 사람이 후원 쪽으로 사라지고 나서야 정신을 차렸다. 아직 해시를 알리는 종도 울리지 않았으니 서둘러 가면 인정 전에 예문관에 닿을 수 있을 터였다.

* * *

"이제 해시(밤 9시) 다 되지 않았나? 그만 퇴청하자. 그 녀석, 안 올 것 같은데. 배고파 죽겠다고."

"너무 그러지 말아, 유정. 현이가 기다리고 있잖아."

배가 곯기는 태진도 마찬가지였다. 유정은 지루하다는 듯 크게 하품을 했다.

"현이가 해지기 전에 돌아왔기에 그 녀석도 적당히 하고 돌아올 줄 알았지. 이렇게 오래 걸릴 줄은 몰랐다고."

"그러게. 사이좋게 망해서 돌아오면 놀려 먹으면서 술이나 한잔하려고 했더니. 이거 원 돌아올 생각을 안 하네."

"지금 시간이면 세자는 이미 침전에 갔을 텐데. 정청이면 모를까 그곳은 세자익위사들이 하도 드세서 발도 들이지 못하잖아. 설마 거기까지 따라갔으려고? 포기하고 집에 갔겠지."

"흐음—. 그렇지만 도담원, 한 고집 하는 거 같던데. 뭐 재밌잖니? 현이도 은근히 기대하는 건지도 몰라. 계속 투덜거리지만."

태진은 문 밖을 서성이는 강현의 그림자를 보며 입꼬리를 올리고 웃었다.

"기대?"

"우리가 현이가 들어왔을 때 반신반의하다가 기뻐했던 것처럼, 제대로 된 녀석이 들어왔을지도 모른다는 기대 말이야."

태진은 애초에 두 사람 다 성공하리라는 기대는 하지도 않았다. 그나 유정의 입장에선 오늘 갓 들어온 담원이나 몇 해 된 강현이나 햇병아리기는 마찬가지였다. 칠 년 가까이 사관으로서 다양하고 자잘한 잡기들을 본의 아니게 익혀 온 그들로서도 왕과 왕세자의 침전은 불가침 영역이었다. 그곳에는 몇 푼을 받고 옆방에 몰래 들어가게 해 주는 녀석들도, 이리저리 기웃거릴 수 있는 외진 통로도 없었다. 왕이 다시금 쓰러지고 나서는 더욱 경계가 삼엄해진 곳들이었다.

"경칩도 지났다지만 아직 춥잖니. 계속 기다릴 생각이야?"

태진은 문을 열고 밖에서 예문관으로 들어오는 문만 뚫어져라 보고 있는 강현에게 말을 붙였다. 강현은 말없이 고개만 끄덕였다. 하여간 오기가 있는 녀석들은 피곤하다니까. 뭐, 그래야 이 예문관에서 버텨 나갈 수 있는 거지만. 그런 점에서 태진은 담월을 높게 샀다. 감히 세자의 안전에서 그런 식으로 비꼬아 말했다는 걸 전해 들었을 때는 웃다 넘어지는 줄 알았으니까. 그는 오늘 유정에게 크게 얻어먹을 수 있을지도 모른다는 생각을 아직 버리지 않고 있었다. 그리고 그의 기대는 어긋나지 않았다.

"저, 다녀왔습니다…… 안 늦었죠?"

무척이나 피곤해 보이는 얼굴의 담월이 예문관 담의 문에 손을 짚으며 걸어 들어왔다. 팔락팔락, 다른 한 손으로는 승리의 사초를 들어 보인 채였다. 강현은 이맛살을 찌푸리며 담월의 손에 들린 종이를 보았다. 담월이 왔다는 소리에 유정도 밖으로 나왔다. 어디, 어디 보자. 태진이 반색하며 그녀의 손에 들린 종이를 빼앗듯 잡아채 펼쳤다.

"뭐야, 진짜 갖고 온 거냐? 우린 네가 안 오길래 집에 가 버린 줄 알았다고."

"침전까지 따라갔다 오느라 좀 늦었어요."

"중화당까지? 대단한데?"

유정이 담월의 등을 툭툭 치며 칭찬하자 강현도 다가와 얼굴을 빼꼼 들이밀어 담월의 사초를 읽었다.

"하지만 글씨가 엉망이어서 제대로 알아보기 힘들잖습니까."

강현은 볼멘소리로 중얼거렸다. 저 인사는 끝까지 빈정거림의 연속이었다. 오늘 몰아닥친 일들 덕분에 피곤하던 것이 한 번에 날아갈 정도로 담월은 발끈했다.

"그래도 사초를 기록해 온 것만은 사실이지 않습니까!"

"맞아, 글씨를 잘 쓰는 내기가 아니긴 했지. 적당히 해 두라고."

유정이 담월의 말을 거들고 태진마저 강현을 달랬다.

"……흥, 다음부터는 제대로 해. 나중에 실록을 편찬할 때 힘들단 말이야."

그렇게 말하면서도 강현은 다시 한 번 담월의 사초를 훑어보았다. 믿을 수가 없었다. 중화당은 선배들은 물론 이 봉교도 쉽사리 들어갈 수 없는 곳이었는데. 대체 저 녀석은 뭐지? 과연 도씨 가문이다 이건가. 예언이 아니더라도 사관으로서 훨씬 뛰어난 자질이 있다는 건가? 강현의 얼굴이 켜켜이 납빛으로 물들어가는 것도 모른 채 태진과 유정은 신이 나 떠들었다.

"그러면 내기는 담원이 이긴 건가?"

"그렇지. 현이 이 녀석, 원이 소원 들어주느라 아주 쫄리겠구만!"

자기가 사야 하는 상황이 됐는데도 유정은 유쾌하게 웃었다. 늘 딱딱한 표정만 짓는 게 전부인 후배가 저렇게 애처럼 인상을 찌푸린 모습을 보는 건 처음이었다. 좀만 더 놀렸다간 입이 삐죽 나올 것 같았다.

"어차피 이 사초가 거짓으로 쓴 게 아닌지를 밝히는 건 내일 정청에서 얘기가 나오고 나서야 알 일이 아닙니까. 내일까지 두고 봐야겠지요. 그리고 권형은 말 좀 곱게 쓰십시오. 쫄리는 게 뭡니까?!"

형님들은 간만에 어린 모습을 보이는 강현이 귀엽다는 듯 그 어깨를 몇 번 치곤 퇴궐할 준비를 했다. 유정이 자주 가는 단골집에서 거하게 낸다고는 했지만 강현은 도통 그럴 기분이 아니었다. 담월도 천천히 퇴궐 준비를 했다.

"현아, 정말 한잔하러 안 갈 거냐? 원이도 가야지. 네가 이긴 것 때문에 사는 술인데."

"저는 됐습니다."

"저도 오늘은 너무 피곤해서…… 이만 집에 가 보고 싶네요. 하하……"

유정과 태진이 계속 담월과 강현을 붙잡았지만 그녀는 계속 에둘러 거절했다.

'밤늦게까지 저 치랑 같이 있다간, 피가 거꾸로 돌아서 신물을 찾기도 전에 내가 먼저 죽을지도…….'

게다가 밤늦게까지 사내들과 함께 있는 건 역시 부담스러웠다. 끝까지 두 사람 다 거절하자 태진과 유정은 아쉽다는 듯 입맛을 다시며 조만간 친목 도모를 하자며 다짐을 받아 냈다.

궐의 남문을 빠져나오고 나서 유정과 태진은 바로 기방으로 가느라 옆길로 빠졌기에 그 큰 길에는 담월과 강현 둘뿐이었다. 어두컴컴한 길에 그래도 혼자는 아니어서 다행이란 생각을 했지만 흘깃 살핀 강현은 여태 꿍한 얼굴이었다.

'사내가 내기 한 번 졌다고…… 어찌 저리 속이 좁담.'

이윽고 두 사람은 북촌과 남촌을 가르는 길목에 섰다. 각운이 마련해 준 담월의 집은 이쪽에서 서쪽에 있었다.

"오늘 수고하셨습니다, 강 검열. 전 이만 이쪽으로…… 하아?"

담월이 인사를 마치기도 전에 휘적휘적 제 갈 길을 가는 강현을 보면서 담월은 혀를 찼다. 저리 유치한 사람이 사관의 품성을 논하고 있다니.

"흥, 그대는 아버지와 오라버니의 발끝에도 못 미치네요."

혼자 중얼거리고선 담월은 집으로 향했다. 혼자 어둔 길이라 무서운 마음에 그녀는 걸음을 서둘렀다. 통금 시간인 인정이 다 되어 가는지 거리에는 벌써 포졸들이 돌아다니고 있었다. 어린 시절 도망을 다닐 땐 전국 방방곡곡에 담월의 얼굴이 붙은 방이 붙었다. 세상에서 가장 무서운 것이 제 얼굴을 유심히 보는 포졸들이었다.

"아이구 나으리. 어서 살펴 들어가십시오. 곧 인정입니다."

그녀의 관복을 본 포졸들이 꾸벅 고개를 숙이며 인사를 했다. 담월은 얼떨떨한 표정으로 그들의 인사를 받았다. 기분이 묘했다. 지금 자신은 쫓기는 대역죄인의 딸 도담월이 아니라, 정말 궁궐 출입을 할 수 있는, 정식으로 관직을 제수 받은 예문관 검열 도담원이 된 것이다. 하루 종일 여러 가지 일로 한껏 날카로워졌던 신경이 가라앉았다. 차분함을 되찾을 때쯤 그녀는 집에 도착했다. 한섬이 그녀의 목소리를 듣고 문을 열어주었다.

"왜 이제야 오셨어요. 좌랑께서 여태 기다리다 가셨는데."

집에 돌아오자마자 소화가 달려 나왔다. 그 말에야 담월은 각운이 집에서 기다리겠다고 한 것을 기억해냈다. 강현의 도발에 넘어가 그만 까맣게 잊고 있었다.

"미안해요. 궐에서 일이 많았어서……."

"제게 미안해하실 일은 아니지 않습니까? 나중에 뵙게 되시면 사과하셔요."

저녁을 먹지 못했다는 담월의 말에 소화는 식은 찬이라도 준비하겠다며 서둘러 부엌으로 갔다. 그 사이에 담월은 관복을 벗고 편한 여복으로 갈아입었다. 몇 년 만의 여복인데도 자주 입어 버릇하니 이제는 제법 손놀림이 익숙했다. 옷을 다 입고 나자 소화가 상을 들고 들어왔다. 상 위에는 못 보던 술병이 놓여 있었다.

“웬 술입니까?”

“좌랑께서 들고 오신 겁니다. 명에서 들어온 아주 값비싼 것이어요. 좌의정께서도 몇 병 없는 물건이랍니다.”

그런 귀한 물건을 들고 왔는데 내내 기다리다 가게 만들었다니, 담월은 각운에게 미안해졌다. 내일 궐 안에서 만나게 되면 반드시 사죄를 해야겠다고 생각하며 그녀는 찬을 입에 넣었다.

“피곤해 보이십니다. 궐에서 무슨 큰일이라도 있었나요?”

“……딱히 그런 건 아니고요.”

일이라면 많았다. 무수히 많았지만 소화에게 털어놓을 만한 일은 아니었다. 담월은 첫 날이어서 업무를 인계받는 데 시간이 오래 걸렸다고 적당히 둘러댔다. 소화는 그 말을 진심으로 믿는 듯했다. 그녀는 각운이 가져온 술을 따르며 부럽다는 듯 말했다.

“피곤할 만도 하지요. 여인으로서 감히 꿈도 꾸기 어려운 일 아닙니까. 좌랑도 첫 입궐한 날 파김치가 되어 돌아왔었지요, 호호호. 살아 돌아오신 것만으로도 참으로 대견합니다. 오늘은 식사만 마치고 어서 쉬시지요.”

식사를 마치고 그녀는 소화가 깔아준 이부자리에 누웠다. 그녀가 눕자 소화는 불을 끄고 안방으로 건너갔다. 넓은 사랑채에서 혼자 누운 담월은 잠이 오지 않아 이리저리 뒤척였다.

'설마 기억하고 있을 줄은 몰랐는데.'

경원대군에 대한 생각이었다. 분명 진귀한 경험이라고는 하나 아주 어릴 때의 일이지 않은가. 오랜 도망의 세월 동안 담월도 간혹 그때의 기억을 떠올리기는 했지만 그뿐이었다. 단 한 번 봤을 뿐이지 않나. 그가 왕자였다는 것을 빼고는 모든 게 흐릿한 기억이었다. 그 이후에 큰 일이 있어서 더욱 그랬다. 하지만 꽃이 만개함과 동시에 환한 미소가 피어나던 얼굴은 어렴풋하게 기억이 나기도 했다. 그저 소년으로만 기억하고 있었는데 담월이 자란 만큼 그도 훌쩍 자라 있었다. 한층 여유로움이 느껴지는 미소를 떠올리며 담월은 샐쭉한 표정을 지었다. 가슴이 콩닥콩닥 뛰었다. 각운 말고도 '도담월'을 기억하는 사람이 있었다니.

"고맙다고 인사를 해야 할 텐데."

거짓을 지어내서까지 세자에게서 저를 구해 주었다. 하지만 감사를 전하려면 그를 다시 만나야 할 텐데 자신의 정체를 아는 사람을 다시 만날 수는 없었다. 더군다나 그는 왕의 아들이 아닌가. 하지만 궐내에 있다 보면 언젠가는 마주치게 되어 있다. 각운에게 사실을 털어놓을 수도 없었다. 고작 좌랑에 불과한 그가 왕자에게 무엇을 할 수 있겠는가. 그렇다고 이 일을 포기하고 도주할 수도 없는 노릇이었다. 머리는 복잡해져 갔지만 마땅한 대책은 없었다. 담월은 생각을 포기하고 잠을 청하기로

했다. 눈을 감자 자신을 보고 토끼처럼 놀란 경원대군의 동그란 눈이 떠올랐다. 어린 시절의 것과 오늘의 것 둘 다.

'그래도 조금은, 기뻤어. ……나를 여태 잊지도 않고 알아봐 주어서.'

다음 날, 담월은 입궐하면서 괜히 육조의 앞을 빙글 돌아서 들렀지만 각운의 모습은 보이질 않았다. 어젯밤 내내 그 일이 마음에 걸려 잠도 제대로 못 이뤘는데, 서둘러 사과하고 싶었지만 본인이 보이질 않으니 어쩔 수 없었다. 그 앞에서 한참을 기다리다가 포기하고 입궐했지만 조례 시간에 늦은 모양이었다. 모두들 아침 조례를 쫓아갔는지 예문관은 텅 비어 있었다. 집기들을 정리하면서 한참을 기다리고 있자니 예문관의 일을 돕는 시종이 담월을 찾았다.

"도 검열님, 이조의 좌랑 나리께서 밖에서 기다리고 계십니다요."

그 말에 담월은 정리하고 있던 책장의 먼지만 마저 털어 낸 후 옷을 가다듬고 예문관을 나섰다. 예문관 담의 문 사이로 각운의 모습이 흘깃 보여 담월은 그쪽으로 몸을 옮겼다. 하지만 예문관으로 돌아오는 검열 삼인방과 먼저 마주쳤다. 각운은 그 모습을 보고 멀찌감치 떨어졌다.

"원이 네 녀석, 들어온 지 얼마나 됐다고 지각인 거야?"

유정이 짐짓 을러댔지만 태진이 그를 만류했다.

"어제 내기도 압승했는데 이번엔 봐주자고. 명의 사신이 온다는 얘길 듣고 현이가 얼마나 놀랐는지 그 표정을 네가 봤어야 했는데."

"흥, 그래도 전 아직 저 녀석을 인정할 수 없습니다. 이제 시작이 아닙니까."

"시작부터 중희당에 몰래 들어가 세자와 다른 신하들의 모임을 엿듣고 온 게 더 대단하잖아? 어서 들어가자."

"아, 전 잠시 일이 있어서. 곧 들어가겠습니다."

"그래. 전달할 사항이 있으니 어서 들어와라."

검열 삼인방이 예문관 안으로 들어가고 나자 각운이 사나운 얼굴로 담월에게 다가왔다.

"내기라니, 무슨 쓸데없는 짓을 하고 돌아다니는 겁니까? 어제 인정까지도 들어오지 않은 게 그 때문입니까?"

담월은 움찔했지만 이내 억울한 마음이 들었다. 아버지를 욕보였는데, 그게 쓸데없는 일이라니. 만나자마자 어제의 일을 사과하려고 했건만 이리 쏘아붙이니 울컥한 마음이 앞섰다.

"쓸데없는 짓이라니요? 중요한 일이었습니다."

그 말이 각운에게는 불에 기름을 부은 격이었다. 좀 전에 오고 간 말을 다 들어보니 어제 늦게까지 오지 않은 이유가 새로운 동료들과 놀이를 하고 있었기 때문이라니…… 무슨 변고라도 있는 것이 아닌가 얼마나 걱정을 했는데…….

"대체 무슨 중요한 일이기에 탄헌군의 처소까지 들어갔다는 말이오? 그가 얼마나 위험한 자인데……! 그리고 당신이 무엇을 위해 이 궐에 들어왔는지를 잊었습니까? 그러다가 큰일을 당하면 어쩌려고. 그런 거에 대해 생각하고는 있는 겁니까?"

각운이 쏘아붙이자 담월은 꿀 먹은 벙어리처럼 입을 다물 수밖에 없었다. 억울해하기에는 각운의 말에 틀린 바가 없었으니까. 대꾸할 말이 없는 것은 아니었으나 약조를 해놓고도 지키지 않은 것은 담월이었다. 그녀가 고개를 숙이고 말이 없자 각운은 깊게 한숨을 내쉬었다. 다른 이도 아니고 탄헌군이라니. 자칫 잘못했다가 그녀에게 무슨 사달이라도 난다면…… 상상하고 싶지도 않았다.

"그러다 목숨을 잃기라도 하면…… 난 어찌해야 한단 말입니까."

"좌랑……?"

탄헌군과 담월, 그리고 비명에 간 아버지의 생각이 어른거리던 각운은 저답지 않은 말을 했단 걸 깨닫고 헛기침을 했다. 담월이 의아하다는 눈으로 바라보자 그는 다시 목소리를 가라앉히고 일렀다.

"아무튼 앞으로 사관의 일에 그리 힘쓰지 마시오. 별로 중한 일이 아니지 않습니까?"

"대체 이조 좌랑께서 무슨 연유로 우리 예문관 사람에게 사관의 일로 이래라 저래라 하는 겁니까?"

뒤에서 들려온 삐딱한 목소리에 담월은 뒤를 돌아보았다. 담월이 한참을 들어오지 않아 데리러 나온 강현이었다. 두 사람의 대화의 마지막 얘기만을 들은 모양이었는지 그는 팔짱을 끼고 심기가 불편하다는 얼굴로 담월의 옆에 섰다.

"그대가 알 필요는 없는 일이오, 강 검열."

"흥, 정육품인 좌랑께서 하시는 말씀에 정구품인 검열은 끼어들지 말라 이겁니까? 하여간 마음에 안 드는 사람이라니까."

별로 상대하고 싶지 않다는 뜻을 가득 담은 말에 강현이 빈정거렸다. 평소라면 그냥 넘길 정도의 일이었으나 담월의 일로 심기가 불편했던 각운은 이맛살을 찌푸리며 강현의 말을 받아쳤다.

"왜 예문관의 사관이 내게 반감을 가지는지 모르겠습니다만."

"아, 들으셨습니까?"

"들으라고 하는 말이기에 들었습니다만."

"그 귀에는 좌의정 나리의 말만 들리는 줄 알았지 뭡니까."

"내게 불만이 있으면 돌리지 말고 바로 말하시오. 내가 그대에게 원한 살 일은 없었던 것 같은데."

"흥, 그 이유를 모른다는 게 싫다는 겁니다. 조정과 지방의 주요 관직을 정하는 이조의 좌랑께서 실세인 좌의정의 편에 유리한 인사를 하신다는 건 세상이 다 아는 일 아닙니까? 그런 편파적인 일들을 기록하는 것이 우리 사관의 일입니다. 후세에 그대의 인사가 어떤 일을 벌이게 되는지까지 역사에 남기게 되겠지요."

두 사내의 팽팽한 신경전에 가운데 낀 담월만 어찌 할 바를 몰랐다. 각운을 말리기도, 강현을 말리기도 애매했다. 강현의 쏘아붙임에 얼음 같던 각운의 표정이 노함으로 파삭파삭 부서지고 있었다.

"난 딱히 거리낄 것은 없으니 예문관에는 유감이 없습니다만, 나 개인에게 불쾌함을 드러내는 인사를 썩 내켜하는 바는 아닙니다."

"그렇다고 어쩔 겁니까? 아무리 좌의정을 업고 기세등등한 좌랑이라지만 이유도 없이 나를 미관말직으로 밀어 넣을 수는 없을 텐데요."

"내가 못 할 것 같습니까?"

"하긴 이제 들어온 신입 관원에게까지 간섭을 하려는 걸 보면 못 할 것 같지도 않네. 대체 도담원한테는 무슨 볼일인 겁니까?"

두 사람의 말다툼은 도무지 끊어질 것 같지가 않았다. 결국 담월은 두 사람 사이에 끼어들었다.

"이러지들 마십시오. 애들도 아니고 왜들 이러십니까? 좌랑도 제게 볼일이 끝나셨으면 가 보시지요."

난 아직 할 말이 남았다고! 담월이 버럭거리는 강현을 말리는 모습에 각운은 눈살을 찌푸렸다. 제게 사과하기는커녕 핀잔이라니. 그 모습이 강현의 편을 드는 것 같아 각운은 더욱 마음이 상했다.

"—아직 할 얘기가 남아 있습니다."

"그러니까 그건 좀 나중에……."

대체 강현이 있는 자리에서 어디까지 얘길 하려는 생각인지, 담월이 짜증스럽게 얘기했지만 각운은 그녀의 말을 끊었다.

"이번 별시 합격자들을 위한 환영회를 열어야 하는데 이번에는 예문관이 맡아서 준비를 해야겠습니다."

뜬금없는 각운의 말에 강현이 따지고 들었다.

"아니, 장원은 이조에 있지 않습니까? 왜 우리한테 그런 일을 떠맡기는 겁니까?"

"지난 과거에서 장원이 회를 도맡았으니, 이번에는 차석이 하는 것이 옳지 않소? 예문관에 차석이라도 들어간 것이 십 년 만이니 순번이 돌아갈 때도 됐지 않습니까."

상황이 순식간에 역전되었다. 거절할 수 없는 명분에 이번에는 강현이 오만상을 찌푸리고 각운은 회심의 미소를 지었다. 이로써 저 건방지게 입만 산 검열이며 제 걱정은 무시하고 돌아다니는 담월에게도 가벼이 쓴맛을 보여 주겠다는 심술이었다.

"그걸 제가 단독으로 대답할 수는……."

담월이 곤란해하는 사이에 강현이 선수를 쳤다.

"좋아, 하지요. 못 할 거 뭐 있나?"

"그럼 어디 한번 예문관의 연회를 기대해 보도록 하지요. 그럼 이만."

강현이 오기가 뻗친 목소리로 대답하자 각운은 마지막까지 차갑게 쏘아붙이며 담을 따라 사라졌다. 그 뒷모습에 재수 없는 녀석이라며 꿍얼거리던 강현은 옆에 어쩔 줄 모르고 선 담월에게 시선을 돌렸다.

"너, 저 녀석하고는 무슨 사이인 거냐? 왜 네가 사관 일을 하겠다니까 반대하는 거야? 너 설마……?"

의혹 가득한 목소리가 담월을 향했다.

"저 집안하고 친척이거나 뭐 그런 거야? 그래서 대충 하고 다른 데로 옮겨라 이건가."

"뭐 비슷한 거긴 합니다. 자세히 말하긴 어렵습니다."

담월은 순간 놀랐던 마음을 겨우 가라앉히고 대답했다. 강현의 오해가 심히 엇나가긴 했지만 이렇게 말해 두면 크게 오해 살 일은 없으리라.

"흥, 나도 딱히 깊게 알고 싶진 않아. 형님들이 기다리시니까 어서 들어가자고."

강현은 앞서 가는 담월의 작은 등을 내려다보며 눈을 가늘게 떴다. 어쩐지 욕을 먹을 걸 뻔히 알 텐데도 조정에 들어왔나 했더니 뭔가 사연이 있긴 있는 모양이었다. 예문관에 돌아가자 봉교 이문직과 두 검열이 기다리고 있었다.

"늦었구만. 아까 들었겠지만 명의 사신이 오는 일 때문에 우리도 할 일이 많게 되었네. 근 십 년 만에 오는 사절이야. 광록대부 사마궐에 실세인 척 상시의 측근 금 대인까지 온다니 필시 큰 논담을 하러 오는 거겠지. 역사를 기록하는 우리 예문관으로서는 몇 년에 한 번 오는 큰 중대사이니 차질 없이 준비하도록 하세."

문직의 주도로 어떻게 일을 분담할 건지에 대해 논의를 끝내고 난 후에야 강현은 이제 생각났다는 듯 아까 각운과 급제 연회를 맡기로 했다는 얘기를 꺼냈다.

"현이 너―!!! 제정신이 있긴 한 게야?! 어제 내기에서 졌다고 맛이 확 간 거냐?!"

"권 형, 바른말을 쓰시라 하지 않았습니까!"

"그게 지금 중하냐!"

사실상 일의 발단이 된 담월은 그 사이에서 불편하게 끼어 있었다. 좌랑이 그런 제안을 떠맡기듯 제시한 건 분명 저 때문일 테니까. 평소였다면 강 검열이 속 좀 긁는다고 그런 식으로 보복을 할 인사는 아니었다. 유정은 강현을 타박하고 태진이 머리를 짚으며 골치 아픔을 토로할수록 담월은 어쩔 줄을 몰랐다.

"또 귀찮은 일에 시비가 붙은 게구만. 허허…… 걱정들 말게나, 내 힘써 보겠네."

담월이 어쩌지도 못하고 식은땀을 흘리고 있자 문직이 일어나며 웃더니 예문관을 나섰다. 그가 나가자 가만히 있던 태진이 속에 담았던 생각을 늘어놓았다.

"이 봉교 어르신은 걱정 말라고 하시지만 난 걱정이 된다구. 급제자들을 포함해 각 청의 인사들까지 족히 서른은 올 텐데, 그만한 자리며 술과 음식을 마련할 수 있을지…… 솔직히 우리들 집안은 한미하고, 애써 준비해 봤자 이조나 예조가 마련할 만한 자리에는 미치지 못할 거야. 특히 장소가 문제야. 봄이라 웬만한 데는 꽃놀이 예약이 가득 찼을 거라고."

태진이 고개를 절레절레 흔들고 유정이 답답하다는 듯 강현을 쏘아붙였다.

"그 좌랑이 우리 예문관을 다른 이들에게 욕보이려고 작정을 한 게지. 하아, 현이 너는 왜 그렇게 싸움을 못 걸어 안달인 거니? 어제 원이 일도 그렇고 오늘 일도 그렇고."

"강 검열님의 잘못이 아닙니다. 좌랑과 저의 개인적인 일 때문에……."

담월이 변호하려 끼어들었지만 이내 강현이 말미를 잘랐다.

"그자가 담원에게 대놓고 사관의 일을 쓸데없는 짓이라 하지 않습니까. 어찌 열 받지 않을 수 있습니까?"

"좌랑이 담원에게? 그보다 너 원이를 탐탁찮게 여기던 것 아니었냐?"

담월도 신기하다는 듯 강현의 얼굴을 빤히 보았다. 그 시선에 강현이 부끄러운 듯 고개를 홱 돌렸다. 어제 내기를 통해 알았다. 녀석은 인정할 수밖에 없는 일을 해냈다. 하지만 여전히 얼굴을 보면 속이 불편한 것만은 어쩔 수 없었다.

"전 그저 예문관과 사관의 일이 욕보이는 것이 싫을 뿐입니다. 더군다나 주각운 그자는 도통 속내를 알 수가 없는 사내가 아닙니까. 인사권을 가진 이조의 일을 하면서 정사에는 무심한 척, 본디 과거는 무과를 준비했다던데 어째서 뒤늦게 문과를 본 건지도 모르겠고요. 정치에 전혀 뜻이 없어 보이는 인사가 아닙니까?"

"평판이 크게 나쁜 건 아니지 않나. 좌의정의 양아들인데도 심하게 편파적인 인사를 하지도 않잖아. 내가 보기엔 그냥 현이 네가 주 좌랑을 싫어해서 그런 거 아니니?"

태진의 말에 정곡이 찔렸지만 강현은 애써 아닌 척했다. 같은 시기에 입궐해 좌의정의 힘으로 승승장구하는 그를 보며 질투가 일지 않았다고 말하는 것은 거짓이리라.

"그래도 요직에 좌의정의 사람을 세우는 건 맞지 않습니까? 전 아무튼 그 집안이 싫습니다. 좌의정이나 주 좌랑이나 속으로 무슨 꿍꿍이인지 모르겠는 것도 그렇고요."

"좌랑에게 어여쁜 여인네 하나가 있다던데 그걸 시기하는 건 아니고?"

"아닙니다!"

저 두 사람은 강현이 발끈하는 것을 재밌어하는 게 틀림없었다. 그러나 웃음으로 닥친 걱정이 사라지는 것은 아니었다.

"저, 연회의 일은 제가 어떻게든 해 보겠습니다."

한참 강현을 놀려 먹던 두 사람이 담월을 돌아보았다.

"뭐 믿는 구석이라도 있는 거야?"

"그건 아니지만 주 좌랑이 그러는 게 제 탓 같아서요. 또 차석은 저니 제가 맡아야지요."

필시 어제 각운을 바람맞힌 데에 대한 보복이 틀림없었다. 그녀가 가서 잘 사정을 하면 다시 이조가 나서서 하겠노라 얘기를 할 터였다. 그 태도가 얄미워 사과하고픈 마음은 싹 가셨지만 담월은 자신과 각운의 사사로운 일 때문에 예문관의 다른 이들에게 폐를 끼치고 싶지 않았다.

"그래도 혼자서 할 만한 일이 아닌데."

"괜찮습니다. 맡겨 주세요."

"짜식, 어제부터 계속 마음에 드는데? 해 보라고 하지 뭐. 대신 도울 일이 있으면 언제든지 말하라고. 자자, 어차피 한 달은 남은 일이니 차츰차츰 생각하고, 오늘은 오늘의 일을 하자!"

그렇게 일이 일단락이 되고 검열들은 오늘 하루의 업무를 시작하기 위해 준비를 서둘렀다.

"자, 원이가 오늘 할 일은 조지소(造紙所)에서 새로 종이를 받아오는 거다."

"조지소요?"

"궁궐이나 각 관청에서 쓰이는 종이를 전담해서 만드는 관청이야. 그곳에 가 사초를 기록할 종이를 챙겨 오는 거지, 현이가 같이 가서 조지소 위치를 일러줘."

"왜 제가 가야 합니까?"

"그러면 우리가 가리? 신입 관원을 가르치는 건 바로 손위 선배가 할 일이지. 군말 말고 다녀와."

잔소리를 듣고 나서야 강현은 투덜거리며 예문관을 나섰다. 조지소는 궁궐이나 각 관청에서 쓰이는 종이를 전담해서 만드는 관청이었다. 그곳에 가 예문관 관원들이 사초를 기록할 여분의 종이를 챙겨 오는 것, 그것이 담월의 오늘 일이었다. 담월이 앞서가는 강현의 뒤를 따르며 물었다.

"조지소에서 직접 종이를 갖다 주는 게 아닙니까?"

"흥. 옛 얘기지. 궁궐은 권력에 의해 움직여. 주상과 세자 저하께서 내친 것이나 다름없는 예문관은 그런 작은 관청에도 무시당하는 입장이다 이거야. 원래 조지소는 창의문 밖에 있지만, 궁궐에서 쓰는 종이를 갖다 놓은 별관이 있어. 다음부터는 혼자 보낼 거니까 잘 기억해 놔."

그렇게 말하고는 강현은 저 먼저 휘적휘적 앞서 걸어갔다. 처음 만나고 나서 쭉 빈정대기는 하지만 나쁜 사람은 아닌 것 같았다. 저러면서도 알아야 할 건 꼼꼼히 챙겨 주고 일러 주니까. 시비를 건 것도 다 자부심이 있어서가 아닐까? 지금 예문관의 상태나 전임자들에 대한 얘기를 들어 보면 그럴 만도 했다.

"저, 아까 일은 감사합니다."

"그게 무슨 감사 할 일이라고…… 그냥 녀석이 사관을 무시하는 게 싫었을 뿐이야."

"저도 싫습니다. 바른 역사를 기록하는 건 결코 쓸데없는 일이 아니니까요."

그 말에 강현은 저보다 한 뼘 아래의 담원을 내려다보았다. 아직 소년티가 나는 여린 얼굴인데도 제 의지를 양보할 수 없다는 굳은 신념이 엿보였다. 처음 녀석이 예문관에 들어온다는 얘기를 들었을 때만 해도 어디서 또 정신 글러먹은 놈팡이가 굴러들어오나 싶었다. 그게 도규언의 먼 친척이라는 말에 정신이 훼까닥 나간 녀석인가 했지만, 이젠 적어도 지금까지 예문관을 지나쳐 간 어중이떠중이들보다는 제대로 된 놈이라는 건 확실해 보였다.

"여기가 조지소다. 잘 기억해 놔. 박 별제 영감 계십니까?"

강현이 문을 열고 들어서면서 조지소를 담당하는 종육품의 관리를 불렀다. 품계도 낮은 이에게 왜 존칭을 하나 했더니 나이가 지긋한 이가 부름에 다가왔다.

"뉜가 했더니 강현 검열이시고만. 옆에는 신참?"

"새로 예문관 검열이 된 도담원이라고 합니다. 잘 부탁드립니다."

"호오, 도담원이라……."

박 별제는 그 이름을 듣자 눈을 가늘게 뜨고 담월의 이모저모를 훑었다.

"도규언 그 치하고 아주 똑 닮았고만. 모르는 이가 보면 아들인 줄 알겠어. 친척인갑지? 강 검열보다 더 닮으신 거 같소. 걸핏하면 조지소에 이 종이를 달라 저 종이를 달라 귀찮게도 굴었지."

아버지가 종이를 찾으러 조지소에 왔었다는 말에 담월의 머릿속에 신물에 대한 생각이 스치고 지나갔다. 규언이 쓰던 먹은 예문관의 사관들이 쓰던 고급품. 그렇다면 종이도 나라의 조지소에서나 제작하는 물건이 틀림없었다.

"예문관이 쓸 종이를 꺼내 와야겠는데, 좀 높은 곳에 있으니 강 검열이 도와주게나."

두 사람이 다른 방으로 사라지자 담월은 서둘러 조지소에 깔려 있는 종이들을 한 장 한 장 만져 보기 시작했다. 과연 조정에서 쓰는 종이들을 전부 담당하는 관청이어서인지 종이의 종류가 무척 많았다. 닥나무로 만든 저와지, 보릿짚으로 만든 고정지, 뽕나무로 만든 상지 등을 이것저것 만져 봤지만 이거다 싶은 종이는 없었다.

그 다음으로 담월은 종이를 들어 빛에 비춰 보았다. 한지에는 세 종류의 색이 있는데, 일반적으로 쓰는 것이 눈같이 흰 설화지였다. 하지만 규언이 쓰던 종이는 백로의 깃털과 같은 틈 없는 백로지였다. 색이 이것이다 싶으면 질감이나 두께가 맞지 않았고, 질감이 비슷해 보이면 색이 맞지 않았다.

이것저것 비교해 보는 사이 강현과 박 별제가 종이를 한가득 품에 안고 나왔다. 강현은 못내 못마땅한 기색이었다.

"정말 이런 것밖에 없는 겁니까?"

"지난해부터 쭉 가물어서 나무가 자라질 않으니 방법이 있나. 상등품은 육조에서 다 가져가고, 중등품은 다른 관청에 보낸 지 오래라네. 쓸 종이가 있다는 걸 감사하게 여기게나."

"쳇. 직접 가지러 오는 걸로도 모자라 이런 종이라니……."

"필요 없으면 두고 가게나. 그나저나 자네는 왜 종이들을 만지고 있는 겐가? 못 쓰게 되면 어쩌려고! 당장 손 떼게!"

"죄, 죄송합니다."

박 별제의 호통에 담월은 서둘러 손을 떼었다. 그는 담월을 가만히 보다가 마침 생각났다는 듯 옆에 있던 묵직한 보자기 하나를 담월에게 건넸다.

"죄송하면 가는 김에 승정원에 이거나 갖다 주시게. 서둘러 갖다 달라는데 이 노인네가 팔이 아파서 말이지. 젊은 관원께서 수고 좀 해주시게나."

"이거, 얼핏 봐도 우리한테 주는 종이보다 훨씬 고급이 아닙니까?"

"다른 데도 아니고 승정원과 같은 급을 탐내나? 예끼, 이 사람아. 승지와 사관이 같은 대우를 받던 건 옛말이지. 어서 갖다나 주게."

박 별제의 호통에 두 사람은 쫓겨나듯 조지소를 나섰다.

"에이, 그 영감님. 심부름 시키려고 평소보다 종이를 배는 주셨군. 담원이 네가 승정원에 그걸 갖다 드리고 와. 예문관에서 멀지 않으니까."

승정원은 예문관에서 담 하나를 돌기만 하면 바로였다. 예문관 문 앞에서 강현과 헤어져 승정원에 발을 들였지만 그 안은 텅 비어 있었다. 세자가 대리청정을 하다 보니 전부 동궁전에 가 있는 모양이었다.

"저, 누구 안 계십니까? 조지소의 종이를 들고 왔습니다만……."

"종이는 거기 내려놓고 가면 됩니다."

서가 안쪽에서 나직한 목소리가 들렸다.

'어디선가 들어 본 목소린데?'

종이를 내려놓은 담월은 인사나 하고 가려고 서가 안쪽으로 고개를 내밀었다. 이 궐에 들어 본 목소리가 흔치 않은데 귀에 익다니 신기한 일이었다. 서재 안 쪽에선 누군가가 책을 읽고 있었다. 푸른 쪽빛의 철릭 소매가 책장을 넘기느라 팔락였다. 담월은 그 얼굴을 보고 화들짝 놀라 황급히 도망쳤다.

"잠깐, 아까 그 목소리는……."

도다다 사라지는 걸음 소리에 그는 고개를 들었다. 담월을 화들짝 놀라게 한 사람, 경원대군 이결은 서가에서 고개를 뺐지만 담월은 이미 사라진 후였다.

"이런, 또 놓쳐버렸나?"

결이 담월이 사라진 자리를 보며 아쉬워하고 있을 때 담월은 옆을 지나가는 궁인들이 소곤거리거나 말거나 뛰어서 겨우 예문관에 도착했다. 숨을 헐떡거리며 뒤를 돌아보았지만 누군가 따라오지는 않는 것 같았다. 담월은 그제야 안도의 한숨을 쉬었다.

'이렇게 계속 마주치다가는 제 명에 못 살 것 같은데…… 아냐, 우연이겠지. 아무리 그래도 왕자 마마랑 마주칠 일이 얼마나 더 있겠어.'

하지만 이렇게 심장이 떨어질 것 같은 일은 그 이후로도 더 있었다. 왕자가 수행원도 없이 너무 여기저기 돌아다니는 거 아냐?!라고 속으로 외칠 정도로 너무 자주 마주쳤다. 왕의 침전,

동궁전은 물론. 왕자가 올 리가 없는 다른 관청에서도 계속 마주쳐 담월이 후다닥 도망치는 일이 잦아졌다. 마치 담월을 부러 찾아다니는 것 같았다. 매일 경원대군으로부터 도망치다 퇴궐하면 각운을 찾아갈 기력도 없었다.

"야! 너 진짜 이럴 거냐?! 대체 몇 번을 사라지는 거야? 일을 할 생각이 있는 거냐 없는 거냐?!"

오늘 동궁에서 경원대군과 마주쳤다 도망친 일로 강현이 계속 잔소리를 퍼부었지만 담월은 대꾸할 기력도 없었다. 수행원들이 따르고 있었기 때문인지 결은 담월에게 말을 걸지는 않았지만 그녀가 먼저 지레 겁을 먹고 예문관으로 돌아왔기에 변명의 여지도 없었다. 이래서야 피하는 것도 무리가 있지 않나. 이러다 제 발로 궁에서 나가게 되는 건 아닐까?

"어디 아픈 거 아냐? 오늘 나머지는 우리가 나갈 테니 원이는 남아서 서고 청소나 하고 있어."

쉬고 있던 태진이 계속 사관의 진정성이니 최선을 다하는 마음이니 하며 바락바락 거리고 있는 강현을 질질 끌고 예문관을 나섰다. 담월은 책상 위에 잠시 엎어져 있다가 일어났다. 기록을 하러 가지도 못하는 데 청소라도 해야지. 총채를 들고 서고에 쌓인 먼지를 톡톡 털어내면서 그녀는 생각에 잠겼다.

"왜 의금부에 얘기하지 않는 거지?"

담월의 머리를 복잡하게 만든 건 이 생각이었다. 아무리 생각해도 이상했다. 담월의 정체를 알았다면 의금부에 알려 그녀를 잡아야 하는 게 옳은 일이었다. 하지만 경원대군은 그리 하지 않았다. 그렇게 하는 속내가 무엇인지 그녀는 감을 잡을 수가 없었다. 그녀는 서고에 쌓인 먼지를 총채로 퍽퍽 털어 내며 투덜거렸다.

"사람을—, 무스은—, 놀리는 것도 아니고—!"

도망 생활 내내 행여 시비라도 붙을까 조용하게 살아왔는데, 도성에 들어오고서부터 지금까지 있었던 일들 때문에 성격을 다 버리고 있었다. 얄밉게 사람을 놀리던 각운부터 사사건건 시비를 걸어오는 강현, 거기에 사람 피를 말리는 경원대군까지. 이러다 화병이라도 나는 게 아닐까? 주르룩 늘어놓고 생각할수록 총채는 먼지를 털어내는 게 아니라 서책들을 후려 패듯 움직이고 있었다.

"사내들이 정말, 하나같이 다 이상해! 콜록콜록."

서고에 퍼지는 먼지 속에서 한창을 두드려 댔더니 힘들어져서 담월은 서고 벽에 등을 대고 대충 앉았다. 그때 누군가 들어오는 소리가 들렸다. 태진이며 강현이 나간 것은 좀 전이니 유정이 돌아왔나 싶어 담월은 몸을 일으켰다.

"계십니까?"

또렷하고 맑은 목소리가 서고 쪽을 향했다. 담월은 그대로 움직이지도 못하고 숨을 죽였다. 좀 전에 듣고 저를 후다닥 도망치게 한 그 목소리였다.

"흠, 다른 사관들이 여기 있다고 했는데…… 벌써 다른 데 가 버린 건가."

결은 서고 안쪽을 휘휘 둘러보다가 그 안으로 들어왔다. 원래 사관이 아닌 이들의 예문관 출입은 엄격하게 금지가 되어 있었기에 그동안 다른 곳들을 열심히 쏘다니던 결도 예문관의 서고는 처음이었다. 결은 이내 담월을 찾던 것도 잠시 잊은 듯 서가로 다가왔다. 담월이 숨소리라도 들릴까 굳어 있는 책장 바로 건너편이었다. 책이 빼곡하게 채워진 데다가 실내가 어두웠기에 결은 책들 너머의 담월을 눈치채지 못한 듯 했다.

하지만 이래서야 그가 갈 때까지 담월도 나갈 수가 없었다. 옷자락 사그락거리는 소리라도 들릴까 싶어 그녀는 조금도 움직이지 못했다. 담월이 숨소리마저 삼키는 동안 결은 책 한 권을 꺼내 읽기 시작했다. 서가에는 이내 결이 책장을 넘기는 사각사각하는 소리만 가득 찼다.

'대체 언제 가실 셈이람…….'

담월은 눈동자를 돌려 책장 틈새로 결의 얼굴을 조각조각 훔쳐보았다. 이토록 자세히 보는 것은 처음이었다. 서책의 글자 하나하나를 읽어 내려가는 검은 눈동자, 여인보다 깊어 보이는 눈두덩에 내린 그림자가 짙은 음영을 그리고 있었다. 그 내용이 심각한 모양인지 곧게 뻗은 눈썹이 간혹 찌푸려졌다. 소년과 사내의 사이에서 아직 꺼풀을 벗지 못한 묘한 신비감에 담월은 눈을 떼지 못했다.

이내 책 한 권을 다 훑은 결이 그 책을 꽂아 넣었다. 순간 책이 꽂힌 그 위의 작은 틈새로 시선이 마주쳤다. 마주친 걸까? 순식간에 스쳐 지나갔기에 담월은 저가 착각한 것이라고 생각했다. 서가가 보통 어두워야지. 함부로 통풍을 하면 안 된다고 모든 창을 꼭꼭 닫아놓은 강현이 고마워지는 순간이었다. 그리고 결은 이내 걸음을 돌려 예문관 밖을 나가는 듯했다. 걸음 소리가 멀어지고 아예 들리지 않게 되자 담월은 한숨을 내쉬었다. 혹시나 몰라 한참 수를 세고 난 다음 서고를 나섰다.

"나를 피하는 것은 이걸로 그만두는 게 좋을 겁니다."

옆에서 다정한 목소리가 들려왔다. 결이 빙긋 웃으며 문 옆에서 기다리고 있었다. 담월은 놀라 뒷걸음질 치다가 발이 꼬였다. 그렇게 넘어지려는 것을 결이 손을 뻗어 손목을 붙잡았다. 겨우 넘어지지는 않게 되었지만 어정쩡한 자세로 선 채, 담월은 정말 더 이상 결을 피할 수 없게 되어 버렸다.

"이제야 잡았네요. 도 소저."

"대, 대군마마—."

아무 생각도 들지 않았다. 더 이상 도망칠 수도, 모른 척할 수도 없는 거리. 담월의 얼굴이 창백해졌다.

잡은 손목이 파르르 떨고 있는 것을 느낀 결이 손에 더 힘을 주어 그녀를 바로 세웠다.

"소저를 해하려는 것은 아니니 안심하세요."

부드러운 바람이 불었다. 꽃이라도 흩날릴 것 같은 따스함에 희던 담월의 얼굴이 붉은색으로 옅게 물들었다. 잡혀 있는 손의 온기가 타고 올라오기라도 한 걸까.

"……이리 잡고 계시면 그 말을 믿을 수가 없겠는데요."

"하지만 또 도망갈 것 같아서요."

"도망가지 않을 테니 이만 놓아주시지요."

그렇게 약조하신다면요, 하며 결은 담월의 손을 놓아주었다. 급히 잡혔던 손목에는 벌겋게 손자국이 나 있었다. 담월과 키도 크게 차이나지 않건만 그래도 사내는 사내다 이건가. 머쓱하게 손목을 문지르는 담월에게 결이 다시 물었다.

"다시 한 번 묻겠습니다. 내게 도화를 피워 준 소녀가 그대가 맞습니까?"

부드럽게 휘어지며 미소 짓는 얼굴을, 담월은 이제 더 이상 피할 수가 없었다.

잠시 침묵이 이어졌지만 결은 인내심 있게 기다렸다. 칠 년의 세월도 기다렸는데 이 정도 찰나의 순간쯤이야. 결국 담월은 한숨을 푹 내쉬며 고개를 끄덕였다.

"네, 소녀가 그때 마마를 만났던 담월이옵니다."

부끄러움이며 체념이며, 다소의 반가움과 후련함을 담은 목소리였다. 이제 어떻게든 될 대로 되라는 생각이었다.

"역시 그대가 맞았군요! 소저가 이리 살아 있다는 걸 알게 되어서 기쁩니다."

결의 목소리에는 더할 나위 없는 기쁨으로 가득했다. 이제 감히 왕명을 어기고 도망친 죄인으로 끌려가겠지 싶은 생각을 하던 담월은 너무나도 밝게 웃어 보이는 결에게 오히려 당황했다.

"하지만 저는 대죄인의 여식입니다. 마마께서는 저를 의금부에 하옥하셔야 하는 거 아닙니까?"

결은 그 말에 세차게 도리질을 했다. 말도 안 된다는 표정이었다.

"제가 어찌 그럴 수 있겠습니까. 소저께는 벌써 두 번이나 빚을 졌는데요. 도 소저는 제게 어버이 두 분을 모두 살린 은인 중의 은인입니다. 그 은혜를 갚기 위해 그토록 그대를 찾아 다녔습니다. 이리 만나게 되어 다행스럽습니다. 부디 제게 은혜를 갚을 수 있는 기회를 주시지요. 무엇이든 원하는 바를 들어 드리겠습니다."

담월은 그의 말을 못내 믿을 수가 없었다. 그토록 제 정체를 확인하러 다닌 이유가 은혜를 갚기 위해서라니. 누구한테 말해도 못 믿을 이야기이지 않나. 담월이 계속 못미덥다는 얼굴을 하고 말이 없자 결은 어찌 약조를 해야 저를 믿을 거냐며 난감한 표정을 지었다.

"그러면 하나 여쭈어 봐도 되겠습니까?"

담월의 물음에 결이 바짝 긴장을 했다. 뭐든 답할 수 있는 것이라면 답해 주겠노라 말하니 담월은 깊게 숨을 뱉고서야 물었다.

"제 아버지, 봉교 도규언이 무슨 죄를 지었는지가 알고 싶습니다. 그 이유가 궁금하여 감히 남복을 하고 궁궐에 들어왔습니다."

아—, 결이 탄식을 뱉었다. 도규언의 일은 왕과 세자, 그리고 정승을 비롯한 몇몇 고관대작을 제외하곤 알려지지 않은 일이었다. 일족이 아닌 일가만이 붙잡혀 들어갔다는 것도 그 이유였다.

"대답을 해 드릴 수 있으면 좋으련만, 저도 그 일에 대해서는 모르는 것이 많습니다. 매사에 신중하신 아바마마답지 않으신 처결이며, 형님께서도 그 일에 대해선 말씀을 저어하셔서……."

결이 말을 흐리자 담월은 입술을 꾹 깨물다가 입을 열었다. 어차피 정체를 들킨 마당이었다. 이제와 무엇을 털어놓지 못할까. 담월은 표정을 가다듬고 결을 바로 보았다.

"전 제 아버지를 믿습니다. 그분께서 종묘사직에 해가 되는 일을 하셨으리라고는 도저히 상상도 할 수가 없습니다. 주상께서 틀렸을 것이라고 생각하진 않지만……."

아무리 은혜를 입었다고는 하지만 담월의 지금 말은 임금을 욕보이는 걸로 들릴 수도 있는 말이었다. 그러나 담월의 말에 결은 감탄한 표정이었다.

"과연 도가의 여인입니다. 제게 이토록 솔직하게 말해 주시다니, 하나도 변한 게 없네요."

어린 저를 쏘아붙였던, 자신 있게 소원부를 써내려 가던 소녀 시절 담월을 지금의 담월에게 겹쳐 보며 생글거렸다. 그 당돌하게 눈을 뜨고 사람을 직시하는 얼굴이 딱 그랬다.

"제가 도울 수 있는 게 있다면 돕고 싶어요. 비록 힘없는 왕자이나, 내가 힘이 되어줄 수 있는 일이 필시 있을 겁니다."

"그러면 소녀의 일을 비밀로 해 주실 수 있으십니까? 만약 아비의 죄가 마땅히 그러한 일이라면 의금부에 제 발로 자복하겠사옵니다."

그 말에 결은 썩 달갑지 않은 표정이었다. 하지만 결심이 굳어 보이는 담월의 모습에 알았다고 고개를 끄덕였다.

"생활은 불편하지 않습니까? 지내는 곳이나 의식이 지내기에 부족하다면…… 뭐라도 도울 것이 있었으면 좋겠습니다."

그 말에 담월은 문득 생각나는 것이 있었다. 재물 같은 건 받을 일도 없고 받아도 부담이 가득하겠지만, 왕자인 경원대군이라면 가벼이 들어줄 수 있을 만한 부탁이었다.

"저 그럼 혹시, 이건 그저 사적인 일입니다만…… 이번 별시 합격자들의 환영 연회를 예문관에서 준비해야 하는데, 저나 선배님들이 마땅한 장소를 찾을 수가 없어서요."

뭔가 큰 부탁을 하려는 줄 알았는지 결은 다소 맥 빠진 듯 웃어 보였다.

"그런 거라면 쉽지요. 제 사가인 궁에 좋은 후원이 있는데, 거길 빌려 드리겠습니다."

"진심이십니까?"

"어차피 내가 출궁하기 전까지는 비어 있는 궁입니다. 하지만 하인들이 늘 관리를 하고 있어 괜찮을 것 같은데, 한번 같이 가 보시지요. 글피쯤 시간이 되십니까?"

결이 날짜와 시간을 제안하고 담월이 이래저래 생각을 해 보고는 승낙했다. 그렇게 약속을 잡은 후 결은 뭐라 더 얘기를 하고 싶어 했지만, 예문관 담 밖에서 결을 애타게 찾는 목소리가 들려왔다.

"대군마마—! 여기 계십니까! 중전마마께서 찾으십니다요—!"

방 내관의 목소리였다. 다른 이유면 모르겠으나 아픈 어머니께서 찾으신다니 아니 가 볼 수가 없었다. 그는 곧 나간다 대답을 하고 다시 담월에게 확답을 받으려 했다.

"혹여 그 사이에 어디로 사라지면 아니 됩니다."

그 말이 사뭇 진지하여 담월은 웃음이 나올 뻔했다. 그녀는 겨우 웃음을 참고 결에게 답했다.

"알았사옵니다, 마마."

"만약 그렇게 사라지면, 그때는 정말로 방을 붙여서라도 그대를 찾을 테니까요."

결은 그렇게 말을 남기고 예문관 밖으로 걸음을 옮겼다. 애가 탄 표정의 방 내관이 발을 동동거리며 그를 기다리고 있었다. 아니 또 이리 사라지시면 어찌하십니까요, 제 수명이 칠 년은 사라졌습니다요, 하는 방 내관의 말에도 결은 내내 웃는 상이었다.

"소신은 간담을 졸이게 만드시고, 마마께서는 좋은 일이 있으신가봅니다?"

"그럼요. 무척이나 좋은 일이 있었지요."

맑은 하늘에 반짝이는 봄 햇살보다 해사한 결의 얼굴에 방 내관은 놀랐다. 그가 모시는 왕자가 이런 얼굴을 짓는 것은 실로 오랜만의 일이었다.

제5장
명의 사신

"오늘은 외출이십니까?"

담월이 옷장에서 관복이 아닌 옷을 찾고 있었다. 제대로 된 한 벌을 찾지 못해 엉망이 된 옷장을 붙잡고 담월이 어정쩡하게 선 채로 소화의 시선을 피하며 말했다.

"다녀올 곳이 있어서…… 좌랑의 부탁입니다."

'주각운 때문에 하게 된 연회이니 크게 틀린 말은 아니지.'

차를 들고 들어온 소화는 그 모습을 보곤 상을 내려놓고 담월 대신 제대로 된 한 벌을 골라 꺼냈다.

"소녀가 성장을 도와 드리지요. 담월에게 고운 여복도 한 번 입혀 봤으면 좋겠습니다. 매일 입는 명주로 된 옷 말고요."

"집에서라도 입어 볼 테니 한 벌 지어 주세요."

"정말이지요? 약조하신 겁니다? 오랜만에 비단을 사러 나가야겠네요."

담월의 말에 신이 난 소화는 담월이 입은 두루마기의 옷고름을 매어 주었다. 검은 비단에 은은한 국화 무늬가 수놓아진 두루마기였다. 거기에 갓을 매어 쓰니 누가 봐도 제법 괜찮은 사내 같았다. 얼굴은 고우나 그 눈매가 진중하여서 남복을 해도 그럭저럭 고개를 끄덕일 모양새였다. 관복이 아닌 차림은 처음이었기에 한섬마저 놀랄 정도였다. 소화와 한섬의 배웅을 뒤로하고 담월은 서둘러 약속 장소로 향했다. 그들이 처음 만났던 시장의 끄트머리, 그곳에 결이 평범한 반가의 사내처럼 차리고 기다리고 있었다.

담월이 다가오자 결은 고개를 돌리고 그녀를 반겼다. 궐내에서 철릭을 차려입은 차림도 무척이나 잘 어울렸지만 평범하게 걸친 차림이 훨씬 보기 좋았다. 대군마마라는 느낌이 덜하고, 어릴 적 만난 그 소년 같은 느낌이 물씬 들었다. 하늘색과 쉬이 헷갈릴 법한 담청색의 두루마기가 그의 아직 앳된 얼굴과 참 잘 어울렸다. 자신을 빤히 보는 담월에 의아해하는 결과 시선이 마주치자 담월은 민망하여 헛기침을 하곤 생각하던 것과는 다른 말을 던졌다.

"어찌 혼자 나오신 겁니까?"

"수행원이 붙으면 영 불편하고 사람들 눈에 띄지 않습니까. 평소에도 자주 이렇게 나오니 걱정 마세요. 자, 이쪽입니다."

정말 그는 저잣거리가 익숙한 모양이었다. 대로가 아닌 샛길로도 그녀를 안내하며 앞서 걸었다. 반걸음 뒤에서 본 걸음걸이가 유독 신이 나 보였다. 그가 담월을 돌아보며 웃었다.

"저잣거리에 나올 땐 늘 혜연하고만 다니다가 이렇게 다른 이와 다니니 새롭고 좋습니다."

"……저번에 같이 있던 아가씨 말이십니까?"

담월은 반가의 아가씨치고는 말이 매웠던 처자를 떠올렸다. 세상을 떠돌며 도망자 인생을 살았던 담월에 비하면 그야말로 지체 높은 집안의 귀한 아가씨라는 느낌이 물씬 드는 여인이었다. 대군의 바깥나들이에 동행하는 걸 보면 그도 필시 범상한 여인은 아닐 터였다.

"내 비(妃)입니다. 아직 혼례는 못 올렸지만요."

천진난만한 결의 말에 담월은 우뚝 섰다. 그 말에 폐부가 불이라도 붙은 듯 오그라져 아파 왔다. 담월은 놀라 가슴을 움켜쥐고 다시 걸었다. 갑작스럽게 왜 머리가 띵하고 답답한지 그녀는 알 수 없었다. 그런 담월의 사정도 모른 채 결은 혜연에 대한 이야기를 이어갔다.

"열다섯이 되기까지 자주 아팠기에 차일피일 미루다가 간택을 했습니다만, 내정을 마치고 나니 아바마마가 쓰러지셔서 도무지 국혼을 할 상황이 아니었지요. 그게 여지껏 미뤄졌지 뭡니까. 하도 어릴 때부터 얼굴을 보다 보니 내 비가 될 사람이라기보다는 좋은 누이 같습니다만. 여인이지만 인의가 있고 예의가 바르며 지혜로운, 내게는 참으로 아까운 여인이지요. 저잣거리를 다니는 걸 좋아하지 않는데도 내 억지에 늘 따라 주지 않습니까."

결의 표정에는 혜연에 대한 안타까움이 묻어나 있었다. 어린 시절부터 왕자비로 내정되었으나 비가 되지 못한 여인. 사정이 사정이라고는 하나 그 속이 얼마나 문드러져 갈지는 가늠이 되질 않았다. 그러나 내내 그에 대한 불평불만 없이 경원대군의 뜻을 잘 따라주는 유일한 동무이기도 했다. 그녀를 생각하며 아련한 표정을 짓는 결이 못내 참을 수 없어 담월은 반대편으로 시선을 돌렸다. 저가 왜 이런 생각을 하는 건지 알 수가 없었다.

다행히 시선을 돌린 곳에 흥미로운 것이 있었는데, 그것들은 결의 흥미를 돌리기에 적합해 보였다. 화려한 장막이 두 개 나란히 쳐져 있었는데, 나들이 차림을 한 사내와 여인네들이 삼삼오오 모여 각 장막으로 들어가고 있었다.

"저기는 무엇을 하는 곳입니까?"

"세상을 많이 다닌 담원도 모르는 것이 있습니까?"

"놀리지 마십시오, 마마."

담월은 샐쭉한 표정을 지었으나 결의 시선이 이 자리에 없는 혜연을 보는 것이 아니라 제게 돌아온 것을 보고 안도했다.

"하핫, 밖에서 계속 마마라고 부를 수는 없으니, 편하게 이름을 부르셔도 좋습니다. 나만 편히 대하면 사람들이 이상하게 보지 않겠습니까."

"어찌 그런단 말입니까!"

"어릴 때 자주 앓아눕다 보니, 왕자의 동무로 궐에 들어오는 그 흔한 예동도 한 명 없었습니다. 친한 또래가 있었으면 하는 마음이니, 편히 불러 주세요."

그 말에 담월은 어쩔 수 없다는 듯 고개를 끄덕였다. 하지만 쉽사리 결, 그 이름 한 글자가 입에서 튀어 나오지는 않았다. 혜연이라는 처자는 그리 쉽게도 대군의 이름을 불렀던 것 같은데. 그렇게 오랜 시간을 함께했다는 건가 싶어 부러움이 샘솟았다.

결은 이름을 부르는 것을 망설이는 담월을 보다가 빙긋 웃고는 그녀의 질문에 대답을 해 주었다.

"저곳은 전국을 떠도는 재담꾼들이 모여 돈을 받고 이야기를 파는 곳입니다. 나도 흥미가 있어 몇 번 가 보았지만, 남녀의 방이 달라 한 곳의 얘기만 들어보았어요. 여인들의 방에서는 어떤 얘기를 할지 자못 궁금하나, 혜연은 거기까지는 절대 들어가 보지 않으려고 하지 뭡니까."

"……저라면 들어갈 수 있을 텐데."

무심결에 튀어나온 말에 담월은 저도 놀라 손으로 입을 가렸다. 결이 무슨 소리냐며 저를 쳐다보자 담월은 허둥지둥 하다가 답했다.

"본디 저는 여인이니…… 여복을 하는 것도 문제가 없고 말입니다. 무슨 얘기들이 있을지도 궁금하고요."

"그럼 다음에 한번 같이 가 보겠습니까?"

이다음에 또, 결과 단둘이 있을 수 있다. 아무리 그가 제게 호의적이라지만 이 나라의 대군이었다. 이런 기회가 쉽게 오는 것은 아니었기에 담월은 빠르게 고개를 끄덕였다. 그 모습이 귀엽다는 듯 결은 키득거리며 웃었다.

"좋아요. 우선 환영회며 일이 바쁠 테니 이후에 기회를 잡아보지요. 재밌는 이야기를 들으면 알려 주셔야 합니다."

이후로 다른 목적이 아니라 단순히 두 사람이 놀러 나온 것처럼 저잣거리를 쏘다니다 보니 벌써 목적지에 다 왔다. 경원대군의 궁에 도착하자 이미 기별을 알렸는지 하인이 문을 열어 주었다.

"원래 내가 혼인을 마치면 창덕궁에서 출궁하여 이 경운궁에서 살게 되어 있었지만 계속해서 혼례가 미뤄져서, 주인은 나이지만 텅 빈 궁이 되어버렸습니다. 별시 합격연으로 허전한 궁내에 활기가 돌면 좋겠네요."

결은 담월을 데리고 경운궁 내부의 연못으로 데려갔다. 연못에는 큰 정자가 하나 있어 서른은 물론이요 쉰 명까지도 충분히 앉을 수 있을 듯했다. 정자에 올라 주변을 둘러본 담월이 다행이라는 듯 안도의 한숨을 내쉬었다.

"이 정도면 환영회를 열고도 충분히 남겠습니다. 정말 감사합니다."

"음식도 이 궁의 궁인들에게 지시해 둘 테니 걱정할 것 없습니다. 곧 명의 사신들이 오면 예문관의 사관들도 바빠질 텐데 사소한 것까지 신경 쓸 수는 없지 않습니까."

그녀가 생각하지도 못한 작은 것까지 먼저 신경을 써 주는 결의 배려에 담월은 저도 모르게 미소를 지었다.

놀라운 사람이었다. 단 한 번 얼굴을 봤을 뿐인데, 칠 년 만에 도성에서 만나고 이후 자신을 찾아낸 것도 그랬다. 맑고 깊게만 느껴지는 저 눈이 천리안이라도 되는 것일까? 주각운이야 몇 년을 보고 지낸 사이었으니 그럴 수도 있다 싶었지만, 결이 자신을 어떻게 알아차렸는지 담월은 내내 궁금해 견딜 수가 없었다.

"그대와 처음 만난 것도 이렇게 물이 있는 정자 위에서였죠. 그때 그렇게 이름도 못 묻고 헤어진 뒤 이리 다시 만날 줄은 몰랐습니다."

"저를 어떻게 알아보셨는지, 물어봐도 되겠습니까?"

담월의 물음에 결은 정자에 기대고 멀리 하늘을 바라보았다. 아주 먼 옛날로 기억을 거슬러 올라가며 그가 입을 열었다.

"솔직히 처음에는 소저를 알아보지 못했습니다. 그런 소원부를 쓰는 이가 드물기에 그런 이가 또 있나 했지요. 하지만 그 글씨를 본 순간, 그대가 아닐까 생각했습니다."

"글씨를요?"

"그 시절, 내게 꽃을 피워 줬던 글자를 아직 간직하고 있습니다."

설마 그것을 간직하고 있었을 거라 생각도 못한 담월은 부끄러워 고개를 돌렸다. 칠 년 전 한참이나 어릴 적의 글씨가 아닌가. 어떻게 썼는지 기억조차 나지 않는 옛 글자를 곁이 갖고 있다니.

"복숭아꽃이 필 계절이면 늘 꺼내 보며 살아는 있는지, 살아 있다면 여전히 글을 쓰고 있는지 궁금해 했어요. 그래서 더욱 반가웠습니다. 그간 고생했을 텐데도 아직 솜씨가 그대로더군요."

"……가진 재주라곤 그것 하나뿐이니까요. 아무짝에도 쓸모가 없었지만요."

다른 반가의 계집들처럼 길쌈을 하고 바느질을 하는 법을 익혔더라면 도망의 세월이 그렇게 힘들지는 않았을 것이다. 소소하게나마 담월도 벌이를 할 수 있었다면 모든 걸 한섬에게 지우지 않았을 텐데. 한섬은 당연하다는 듯 남들보다 더 일을 한 삯으로 거친 종이와 묽은 먹이나마 사들고 와 담월의 앞에 내려놓곤 했다. 그것이 너무 미안하여 사사로운 일에 쓰지 말라는 아비의 당부마저 어기고 소원부를 팔아 돈벌이를 하지 않았던가. 그 시절의 기억에 흐려진 담월의 표정에 결이 반박했다.

"쓸모가 없다니요. 그 재주로 지금 사관의 일을 하고 있지 않습니까? 비록 남복을 하였다고는 하나, 그만한 능력이 없으면 조정에 들어오지도 못했을 거고 들어왔어도 실력이 들통 나 쫓겨났을 겁니다. 자신을 가지세요. 그대는 지금 그대가 어린 시절 원하던 일을 하고 있지 않습니까."

그 말에 담월은 어린 시절에 들었던 결의 마지막 말이 생각났다. '소저는 반드시 소저가 원하는 것을 이루게 될 겁니다! 난 그렇게 믿어요!' 담월 자신도 진심으로 믿지 않았던 일이었다. 고려 시절 여인들이 자유롭게 나다니던 시절에도 그들의 관직 진출은 허락되지 않던 일이었다. 하물며 유교 사상이 자리 잡기 시작한 이 나라에서는 더욱더 금물인 일. 왕자이지만 자유롭게 자라서일까, 아니면 같은 제약된 삶이지만 다른 방향으로 날개를 펼치는 담월이 부러워서일까. 결은 진심으로 담월을 자랑스럽다는 듯 바라보았다.

"원하면 이루어지리라고 말한 건 담월 그대였지요. 앞으로 다른 모든 일들도, 그대가 원하는 대로 잘될 겁니다."

순수하게 믿음만이 가득한 목소리에 담월은 이번에는 자신 있게 웃어 보였다. 이처럼 믿어 주는 이가 있다면, 앞으로 남은 일도 잘될 것 같다는 근거 없는 희망이 생기기 시작했다.

경운궁에서 돌아오고 나서 하루하루가 빠르게 갔다. 너무 늦게까지 미룰 수가 없어 환영회는 명의 사신이 도착한 다음 날 하기로 되었다. 예문관의 이들이 담월에게 준비는 잘 되어 가냐고 수시로 물었지만 담월은 잘 해결되었다는 말로 적당히 둘러대었다.

적을 속이려면 아군도 속여야 하는 법. 물론 그 심중에는 강현을 비롯한 예문관의 이들도 놀래 주고 싶다는 마음도 있었다. 담월이 그렇게 뻔뻔하게 굴자 유정이며 태진은 저들은 모르는 뒷배가 담월에게 있겠거니 하며 넘어갔다. 강현은 끝까지 준비가 잘되긴 하는 거냐며 그녀를 귀찮게 굴었지만 그마저도 곧 일에 치여 묻지 않게 되었다. 명의 사신이 오는 날이 다가올수록 각종 회의장을 좇아다녀야 하는 사관의 일도 많아진 탓이었다.

그렇게 시일이 지나고 명나라의 광록대부 사마궐과 금 대인이 도성에 입성하는 날이었다.

"자, 다들 우리의 일은 알고 있겠지? 명에서 사신이 오는 것이야 그리 드문 일은 아니지만, 이번에 오는 사신은 명나라의 실세 중 실세. 거기에 함께 오는 금 대인은 황제의 측근인 금 내관의 수족이나 다름없는 자라고. 필시 큰일을 논의하러 오는 게야. 그런 일에 우리 사관들이 기록을 하지 않을 수 없지!"

"유정, 했던 말 또 하지 좀 말라니까. 말 험하게 쓰는 것도 이것도 안 좋은 버릇이야."

"어쩔 수 없다고. 이렇게 큰일은 드물잖아!"

태진과 유정이 투닥거리는 일이야 늘상 있는 일이었지만, 오늘따라 유독 더 활기가 있었다. 사신이 오는 것이 큰 사건이긴 큰 사건인 것이다. 사관의 일이 아무리 중요하다지만 사실 듣고, 쓰고, 듣고, 받아 적는 일의 연속이었다. 아무리 제 뜻을 덧붙여 적는다지만 그 의견이 정사에 반영되는 일도 없다. 아무리 파격적인 일이 정계에서 벌어진다고 해도 일기를 쓰듯 대부분이 지루하기 그지없는 일. 하지만 명나라의 사신이 온다는 건 얘기가 달랐다. 똑같은 사초를 적어도 평소와는 다른 걸 적게 되는 것이다. 그 들뜬 긴장감은 담월에게도 예외는 아니었다.

"이봐, 세필 안 챙겼잖아."

강현이 핀잔 가득한 목소리로 담월의 필묵함 위에 그녀의 세필을 얹어 주었다.

"아, 감사합니다."

"정신 똑바로 차려. 난 아직도 널 인정한 게 아냐."

이제 이 삐딱한 목소리도 지겨웠다. 내기도 이겼고 한 달간 경원대군을 피해 다녔던 일을 제외하고 나면 성실하게 직무에 임했건만 강현은 아직도 그녀가 탐탁찮은 모양이었다. 뭔가 다른 이유가 있는 것 같았지만 그는 절대로 말을 하려 들지 않았다.

"대체 언제쯤 저를 제대로 된 사관으로 인정해 줄 생각이신 겁니까?"

"흥. 하는 거 봐서."

그래도 처음에 비하면 그녀를 동료로 인정하는 것 같기는 했다. 손으로 어깨를 툭 치고 제 필묵함을 준비하는 모습을 보면 말이다. 내기에 지고 며칠간은 인사도 제대로 받지 않아 결국이 봉교 어르신이 언제까지 애처럼 굴 거냐고 한 소리를 하시고 나서야 인사를 받아 주지 않았던가.

예문관을 나서며 두 사람은 한창 사신을 맞을 준비를 하느라 분주한 궐내를 가로질렀다. 서둘러 걸음을 옮기던 그는 문득 생각났는지 종종거리며 뒤따라오는 담월에게 고개를 돌렸다.

"그런데, 환영회 준비는 잘되어 가는 거겠지? 바로 내일이잖아."

"걱정 마세요."

담월의 짧은 대답에 현은 또 이마를 찌푸렸다. 그렇게 찌푸리다가 일찍 주름 생깁니다, 하며 핀잔을 주었지만 들은 척도 하지 않고 또 잔소리를 퍼부어 댔다.

"아니 어떻게 걱정을 안 해? 우리 예문관의 이름을 건 환영연인데 아직 장소도 얘기를 안 해 주면서. 네가 급제자니 알아서 하겠다고 했잖아?"

"그건 저도 할 말입니다만."

담월을 돌아보며 걷던 강현은 앞에서 들려온 친숙하지 않은 목소리에 우뚝 멈추어 서 고개를 돌렸다. 강현이 심심하면 얼음 가면이라고 부르곤 하는 이가 여전한 모습으로 그 앞에 서 있었다.

"……주각운."

"예의를 지키시지요, 강 검열. 오랜만입니다, 도 검열."

각운의 말에 가볍게 한 방 먹은 강현이 움찔했지만 이내 지지 않고 잔뜩 비꼬는 목소리로 되물었다.

"그래, 바쁘신 이조의 좌랑께서 여긴 무슨 일이신지?"

"그야 당연히 사신단을 마중하는 이들의 일을 확인하러 다니는 것이지요. 그대들만 바쁠 거라는 생각은 접는 게 어떻소?"

또 시작이구나—, 담월은 한숨을 푹 내쉬었다. 저 두 사람은 무슨 악연인지 이 넓은 궐에서 우연히 마주치기라도 하면 두 사람의 시선이 마주치는 곳에서 번개라도 튈 듯 기 싸움을 벌이곤 했다. 그 사이에 낀 담월만 아무 말도 못 하고 죽어나는 처지였다. 한참 강현과 기세를 겨루던 각운은 그 옆에서 이게 언제 끝나나 눈치를 보고 있던 담월에게로 시선을 내렸다.

"그래서, 내일 환영연 준비는 잘돼 가는 겁니까? 육조의 선후배들을 포함해 적어도 서른은 참석할 텐데 적당한 장소나 정해졌는지 모르겠군요."

아무리 담월이 먼저 잘못을 한 거라지만, 그 긴 시간 동안 제대로 사과조차 받으려고 하지 않는 각운 때문에 담월도 어지간히 화가 나 있는 상태였다. 사내가 속 좁게 이런 식으로 심술이라니. 그의 목소리에서 그들의 준비를 무시하는 기색이 역력했지만 담월은 모른 척 받아쳤다.

"내일 오전에 각 청에 기별을 넣을 테니 늦지나 말고 오세요, 주 좌랑."

"……좋습니다, 담원. 내일 연회에서 뵙지요."

각운은 가볍게 목례를 하고 그들을 지나쳤다. 한참을 걸어가다가 그는 늦겠다며 걸음을 서두르는 두 사람을 다시 돌아보았다. 담월의 집으로 찾아 간 지가 꽤 오래되었다. 얼마 전 찾아온 소화에게도 담월이 요새 다른 기색이 있느냐 물어보았지만 그저 열심히 입궐과 퇴궐을 반복하고 있다는 말뿐이었다. 물론 그것도 중요했다. 본래 맡은 임무를 제대로 해내지 않으면 신물이고 뭐고 의심을 먼저 살 테니까.

'하지만 예문관이 그런 연회를 제대로 해 낼 능력이 없을 텐데.'

사실 각운은 그녀가 그에게 자존심을 굽히고 사과하며 연회의 일을 부탁하리라고 생각했다. 그러면 사내답게 그녀의 사과를 받아들이고 환영회도 도움을 줄 수 있었을 것이다.

'대체 무슨 꿍꿍이인 거지, 담월.'

각운은 멀리 사라지는 담월의 모습을 끝까지 지켜보다가 제 길로 걸음을 옮겼다.

* * *

이튿날 오후 경운궁 앞은 각 청에서 모여든 이번 별시의 급제자들과 그 선배들로 복작복작했다. 낮에 장소를 전달받고 긴가민가하며 오긴 했으나, 경운궁의 궁인들이 별시의 연회에 참가하는 이들이냐며 그들을 후원으로 안내하자 의심은 곧 놀람이 되었다. 예문관의 사관들이 그들을 기다리고 있었기 때문이었다. 참석자들은 하도 놀라 서로들 소곤거렸다.

"기별을 받고 설마설마했건만…… 예문관이 준비한 장소가 경원대군 마마의 궁이라니……"

"저 어린 사관이 뭔가 뒷배가 있는 것이 아닙니까? 왕실과 혈연관계라도 있답니까?"

"하하, 뭐 그리들 서 있습니까. 자리들 앉으십시다."

유정은 기분이 좋은 듯 껄껄대며 쭈뼛거리며 선 이들을 자리로 안내했다. 모두가 예문관이 이 정도 준비를 해 왔으리라고는 생각도 하지 못한 분위기였다.

"어차피 빈 궁이니 어찌 장소를 빌렸다고 한들, 예문관 사관들의 집안이 한미한데 다른 준비가 흡족하겠습니까?"

한구석에서 삐딱하게 들려오는 목소리에 유정이 음식을 가져오라며 큰 소리로 외쳤다. 옆에 선 태진이 목소리 좀 적게 내라고 타박을 주어도 한번 신이 난 그를 말릴 수 없었다. 하긴 태진도 예문관이 이렇게 득의양양한 것은 처음이라 잔뜩 흥이 올라 있었다. 봉교 이문직도 상석에 앉아 흐뭇하게 이 모습을 보고 있었다. 늘 궐에서 남들 눈치를 보며 다니던 예문관 선배들의 이런 모습에 담월은 흡족했다. 경운궁을 빌리기로 했다는 말을 하고서부터는 강현마저도 한 번 크게 놀라더니 못내 기쁜 기색이었다. 담월과 눈이 마주치면 큼큼, 하며 헛기침을 하면서 아무렇지 않은 척을 하긴 했지만 경운궁에 도착해 계속 놀란 표정인 각운을 힐끔힐끔 쳐다보면서 이죽거리고 있다는 걸 이미 눈치챈 바였다.

이제 슬슬 준비된 자리가 거의 다 차고, 음식과 술이 차려지자 연회의 주도를 맡은 유정이 일어나 예의 그 큰 목소리로 환영회의 시작을 알렸다.

"자자, 그러면 이렇게 새 급제자들의 환영연을 도맡아 열게 된 것을 기쁘게—."

"잠시만 멈추시오!"

유정을 비롯한 모두가 소리가 난 쪽을 바라보았다. 나이가 지긋한 내관을 알아본 이들이 웅성거렸다. 세자의 일을 담당하는 내관이었다.

"세자마마와 대군마마, 그리고 명의 사신께서 곧 도착하십니다!"

모두가 놀라 자리에서 일어났다. 담월을 비롯한 검열 삼인방도 예외는 아니었다.

"이게 무슨 일이야. 담원이 너, 알고 있었어?"

"아뇨. 저도 모르는 일입니다."

사람들이 웅성대며 정자에서 내려와 왕자들의 행차를 기다렸다. 정시도 아닌 별시 합격자들의 조촐한 연회에 왕자들이 참석하는 건 이례적인 일이었다. 이내 사람들의 발걸음 소리가 들리더니 자적빛 도포를 입은 세자를 위시하여 경원대군과 명나라 사신들이 함께 도착했다.

"이번 별시에 급제한 이들이 환영연을 연다 하여 이리 걸음했소. 주상 전하의 병환이 비록 다시 위독해지시긴 했으나 그대들처럼 출중한 이들이 조정에 출사한 것은 실로 기쁜 일. 오늘 그대들과 함께 어울려 좋은 시간 보낼 수 있으리라 믿소."

탄헌군이 입시한 이들에게 축사를 건네며 정자로 올라가자 권했다. 가장 말석에서 올라가던 담월에게 결이 미소를 머금은 채 다가왔다. 회청색 두루마기를 걸친 그는 지난번 함께 경운궁에 올 때보다 훨씬 멋스러운 차림이었다.

"마마, 이게 어떻게 된 일입니까?"

"그대가 준비한 연회에 안 와 볼 수가 있겠습니까. 마침 세자마마께 이야기를 드렸더니 함께 오자 하셔서 귀인까지 모시고 왔습니다."

결은 씩 웃으며 담월과 함께 정자에 올랐다. 담월은 갑작스레 커진 판에 당황하는 눈치였지만 검열 삼인방은 달랐다. 예문관이 주최한 연회에 왕자들과 명의 사신까지 참석을 했으니, 그야말로 기세등등할 만한 일이었다. 유정은 담월의 옆구리를 쿡쿡

찌르며 "야, 대박이다. 대박." 하며 기쁨을 감추지 못했고 그런 그를 태진이 타박했지만 그 또한 히죽거림을 참지는 못하고 있었다. 그런 그들의 모습에 담월도 점차 긴장을 풀었다.

'다행이다. 형님을 모시고 온 보람이 있네.'

지난번과는 달리 신이 난 담월의 얼굴을 흘낏 보곤 결은 만족스러운 표정으로 옆 자리의 탄헌군에게 술을 따랐다. 지난번 세자와 담월 간의 일을 들은 바 있었기에 다소 걱정한 바도 있었다. 하지만 아직까지는 그의 기분도 별달리 나빠 보이지 않았다. 사실 담월보다는 옆 자리에 앉은 광록대부 사마궐과 금 대인을 신경 쓰느라 여념이 없어 보였다.

이윽고 본격적인 연회로 들어가 탄헌군이 급제자들에게 술을 내렸다. 욱은 이조의 장원에게 친히 술을 따르며 앞으로도 더 성심을 다하길 빈다며 축원을 마쳤다. 그가 탄헌의 잔을 받아 마시고 자리로 물러났다. 다음은 담월의 차례였다. 그녀는 조심스럽게 일어나 탄헌군의 앞으로 가 잔을 받쳐 들고 앉았다.

"차석인 도담원이었지. 그래, 감히 충심을 다해 예문관의 일을 다하고 있는가?"

담월을 알아본 탄헌군의 눈이 번뜩였다. 그의 옆에 있던 금 대인이 예문관이라는 말에 흥미를 보였다.

"이 훌륭한 연회가 예문관에서 준비한 것이랍디까? 의외군요. 도규언이라는 자가 주살된 후로 속빈 강정이 되었다더니.

하긴 그깟 죄인 한 명이 없다고 나라의 관청이 돌아가지 않으면 말이 안 되지요."

껄껄 웃으며 술잔을 기울이던 금 대인은 자신을 매섭게 쏘아보는 담월의 눈빛과 마주쳤다. 그는 고깝다는 듯 술잔으로 상을 내리쳤다.

"뭐, 뭐냐 그 눈빛은!"

"아무리 죄를 지은 자라고는 하나 고인에 대해 너무 무례하신 것 아닙니까?"

탄헌군이 규언을 욕보인 것은 그럴 수 있다 쳤다. 그는 규언이 그간 어떤 공적을 세워 왔으며 그럼에도 용서받을 수 없는 무슨 죄를 지었는지 알고 있었으니까. 하지만 아무것도 모르는 자가 이런 말을 뱉다니!

새파란 신입 관원이 금 대인에게 큰 소리를 내며 버릇없이 대하자 좌중의 분위기가 싸늘해졌다. 그들을 데려온 결은 그 사이에서 어쩔 줄을 몰랐다. 이 사태를 진정시킨 건 금 대인의 반대쪽에 앉은 명나라의 사신, 광록대부 사마궐이었다.

"맞소. 제대로 아는 바도 없는데 함부로 말을 해서는 안 되지."

"하지만 광록대부, 저치가 감히 제게—!"

"그만하라지 않았소. 도담원이라 하니 도규언과 연이 있는 자인 듯한데, 친지 앞에서 그 입을 분별없이 놀려서야 되겠소."

사마궐은 싸늘하게 금 대인의 뒷말을 찍어 눌렀다. 사신의 입에서 나온 규언의 이름에 모두가 놀랐다. 다른 이도 아니고 명나라의 삼 등관이나 되는 이에게서 들으리라 기대할 이름이 아니었던 것이다.

"그래, 그대와 도 봉교는 무슨 사이요?"

금 대인을 대할 때와는 달리 부드러운 사마궐의 목소리에 담월은 떨떠름한 표정으로 그에게 고개 숙이며 답했다.

"도 봉교의 종질이 되옵니다."

그 말에 사마궐은 반색했다. 그 모습에 금 대인은 끄응 앓으며 고개를 획 돌렸다.

"그렇군. 나도 일찍이 사관으로 조정에 출사하여 지금의 자리에 올랐소. 그때 이 나라에 사관의 일을 도맡는 도씨 성의 집안이 있고, 그중 봉교 도규언의 강직한 직필은 명에게까지 그 명성이 자자할 정도였지. 이번에 사신으로 오면서 그를 꼭 한번 만나고 싶었으나 그 집안이 화를 입었다 하여 아쉬워했는데, 이렇게 그 혈연을 만나게 되니 기쁘군. 그 또한 집안의 대를 이어 사관으로 봉직하니 도가의 충심이 얼마나 깊은지 잘 알 수 있습니다."

그의 말이 이어질수록 담월은 점점 입꼬리가 올라가는 것을 막을 수가 없었다. 조정에 들어와 처음으로 들어보는 가탄이었다. 그동안 각운이며 강현, 다른 조정 대신들에서 세자 탄헌군에 이르기까지 집안에 대한 모욕을 어찌나 많이 들었는지. 그간의 설움이 한순간 비집고 나와 담월의 눈가가 젖어 왔다. 감사 인사를 올리려던 찰나, 사마궐의 옆에 앉은 신하 하나가 그에게 심각한 얼굴로 귀엣말을 건넸다. 짧게 말이 이어지는 동안 그의 표정은 썩 좋지 않게 변해가긴 했지만 그 옆의 탄헌군의 표정에 비하면 아무것도 아니었다. 담월이 얼핏 보기에도 구겨진 속을 애써 달래는 얼굴이었다.

"큼흠—. 어쨌든 이제 도 검열이 가문의 그 모든 명예와 책임을 짊어진 바. 젊은 사관의 눈이 이리 깊고 빛나는 것을 보니 그 책무를 다하리라 여겨지는군요. 그렇지 않습니까, 세자마마?"

"그렇습니다. 일전에 그는 내게도 그 집안이 짊어진 짐 그 이상으로 사력을 다할 거라 다짐한 바가 있지요."

"그 기상이 참 마음에 드는 군요."

담월이 출사할 때 그에게 답했던 말을 탄헌군이 인용해 옮겼다. 아직도 못내 불쾌한 표정이었지만 사마궐은 아랑곳 않고 마저 담월을 칭찬하며 그녀의 잔에 술을 채워 주었다.

* * *

해가 지며 연회가 파할 때가 되어가자 세자와 경원대군 등이 슬슬 자리에서 일어났다. 한껏 홍이 오른 이들은 못내 아쉬운 눈치였으나 탄헌군은 끝까지 좋은 표정을 유지하지는 못했다.

사마궐을 대할 때나 애써 웃어 보이는 게 전부였다. 그 모습에 결은 제 형님의 눈치를 계속 보며 초조해했기에 담월과는 별로 시선이 마주치지도 못했다. 담월은 아쉬워하며 궐로 향하려는 세자의 무리를 배웅하려 일어났다. 그때 사마궐이 담월에게 다가왔다.

"도 검열. 오늘 아주 즐거운 연회 자리였습니다. 그대를 비롯해 이렇게 많은 젊은이들이 조정에 진출해 나라의 힘이 되는 한 조선은 영원히 번영하겠군요."

"과찬이십니다."

"혹여 내 힘이 필요한 일이 있거든 언제든지 도움을 요청하시지요. 내 먼 곳에 있더라도 필시 힘 써드리리다."

"어찌 저를 그리 잘 봐주시는 겁니까?"

"나 사마궐, 사관으로 시작해 광록대부의 자리에 오른 사람입니다. 그대는 필시 역사를 기록하는 것에 그치지 않고, 그 역사에 한 획을 그을 인물임이 틀림없습니다. 그것도 아주 올곧은 방향으로 말이지요. 그런 이에게 도움이 되어 준다면 나 또한 역사의 한 축이 되는 것이 아니겠습니까. 허허."

사마궐은 호탕하게 웃으며 꼭 자신을 찾으라 당부하고 탄헌군의 옆으로 가 다시 돌아갈 채비를 했다. 결은 탄헌군 욱의 바로 옆에 있었다. 오늘 일에 대한 고마움을 전하고 싶었지만 저래서야 영 무리였다.

'할 수 없지. 다음에 만났을 때 인사를—?!'

순간 담월은 자신이 헛것을 보았나 눈을 의심했다. 창덕궁으로 돌아가기 직전, 결이 잠시 뒤로 고개를 돌려 담월에게 가볍게 찡긋하며 눈인사를 던졌다. 예의 그 산뜻한 미소도 함께였다. 순간 당황해 얼어붙는 바람에 그녀는 세자의 일행이 궁으로 가는데도 제대로 예를 올리지 못하고 허둥지둥했다.

"나머지 뒷정리도 궁인들이 한다고 하니 우린 이만 가 봐도 될 것 같은데. 난 예문관에 가 봐야 하니 먼저 갈란다."

멀찌감치 있던 강현이 담월에게로 다가와 말을 걸었다. 이 회의 주관은 엄연히 담월이니 그녀에게 간다고 허락을 맡으려는 모양이었다. 어차피 파장이었고 그녀도 곧 돌아갈 것이었기에 고개를 끄덕였다.

"집에 안 돌아가십니까?"

"돌아가 봤자 반기는 여인네가 있는 것도 아니고. 그보다 예문관의 일이 급하지. 빨리 가서 옷 갈아입고 들어가야 해."

"예문관에 돌아가서 무얼 하시려고요?"

"아까 세자와 금 대인이 함께 궁으로 향한 것을 보지 못했어? 필시 밀담을 나누려고 하는 걸 것이야. 연회에서 두 사람 사이에 내관 하나가 계속 말을 옮겼다고. 필시 중요한 얘기를 하려는 걸 거야. 아마 그게 이번 명나라 사신이 온 본 목적일걸?"

"강 검열님은 체력도 좋습니다."

"이 정도는 기본이지. ……좋아, 기분이다. 너도 따라와!"

"저까지요? 피곤하단 말입니다!"

"흥, 기회를 줄 때 따라와. 좋은 걸 알려 줄 테니까. 집에 돌아가서 관복으로 갈아입고 바로 오라고."

아무래도 따라 오라는 강현의 말은 진심인 모양이었다. 두 사람은 갈림길에서 헤어졌다. 강현은 최대한 서둘러 오라고 말한 후 제 집의 방향으로 빠르게 사라졌다. 그 모습을 보던 담월도 결국 걸음을 빨리해 집에 도착했다. 들어오자마자 다짜고짜 관복을 내어달라는 담월에 소화는 이유도 묻지 않고 빠르게 성장을 도와주었다.

"늦었잖아."

"최대한 빨리 온 건데요?"

남문 앞에서 기다리고 있던 강현은 서둘러 담월의 팔을 낚아채고 궁 안으로 들어섰다. 예문관에서 각자의 필묵함을 챙기고 지나가던 궁인들을 하나하나 붙잡고 물어보니 탄헌군과 금 대인은 연경당으로 향한 모양이었다.

"연경당이라. 좋아, 담원 너 잘 따라와!"

강현은 자신 있게 연경당으로 걸음을 옮겼다. 쓰러진 임금이 있는 곳보다 들어가기 힘든 곳이 세자가 있는 곳들이었다. 더군다나 명의 사신이 온 이후 궁내의 경비는 전보다 두 배. 탄헌군과 금 대인이 들어간 연경당에는 얼핏 봐도 지난 번 담월이 중화당에 몰래 들어갈 때보다 많은 숫자가 삼엄한 기세로 밤을 경계하고 있었다.

"아무리 봐도 저건 몰래 들어갈 수 있는 데가 아닌데요?"

"잔말 말고 잘 따라오기나 해."

강현은 담월의 소매를 붙잡고 연경당의 담을 따라 반대로 빙 둘러 걸었다. 대체 어디까지 가는지 의아해할 때쯤, 강현은 연경당이 아닌 다른 건물로 들어가 그 뒤편으로 향했다. 담과 건물 벽 사이가 사람 하나 겨우 빠져나갈 것 같은 길이었다. 강현이 먼저 그 사이에 몸을 집어넣으며 담월보고 어서 오라 손짓했다. 담월이 우물쭈물하자 강현은 답답하다는 듯 그녀의 손을 낚아챘다. 늘 힘주어 붓을 잡아 몇 마디만 굳은살이 박인 손에 놀랄 새도 없이 그녀는 좁은 담 사이로 몸을 구겨 넣었다.

"어서 서두르라고. 중요한 걸 다 놓치겠어."

"아, 알겠습니다. 근데 손은 왜 잡습니까?!"

담월은 잡힌 손을 뿌리치고서 뒤를 따랐다. 사내들 간에 괜히 예민하게 구는 놈이었다. 하긴 그 손이 보통 남자들치고는 여인네 손의 느낌이 나긴 했다. 기녀들처럼 곱고 희어서가 아니라 유독 작아서였다. 하지만 남자들 중에서도 손이 가늘고 작은 이들은 제법 있었다. 그것이 사내답지 못하다 하여 치부라 생각하는 이들도 꽤 되니 담월도 그런가 싶어 강현은 한 마디 하려다 그만두었다. 그렇게 좁은 담벼락 사이를 말없이 비집고 지나가

다가 강현이 몸을 아래로 숙였다. 그곳에 작은 구멍이 하나 나 있었다. 몸집이 작은 여인네들이면 충분히 오고 갈 만한 구멍이었다.

"궁녀들이 몰래 쉬러 빠져나가려고 만든 개구멍이야. 전각 내부하고 이어지지. 여기로 들어가서 세 번째 창고가 침구를 보관하는 곳인데, 좀 슬지 말라고 큰 구멍을 만들어 둔 곳이 있단 말이야. 거기로 몸을 구겨 넣어 들어가면 창고와 전각의 방들 사이에 만들어진 엉뚱한 공간이 있는데, 거기가 엿듣기에는 최고의 장소거든. 잘 기억해 둬."

강현은 그 좁은 구멍에 열심히 몸을 집어넣어 빠져나갔다. 빨리 오라는 그의 말에 담월도 자세를 굽히고 엉금엉금 개구멍을 빠져나왔다. 몸을 일으키려는 그녀에게 강현이 손을 건넸다.

'아, 저 자식 손잡는 거 싫어했지.'

라고 생각하며 손을 거두려는 순간 담월이 그 손을 가뿐히 잡고 일어났다. 서로 다른 의아함을 품은 시선들이 허공에서 마주쳤다. 먼저 입을 연 건 담월 쪽이었다.

"……강 검열님은 절 미워하는 게 아니었습니까? 왜 이런 걸 알려 주시는 거죠?"

"미운 건 아냐. 싫을 뿐이지."

그게 그거 아닌가? 라고 생각했지만 강현의 표정도 딱 이거다 싶은 표정은 아니었다. 불만스럽지만 인정할 건 인정한다는 듯, 입을 삐죽거리며 담월과는 시선을 피했다.

"그리고 오늘 네가 예문관의 위신을 제대로 세워 줬잖아. 형님들이 그렇게 기뻐하시는 건 처음 봤어. 예문관이 주도한 연회에 왕자 마마들이 전부 오신 데다가 명의 사신까지 왔으니, 앞으로 우리를 심하게 괄시할 수는 없겠지. 그에 대한 보답이야."

강현이 머쓱한 표정을 지으며 앞서 걸었다. 담원을 인간적으로 미워하는 건 아니었다. 처음에는 그랬을지도 모르겠다. 하지만 한 달 남짓 보아 온 도담원은, 어린 나이에도 세상을 보는 눈이 넓고 생각이 깊은 이였다. 그저 방에 틀어박혀 글공부를 해 온 이라고는 믿을 수 없었다. 사초에 한 줄씩 첨언하는 것만 봐도 그건 알 수 있었다. 심성이 나쁜 것도 아니었다. 제 할 일을 다 하면서도 남들의 일을 도울 것이 없나 늘 살피는 것도 알고 있었다. 가끔 세상 풍파를 다 겪은 것 같은 얼굴을 짓다가도 사소한 것을 몰라 반달 같은 눈으로 멀뚱히 저를 올려다보는 걸 보면 고향에 있는 여동생이 생각나기도 했다. 그럼에도 계속해서 담원에게 틱틱거리게 되는 건 역시, 그가 도씨 집안의 사내기 때문이었다. 규언과 담건이 죽고 예언의 재주가 씨가 말라버린 것을 걱정하던 중 조정에 들어온 강현은 주위의 은근한 기대를 받았다. 가장 가까운 핏줄이기도 했고, 어릴 적부터 문재가 뛰어나단 말이 규언의 입을 통해 주변에 알려지기도 했기 때문이다. 하지만 여태껏 그가 예언을 발휘한 적은 한 번도 없었다. 하지만 담원이 예언을 받는다면…… 스스로 어엿한 사관으로서 잘 해내고 있다는 것을 알면서도 강현은 담월에 대한 그런 경쟁심을 쉬이 버릴 수 없었다.

두 사람은 침구방의 통풍구를 지나 좁은 복도로 들어섰다. 발소리를 죽이고 살금살금 걷다 보니 사람들의 목소리가 두런두런 들려오는 지점이 있었다. 얇은 종이가 발려진 창가였다.

"여기인 것 같은데. 잘 들리는 만큼 큰 소리는 저쪽에도 들릴 수 있으니 소릴 낮춰."

두 사람은 조용히 앉아 필묵함을 꺼냈다. 건물과 건물 사이, 지붕이 없는 곳이었다. 어두웠지만 별빛 어스름에 종이와 글자는 구분할 수 있을 정도였다. 준비를 마친 그들은 얇은 창에 옆얼굴을 바싹 붙이고 귀를 기울였다. 탄헌군과 금 대인의 목소리가 제법 또렷하게 들려왔다. 좀 전까지 무슨 얘기들을 나누었는지 목소리들이 화기애애했다.

* * *

그러나 소리와는 다르게 내실 안에서는 긴장감이 감돌고 있었다. 탄헌군과 금 대인 두 사람 다 웃고 있었지만 그것이 가벼운 미소가 아니라는 것은 서로가 잘 알고 있었다. 탄헌군의 사람들은 되레 그 분위기에 짓눌린 듯 식은땀을 흘리고 있었다.

"소소한 이야기는 이제 그만 두고 본론으로 들어가지요. 척 상시께서 괜히 그대를 사절단에 함께 보내지 않았을 테니."

"하하, 과연 총명한 세자 저하다우십니다. 명에서도 그 소문이 자자하지요."

금 대인은 길쭉한 염소수염을 만지작거리며 욱을 추켜세웠다.

"무슨 소문 말이오?"

"한 나라의 세자로서 학식과 지혜로움은 물론이요, 장차 한 나라의 지존이 될 몸으로서 정국을 보는 날카로운 눈, 군부를 휘어잡은 통솔력까지 갖춘 탄헌군은 아주 완벽한, 왕세자라는 소문 말입니다. 제 눈으로 직접 뵈니 그 소문이 틀린 게 없군요."

금 대인은 완벽한, 이라는 말에 힘을 주었다. 탄헌군이 눈을 가늘게 떴다. 푸르스름한 색이 감도는 눈동자가 그 속에서 번뜩였다. 금 대인은 그런 탄헌군의 반응에 입 꼬리를 씨익 말며 입을 열었다. 한껏 높낮이를 낮춘 목소리는 마치 뱀의 그것과 같았다.

"제가 모시는 척 상시 어르신께서는 탄헌군 마마의 그런 자질을 매우 높게 평하고 계십니다. 비록 중전마마의 소생이 아닐지라도 말이지요."

그런 완벽함도 단 하나의 사실 때문에 무너질 수 있는 것이 이 조선이라는 나라의 후계 결정이었다. 유교적 기반 아래 뿌리 내린 정통성. 그것은 탄헌군의 그동안의 노력으로도 결코 넘을 수 없는 숙명의 경계였다.

"그래서 상시 어르신께서 저하께 좋은 제안을 드리려고 저를 보내신 겁니다."

"호오…… 내게 좋은 제안이라. 어디 한번 들어 봅시다."

"금명왕 전하께서 숙의 마마, 즉 세자 저하의 어머니를 수양딸로 맞고자 하십니다."

그 말에 탄헌군을 비롯해 내실의 사람들 모두가 경악스러운 표정을 지었다. 범상치 않은 제안을 예상은 했지만 금 대인이 가져온 밀지가 이 정도일 것이라고는 아무도 생각하지 못한 듯했다.

"이미 돌아가신 내 어머니를, 황제의 동생인 금명왕 전하의 딸로?"

그 말인즉, 명나라에서 탄헌군을 다음 대 보위에 오를 왕자로 점찍었다는 말이었다. 금 대인의 말에 내실은 한바탕 소란스러워졌다. 하지만 담월은 그 안에 오고 가는 이야기를 이해하기 어려웠다. 처음 듣는 이름들을 어떻게 적어야 할지 몰라 앞에 앉은 강현을 보았지만 그는 한창 다른 것에 집중하는 중이었다. 그것은 담월의 손이었다.

'아무리 봐도 여인네 손 같단 말이지.'

다시 한 번 손을 맞잡고 나서는 계속 시선이 갔다. 여인의 손을 자주 보거나 잡아 본 것은 아니지만 둘은 분명 다른 점이 있었다. 손의 형태나 부드러움의 문제가 아니었다. 담월이 붓을 쥐는 형태가 그러했다. 그녀의 손이 쥔 것은 붓이 아니라 꽃인 것 같았다. 그만큼 가볍게, 부드럽게 쥐고 글씨를 쓰는 것은 사내들에게서는 보기 드문 모습이었다. 악력이 남들보다 약한 듯싶었다. 그 모습에 얼마 전 억지로 무거운 서책 보따리를 들게 했던 일이 떠올라 뒤늦게 죄책감이 들기도 했다. 제 글을 쓰다 문득 본 모습에 시선을 빼앗겨 안쪽에서 들려오는 말소리도 듣지 않고 있던 그는 담월이 그를 부르는 소리에야 겨우 정신을 차렸다.

"강 검열님, 저게 무슨 소립니까?"

담월은 소리를 한껏 낮춰 물었다. 어차피 금 대인의 제안에 대한 갑론을박으로 안쪽이 소란스러웠기에 이쪽의 말이 들릴 염려는 없었다. 강현은 저가 담월의 손을 보고 있었다는 걸 내색하지 않으려고 일부러 삐딱하게 굴었다.

"넌 정말 알다가도 모르겠다니까. 남도의 악질 관리에 대한 얘기는 그리 소상히 알더니 이런 건 대체 왜 모르는 거냐?"

담월은 모를 수도 있는 것 아니냐며 눈을 흘겼다. 좁은 복도 안, 화선지 두 장 거리에 마주 붙어 있는지라 여태 제대로 훑어본 적 없던 얼굴이 강현의 한 눈에 들어왔다. 사위가 어둡고 밤공기가 차게 가라앉은 가운데 별과 달의 빛에 어슴푸레 빛나는 얼굴. 아무리 약관이 갓 된 나이라지만 어찌 이리도 소년기가 가시질 않았는지. 이리 놓고 보니 소녀로 착각할 만큼 곱상하였다. 자신을 빤히 보고만 있는 강현이 이상해 담월이 다시 그를 부르자 강현은 그제야 헛기침을 하며 담월의 의문에 답해 주었다.

"세자마마의 머리색과 눈 색, 이상하다고 생각한 적 없어?"

조선인의 것이라 보기 어려운 탁한 금색의 머리카락과 눈썹, 고요한 호수를 보는 듯 깊고 검푸른 눈. 이상하다고 생각하지 않는 쪽이 더 이상하리라. 머리색이야 평소엔 관모를 쓰고 있어 잘 눈에 띄지 않고 눈썹은 머리보다 검어 티가 나질 않지만, 도깨비와 눈을 마주친 듯 오싹한 눈동자는 확실히 이질적이었다. 강현은 목소리를 한껏 낮추고 담월에게 그 이유를 설명해 주었다. 궁내에서는 금기시되는 이야기였다.

"삼십 년도 더 전에 왔던 사신이 진귀한 이국의 여인을 데려왔어. 세자마마 같이 탁한 색이 아니라 진짜 반짝이는 금색 머리에 물처럼 푸른 눈이었다더군. 그 여자를 당시 세자이던 전하가 마음에 들어 하셨는데, 사신이 머무는 사이에 세자의 아이를 밴 거지. 정식으로 첩지는 받았지만 탄헌군을 낳고 얼마 안 되어서 바로 돌아가셨어."

이질적인 외모와 왕의 핏줄을 이어 받은 아이. 그냥 평범한 왕자로 자랐다면 그가 타고난 운명이 그를 가로막을 일은 없었을지도 모른다. 적당한 가문의 여인과 혼례를 올리고, 정치에 관여하지 않은 채 평화로운 여생을 보낼 수 있었을 것이다. 하지만 그가 특이한 외모를 가지고 이 땅에 태어나게 한 운명은 그를 가만히 두지 않았다.

"그때야 전하께는 이미 대군이 둘이나 있었으니 탄헌군 하나쯤 있다고 문제될 게 없었지. 하지만 손위 형제인 대군 둘이 죽고, 막내인 경원대군은 매일 사경을 헤매고. 전하가 어쩔 수 없이 세자위에 올리긴 했는데 그 정통성이 문제가 되어 버린 거지. 왕이 세자를 마음에 안 들어 하는 것도 있고. 지금 주상 전하가 쓰러져 계신 것도 탄헌군 마마의 소행이 아니냐는 소리가 있을 정도로 두 사람은 사이가 나쁘니까."

그러나 분명 대외적으로는 완벽한 세자였다. 경원대군을 전폭적으로 지지하는 좌의정과 각운마저도 탄헌군의 자질에 대해서는 혀를 내둘렀으니까. 애초에 그렇게 입지가 탄탄하지 않았더라면 출생 신분을 꼬투리 잡혀 세자위에 오르지도 못했으리라.

"세자가 군왕의 재목이라는 건 신하들도 전부 인정하지만, 그 태생은 탄헌군 마마의 유일한 약점이야. 타고난 숙명은 어쩔 수 없는 거니까. 그 와중에 명에서 이런 제안을 한다는 건 대단한 거야. 미천한 출신인 숙의마마를 명 황제의 조카로 삼는다는 거라고. 아마 주상전하가 다시 쾌차하실 가능성이 없다고 판단한 거겠지. 그렇게 되면 세자마마는 그 유일한 약점마저 벗어 던지는 거야."

"정말 엄청난 일이군요……."

"거 봐. 따라오길 잘했지? 이런 큰 일이 일어나는 걸 기록으로 남길 수 있다니, 사관이 아니면 누구도 하지 못할 일이지."

빙긋 웃으며 강현은 다시 붓을 들고 들리는 바를 적기 시작했다. 아까 낮에 경운궁에서보다 훨씬 사람이 활기차 보였다.

'이 일을 이렇게 좋아하는 걸 보면, 역시 나쁜 사람은 아니야.'

자신 있게 글자를 적는 모습에선 오라버니 담건이 겹쳐 보였다. 누구보다도 예문관에 들어오고 싶어 했고 또 그 자리가 더없이 잘 어울리던 사람. 그 사달이 없었다면 지금 이 관복을 입고 있는 것은 그녀가 아닌 오라비였을 것이다. 강현을 보며 그런 생각을 하던 담월은 슬프게 미소 짓다가 저도 다시 붓을 들었다.

탄헌군을 따르는 신하들이 금 대인의 제안에 이래저래 의견을 내놓았지만 욱은 아무 말도 꺼내지 않았다. 금 대인은 여유롭게 차를 들이켰고 욱은 가만히 그들의 말을 듣고 있었다. 측근들이 각자의 의견을 다 피력하자 탄헌군은 손을 들어 좌중을 조용히 시켰다. 그리고 그의 말을 기다리던 금 대인에게 시선을 돌렸다.

"좋은 제안은 고맙소만, 그 대답은 내가 그 대가로 뭘 줘야 할지를 들어 보고 결정을 해야 할 것 같군."

아무리 탐스러운 먹이여도 한 발 물러나 본다는 것인가, 금 대인은 만만치 않은 세자를 직시했다. 하긴 그의 나이가 서른. 임금인 형원이 이리 장수하지만 않았다면 한참 전에 왕의 자리에 올랐어도 오를 나이였다. 금 대인도 탄헌이 보낸 세월에 대해서는 익히 알고 있었기에 한 번에 먹이를 물 거라고는 생각지 않았다. 오히려 한 번에 먹이를 물었다면 의심을 더했으리라. 그는 찻잔을 내려놓고 덤덤하게 원하는 바를 말했다.

"황제께서는 조선이 십여 년 전에 정복한 여진의 땅을 원하고 계십니다."

그 말에 중립을 지키고 있던 측근 중 하나가 바닥을 손으로 내려치며 큰 소리를 냈다. 중앙군인 오위도총부의 수장인 도총관이자 십오 년 전 여진의 땅을 정벌할 당시 참여했던 장수, 곽별회였다.

"그게 무슨 말입니까! 다른 공물을 바치는 것도 아니고 엄연한 나라의 국토를 바치라니! 명에선 너무 이 나라를 얕보시는 게 아니오!"

"장군, 그만 두시게. 계속 들어 보지."

"저하, 곽 장군의 말이 맞습니다. 제가 당장 이 무례한 자의 목을 베어 버리겠습니다!"

곽별회에 이어 호위무사인 김주원도 들고 일어섰다. 그들을 위시한 무관들이 당장이라도 금 대인을 도륙할 듯 살벌한 분위기를 조성하자 욱은 한숨을 내쉬었다.

"주원, 섣부른 말은 꺼내는 것이 아니다. 다들 그만들 두게. 계속 들어 보지."

"어차피 농사를 지을 수도 없는 척박한 땅이 아닙니까. 명의 군대가 들어서 여진을 더욱 압박할 수 있다면 조선에도 필시 좋은 일. 저하께서 훗날 통치를 할 때 든든한 반석을 세우실 수 있겠지요."

"저하. 혹하시면 아니 되옵니다. 그 땅을 정복하기 위해 어떤 노력을 했는지 잊으셨사옵니까!"

곽 도총관이 다시 한 번 욱을 불렀지만 욱은 모른 척 생각에 잠겼다. 좋은 조건이기는 했다. 그가 가진 유일한 약점을 걷어내는 데 이만한 방법이 없었다. 스스로 애걸복걸해도 들어줄까 말까 한 제안을 명에서 먼저 해 오다니. 억만금을 바치는 한이 있더라도 이 기회는 잡아야 했다.

"과연 혹할 만한 제의입니다. 황제께서 나를 사실상 다음 대왕으로 추대해 주신다는 큰 반증이니."

긍정적인 말에도 불구하고 욱의 표정은 썩 유쾌하지 않았다.

"하지만, 내게 그 여진의 땅이 어떤 의미를 갖는지 알고 제의를 하는 것이겠지요?"

그의 날카로운 시선에 금 대인은 식은땀을 흘렸다. 소문으로

만 들었을 때는 그저 괴이하고 신기하기만 했던 푸른 눈이었으나, 실제로 이렇게 마주 대하니 소름이 돋지 않을 수 없었다. 그대로 저 시선에 뼈째 씹어 삼켜질 것 같았다. 왕재(王材)는 왕재다 이건가. 그는 소국의 왕자라 하여 욱을 내심 얕봤던 것을 반성했다. 그가 모시는 명나라의 환관 척 상시는 탄헌군이 이 제안을 받아들이지 않을 수도 있다고 했다. 그때는 기껏해야 소국의 왕자가 이런 안을 거절할 리가 있겠나 싶었지만 지금 보니 아니었다. 엄연한 한 나라의 국토를 넘기라는 제안, 그것은 지존의 자리에 오르도록 교육 받은 이의 자존심을 건드리기에 충분했다.

"큰 사안이니 쉽게 결정할 수는 없겠소. 사신이 떠나기 전에 답을 드리리다. 오늘은 이래저래 일이 많았으니 이만 숙소로 돌아가 편히 쉬시오."

살벌하던 시선은 어디 갔는지 봄날의 훈풍처럼 부드러운 말씨로 그는 축객령을 내렸다. 갑작스러울 정도로 돌변한 태도에 금 대인이 오히려 얼떨떨해하며 예를 올리고 일어났다. 그가 문을 나서고도 한동안 실내는 정적에 휩싸였다.

* * *

"금 대인은 돌아가는 것 같은데, 이만 돌아가자고. 피곤하네."

계속 귀를 기울이던 강현은 하품을 하면서 붓을 내려놓았다. 기지개를 피니 뿌드득 소리가 났다. 좁은 곳에서 오랫동안 움직이지도 않았으니 그럴 만했다. 그러나 담월은 붓을 놓지 않았다. 되레 마른 붓을 벼루에 다시 담가 먹을 적셨다.

"아직도 할 생각이야?"

"아직 세자 마마와 그 측근들이 남지 않았습니까. 어차피 곧 인정이고, 집에 들어가기도 용이하지 않을 테니 저는 더 적다가 숙직이라도 하고 내일 퇴청하렵니다."

"야, 네가 그러면 나도 남아야 할 것 같잖아!"

강현이 괜히 발끈했지만 담월은 덤덤하게 그를 올려다보았다.

"강 검열님은 내일 중희당의 당번이 아니십니까. 오늘 얘기를 미루어 보아 내일 조례가 무척 시끌시끌할 테니 꼭 참석 하셔야지요. 이만 돌아가세요."

걱정이 곁들여 있는 차분한 목소리는 틀린 말이 없었기에 강현은 더 분했다. 도담월 저 녀석은 틀린 소리를 하는 법이 없었다. 바른 말, 바른 소리. 사관으로서는 무엇보다 갖춰야 할 덕목이기도 했다. 하지만 감히 자기보다 신분이나 나이가 높은 이에게 그렇게 강짜를 놓기는 쉽지 않은 법이었다. 그게 담월을 인정하게 하면서도 분하게 했다.

"흥. 혼자 잘난 체하기는. 그래, 난 간다."

담월을 홀로 두고 가는 것이 마음에 걸리긴 했지만 다음 날의 일도 중요하니 강현은 이만 퇴궐을 할 수 밖에 없었다. 혼자 비밀 통로를 빠져나가다가 그는 뒤로 고개를 획 돌렸다. 누군가의 발걸음 소리에 담월이 그냥 포기하고 같이 가려나 싶어 기다렸지만 헛 걸 들었는지 걸음 소리가 이어지지 않았다. 좁은 담벼락을 빠져 나오고서도 그는 잠시 그 앞에서 서성이다가 겨우 걸음을 떼었다.

"에잇, 뭐하러 그 녀석 걱정을 한담. 집에 가서 잠이나 자야지."

그렇게 궐 밖으로 걸음을 옮기는 강현의 뒤로 궁인 하나가 슬그머니 빠져나와 강현과 다른 방향으로 빠르게 걸음을 옮겼다.

* * *

강현이 가고 한참 동안 안쪽의 얘기를 받아 적던 담월은 잠깐 졸았다가 큰 북과 징 소리에 눈을 떴다. 자격루가 시간을 알리는 소리였다. 북 소리가 세 번에 징 소리가 두 번이었으니 벌써 자정이 넘어도 한참 넘은 시간이었다. 담월은 으슬으슬한 몸을 감싸며 정신을 차리려 애를 썼다. 연경당 안쪽도 아까보다 한참 조용해진 것을 보니 슬슬 돌아가도 될 것 같아 담월은 몸을 일으켰다.

“저하, 아까 그 얘기를 정말 받아들일 생각이신 겁니까?”

다른 사람들은 이미 다 돌아가고 호위인 익위사 김주원과 탄헌군 단둘이 남은 듯했다.

“……”

“저하!”

“오늘 활을 쏘지 않았더니 몸이 쑤시는군. 열 대만 쏴야겠다. 따라와라, 주원.”

아니 이 밤중에 아직 활을 쏠 체력이 남았다니. 혹시 부스럭거리는 소리가 들릴까 담월은 탄헌군이 아예 자리를 뜬 후에 움직이려고 다시 앉았다. 그러나 방을 빠져나갔던 걸음소리는 잠시 뒤 더욱 가까운 곳에서 들려왔다. 담월은 구석진 공간의 끝으로 향했다. 그곳은 담벼락처럼 낮게 나무 벽으로 막혀 있었는데, 발돋움을 해 보니 작은 공터가 있었다. 가볍게 몸을 풀 때 활을 쏘는 곳인 듯했다. 벽의 틈으로 활 쏘는 자세를 잡는 탄헌군을 엿볼 수 있었다. 목소리도 보다 또렷하게 들려왔다.

활시위가 팽팽히 당겨졌다. 활대가 그 한계에 다다를 때까지 휘어졌다.

“주원.”

“예, 세자 저하.”

“내 비록 군왕이 되어 이 나라를 바른 방향으로 이끌고 싶은 생각이 없진 않네만, 그렇다고 나 자신을 팔아 명 황제에게 잘 보이고 싶은 마음은 없네.”

그 말과 함께 손이 시위를 놓았다. 휙—, 날아간 화살이 과녁 정중앙에 꽂혔다. 탄헌은 두 번째 화살을 들어 촉을 활 끝에 걸었다. 목소리는 짐짓 부드러웠으나 그 말 안에는 뼈가 있었다. 금 대인의 제안이 그의 자존심을 꽤나 상하게 한 모양이었다.

“후대를 보장해 준다고 넙죽 엎드릴 것이라고 생각했다면, 이 탄헌을 어지간히도 우습게 본 게지. 이 자리에 오르기까지 내겐 결이와 같은 든든한 뒷배도, 타고난 혈통도 없었다. 오직 내가 믿은 건 나 자신이 갈고닦은 바뿐이었네. 그런 내 진가를 알아본 그대들이 뒤를 받쳐 줘 올라온 세자위. 여진 정벌은 내 가장 큰 기반 중 하나였지. 그런데 그 땅을 달라?”

빠르게 한계점에 도달한 활시위가 두 번째 화살을 날려 보냈다. 좀 전보다 거친 자세였지만 화살은 좀 전의 것과 나란히 과녁 중앙에 꽂혔다. 퍽, 하는 소리가 조용한 공터를 울렸다. 고작 목소리만 들을 뿐이었는데도 담월은 좀 전까지 추위에 떨던 것보다 더한 긴장으로 온몸을 떨었다. 사람의 오장육부를 헤집어 놓을 듯 살벌한 목소리가 이어졌다.

“금 대인은 감히 나 탄헌을 욕보인 죗값을 치러야 할 것이야.”

틈새 사이로 과녁을 노려보던 그와 눈이 마주쳤다. 담월은 그만 발에 힘이 풀려 주저앉고 말았다. 탄헌은 잠시 말이 없었다. 그리고 이내 세 번째 화살을 들어 망설임 없이 활을 쏘았다. 그러나 방향이 달랐다. 담월이 숨어 있는 벽 쪽이다. 담월이 다시 일어서 틈새에 눈을 댔을 때, 그녀는 눈앞으로 날아오는 빠른 화살과 마주해야 했다.

"왜 그러십니까?"

"……아니다, 쥐새끼였나 보군."

담월은 머리 바로 위에 꽂힌 화살에 숨을 삼킨 채 굳었다. 그녀의 키가 한 뼘만 더 컸으면 그대로 머리를 맞췄을 것이다.

'드, 들킨 건가? 갑자기 이쪽으로 활을 쏘다니. 죽을 뻔했어!'

벌렁벌렁 뛰는 심장을 애써 가라앉힌 후, 그녀는 도망치듯 물건들을 챙겨 비밀 통로를 빠져나가기 시작했다.

* * *

다음 날, 담월은 정오가 다 되어서야 눈을 떴다. 결국 강현이 가고도 두 시진을 더 앉아 있다가 인정을 넘기고는 예문관으로 돌아갔다. 그리고 잠시 눈을 붙인 후 새벽녘에 집으로 돌아왔었다. 아침 조례야 태진과 강현이 당번이었지만 저녁에 있는 석강은 담월도 쫓아가야 했기에 그녀는 옷을 차려입고 궁으로 향했다.

"에취—. 어제 너무 늦게까지 있었나."

새벽까지 찬 공기를 쐬었더니 고뿔이 든 모양이었다. 날이라도 따뜻하면 좋으련만 얄궂게도 빗방울이 똑똑 떨어졌다. 담월은 비를 맞으면서 궐로 향하는 대로에 들어섰다. 비가 제법 내리기 시작했는데도 사람들은 비를 피할 생각은 않고 삼삼오오 모여 얘기들을 나누고 있었다. 그 분위기들이 가히 심상치가 않았다. 그녀는 길을 빠르게 지나가며 사람들이 수군거리는 소리에 귀를 기울였다.

"명나라의 사신 금 대인이 새벽에 시체로 발견되었다지 뭐야."

"살인이라던데 큰일이군. 다른 곳도 아니고 궁내에서 그런 일이……."

관복을 입고 있는 담월이 가까이에 있다는 걸 눈치채자 그들은 입을 다물었다. 담월은 놀라 걸음을 서둘렀다. 어제 밤만 해도 멀쩡했던 금 대인이 죽다니? 연경당을 나간 후 변을 당한 모양이었다.

대신들이 드나드는 단봉문에는 의금부의 관원들이 문을 지키고 있었다. 그들은 문을 드나드는 한 명 한 명의 얼굴을 꼼꼼하게 살폈다. 담월이 문을 지나가려고 할 때, 의금부 도사(都事)가 담월을 불러 세웠다.

"어제 밤에 입궁했다가 오늘 새벽에야 출궁하지 않았습니까?"

"아, 네. 맞습니다만……."

그 뒤에 있던 나졸 하나가 그 도사에게 무어라 귀엣말로 속닥거렸다. 그 말을 들은 도사가 나졸 두엇을 불렀다.

"예문관도 검열이시지요? 같이 의금부로 가 주셔야겠습니다."

도사의 손짓에 나졸들이 담월의 뒤에 나란히 버티고 섰다. 안 간다 하면 강제로라도 끌고 갈 분위기였다.

"대체 무엇 때문에 이러시는 게요?"

"상세한 것은 가서 들으시지요. 어제 새벽에 들어와 본 것이 있다면 순순히 바른 대로만 고해 주시면 됩니다. 여봐라, 검열 나리를 의금부로 모셔라!"

그 말에 담월에게 붙은 나졸이 앞장섰다. 한 명은 그녀의 뒤에서 그녀를 따라갔다. 대체 무슨 일이냐고 물어보았지만 나졸들은 자신들이 대답해 줄 수 있는 일이 아니라고 말할 뿐이었다.

조례를 마치자마자 사신들의 숙소인 묘경당으로 달려온 탄헌은 친히 시신을 살폈다. 광록대부의 반대로 시신은 의금부로 옮겨지지 못한 채 묘경당에서 검시를 진행하는 중이었다. 볼 것이 못 된다는 욱의 만류에도 불구하고 결 역시 그 옆에 있었다.

"시신의 상태를 고하라."

"과한 일혈(溢血)로 인한 사망입니다. 옆구리와 등에 칼로 낸 구멍이 여럿 보이는 것으로 보아 뒤에서 습격을 당하신 듯합니다."

"그게 다인가?"

짧은 설명에 탄헌의 탁한 눈썹이 사납게 꺾였다.

"아, 아직까지 밝힌 바는 여기까지입니다……."

"궁내에서 살변이 일어났네. 명의 사신들을 보호하고 궁을 수호하는 의금부의 책무를 이중, 삼중으로 다하지 못한 죄, 죽음으로 갚아도 모자랄지언대. 아직 간파한 것이 이뿐이라…… 이 자리에 누워 있어야 할 것은 금 대인이 아니라 그대였어야겠군."

서릿발 같은 푸른 눈동자가 자신을 향하자 도사는 두려움에 떨며 고개를 조아렸다. 그는 다급한 목소리로 말을 이었다.

"휴, 흉기도 찾았습니다. 시신의 옆에 떨어져 있었습니다."

도자가 꺼내든 것은 흰 천에 싸인 한 자루의 첨사칼이었다. 여인들이 흔히들 들고 다니는 을(乙)모양의 화려한 장도가 아니라 사내들이 호신용으로 들고 다니는 네모진 모양의 비수였다. 예사 낭도와는 달리 무두질이 잘된 가죽에 무늬가 아로새겨진 고급품이었다.

"이것은 ……북쪽에서나 볼 수 있는 무늬인데."

탄헌의 손이 칼집을 쓸었다. 오래된 가죽이었지만 관리가 잘 되어 여즉 부드러웠다. 그는 칼을 빼어 들어 매섭게 갈아진 날을 훑었다.

"맞습니다, 저하. 개성이나 함경도 쪽에서나 쓰이는 낭도입니다. 길이 오래 든 것인데, 고리에 달려 있는 끈은 끝이 잘려 있더군요. 혐의자를 특정 짓긴 어려우나 범위를 좁힐 수는 있었습니다."

"추정되는 자가 있나?"

욱은 칼집에 다시 칼을 집어넣으며 침음을 삼켰다.

"예, 일단 예문관의 검열 도담원이라는 자가 유력합니다. 의금부에서 새벽의 행적을 쫓고 있습니다."

도담원, 담월의 남자로서의 이름이다. 갑작스럽게 지사의 입에서 튀어나온 이름에 결이 화들짝 놀라 물었다.

"그이가 무슨 일로 말입니까?"

"사건이 벌어진 시간에 궐의 사람이 아닌 다른 관원이 몇 명 있었긴 했으나, 그들에게는 그 시간에 모두 함께 있었다 증언해 주는 이들이 있었습니다. 하지만 도담원에게는 증거를 대 줄 이도 없거니와, 늦은 시간에 입궐하여 오늘 아침이 되어서야 퇴궐한 것까지. 수상한 점이 한두 가지가 아닙니다."

지사는 확신에 찬 말투로 말했다. 도담원, 도담원이라…… 욱은 첫 입궐 때부터 탄헌의 심기를 거슬렀던 젊은 관원의 이름을 입에서 굴렸다. 입 안에 거슬리는 혓바늘 같던 이름이 순간 달게 느껴졌다.

"그자는 어제 신입 관원의 환영회에서 금 대인과 언쟁을 벌이기도 했었지."

"형님!"

문득 생각났다는 듯 담월의 혐의에 욱이 심증을 더했다. 주변의 대신들마저 수군거리며 담월의 정황을 의심하자 결은 억울하다는 듯 욱의 발언을 탓했다.

"아직 죄가 있다 밝혀진 것도 아니지 않습니까. 괜히 무고한 자에게 허물을 뒤집어씌워선 안 됩니다."

"하지만 의아한 것은 사실이지 않느냐. 연회가 끝난 뒤 예문관의 인사가 다시 궐로 돌아올 일은 없을 터. 제 종숙부의 일로 내게도 맞대들은 그 치가 금 대인의 말에 화를 다스리지 못했다, 내 귀엔 그럴듯한 것을."

결은 더 이상 담월을 비호하지 못하고 입을 다물었다. 하지만 믿었다. 그녀는 그럴 이가 아니었다. 아버지가 죽은 정황을 좇기 위해 남장을 무릅쓰고 왕실에 들어오지 않았나. 도규언이 세 치 혀에 욕보였다 한들 바로 앞의 분노에 눈멀어 칼을 휘두를 사람은 아니었다. 정말 참을 수 없었다면 그녀에겐 소원의 재주가 있다. 어리석게 스스로 손을 쓰진 않았을 거다.

"저 먼저 자리를 뜨겠습니다. 급히 할 일이 있어서요."

늘 밝았던 얼굴 밑 드리운 그늘에 욱이 의아해할 겨를도 없이, 결은 굳은 목소리로 인사를 하고 달리는 듯 빠르게 묘경당을 빠져나갔다.

"여기 계셨구료. 금 대인을 살해한 실범은 찾고 계신 겝니까?"

광록대부 사마궐이 사신 일행을 이끌고 안으로 들어오며 욱에게 물었다. 표정은 변함없으나 그 묻는 목소리는 확실히 무거웠다.

“곧 범인을 찾아 감히 종묘사직과 대국을 능멸한 죄를 물을 것입니다. 너무 심려 마시지요.”

“심려? 그것은 그대를 비롯한 조선의 것이지요. 만약 죄인을 찾지 못했을 때 말입니다. 그땐 이 나라의 모두가 최사해야 할 것입니다.”

이 사람이 어제 도담원의 앞에서 허허 너털웃음에 사람 좋아 보이는 말이나 건네던 그자란 말인가. 삼공 다음가는 직위는 거저 얻은 것은 아니었던 모양이다.

“정사를 헤아리는 능력이 남다른 세자라 들었습니다. 이 일을 그냥 좌시하지는 않겠지요? 이 사마궐이 그대의 일을 주시해 본국에 아뢸 것입니다. 말하자면, 세자마마에겐 이 일이 명의 인정을 받기 위한 시험이 되는 셈이군요.”

욱은 입이 썼다. 머리 하나는 더 큰 탄헌군이 사마궐을 내려다보는 형국이었음에도 욱은 과장 아래 바짝 엎드려 시험관의 시선을 내려 받는 기분이었다.

묘경당을 나서기 전, 욱은 다시 한 번 낭도의 빛바랜 가죽을 눈여겨보고 눈살을 찌푸렸다가 홱 돌아서 동궁으로 걸음을 옮겼다.

*　　*　　*

"난 모르는 일입니다!"

"그렇다면 왜 일과가 끝난 시간에 입궐해 이른 아침에나 퇴궐했단 말입니까!"

"연회 때문에 일이 밀려 그랬다니까요?"

"그렇다 쳐도 그대와 다른 검열이 함께 있었던 건 인시까지. 변이 일어난 시각에는 아무도 그대가 어디 있었는지, 뭘 했는지 알려 주는 사람이 없질 않소."

담월은 두 손 두 발 다 들었다. 그렇다고 세자의 뒤를 캐느라 밤새 있었다는 얘길 할 수는 없었다. 그 말을 하면 강현이 알려 준 비밀 통로가 막혀 버릴 테니까.

"하여간 이렇게 나오시면 보내 드릴 수 없소. 일단 다른 정황이 나오기 전까진 여기 계셔야 할 거요."

담월을 추국하던 의금부 도사는 그렇게 말하고 자리를 비웠다. 나가면서 포졸들에게 문단속을 단단히 하라 이르는 것을 보니 나가긴 글렀다. 얼마나 붙잡혀 있어야 하려나. 창밖으로 보이는 해는 벌써 중천에 떠 있었다. 안 그래도 일이 많은데 이 녀석은 대체 어디서 노닥거리는 거냐 투덜거리는 강현이 눈에 선했다. 사실을 말해도 그러니까 자기 갈 때 가자고 하지 않았냐고 대번 화를 내겠지. 한참 동안 그 잔소리를 들을 생각을 하니 절로 머리가 아팠다.

'그래도 곧 풀려나겠지.'

내세울 증인이 없다 한들 죄 없는 사람을 계속 붙잡아 두진 않을 테다. 때문에 담월은 살인범으로 의심받고 있다는 사실보단 이때 강현이 얼마나 자기를 쪼아댈지에 대한 걱정으로 한숨을 내쉬었다.

"당장 문을 열라지 않느냐!"

밖에서 작은 실랑이가 들린다 싶더니 이내 벽력처럼 큰 소리가 울렸다. 나졸들이 난처한 표정으로 문을 열자 이내 반가운 얼굴이 들어왔다. 결이 성큼 들어와 문을 닫았다.

"대군마마, 여긴 어쩐 일로……"

"아직 여기 계신 게 맞았군요. 옥에 들어가 있으면 어쩌나 걱정을 했습니다."

"제가 범인도 아닌데 걱정은요. 곧 풀려나지 않겠습니까. 그런 일로 궁 밖까지 나오신 거예요?"

"그대에게 큰 혐의가 씌워졌다는 말에 가만히 있을 수가 없어서…… 죄가 확정된 것도 아닌데 관리를 이렇게 의금부에 묶어 두는 것은 처사에 맞지 않습니다. 내 가서 도사에게 풀어 주라 얘기를 하지요."

"그러실 필요 없습니다. 대군마마가 오셨다는 소리에 인사를 드리러 왔습니다. 소인은 이 사건을 담당하고 있는 의금부 도사입니다."

"마침 잘 오셨습니다. 이 사람을 풀어 주시지요. 이 사람은 죄가 없어요."

"그럴 순 없습니다."

도사가 단호하게 말하자 결은 당황하며 말을 더듬었다.

"감히 대군의 명을 거역하겠단 말입니까?"

"지엄한 주상의 아들이시라 한들 왕자는 본디 국가대사에 관여하지 않는 법. 이 사건은 대리청정을 맡으신 세자 저하께서 엄중히 다루라 명하신 바 있습니다. 아무리 대군마마시라도 제게서 혐의자를 데려가실 순 없습니다."

스승이 제자를 가르치듯 엄격한 말에 결은 도무지 대꾸할 말을 찾지 못했다. 왕자가 정치에 관여하는 것도 원래는 있어서는 안 될 일. 거기에 탄헌군의 명이라는 명분까지 있으니 결로서는 어떻게 할 방도가 없었다.

"하, 하지만……!"

"제가 마마의 말을 듣지 않았다 해서 벌을 주실 거면 벌을 주십시오. 하지만 마마의 행동은 분명 이 나라의 법도에 어긋나는 일입니다."

그의 말에는 틀린 것이 없었다. 퇴로가 막힌 짐승처럼 결은 어쩔 줄을 몰라 했다. 그 모습을 본 도사가 한숨을 내쉬었다. 아무리 천방지축이라 소문난 왕자라지만 더 이상 그를 막아서 좋은 일은 없으리라.

"그와 말을 나누시는 건 허락해 드리겠습니다만, 그 이상의 일은 국법이 용납지 않을 것입니다."

그 말을 남기고 도사는 두 사람만 남기고 자리를 떠났다. 툭, 문이 닫히는 소리와 함께 실내가 어두워졌다. 담월에게서 등을 돌린 채로, 결은 아무 말이 없었다.

"……미안합니다. 큰 소리를 쳐 놓고 눈앞에서 한심한 모습만 보이다니."

크게 실망한 듯, 먹먹한 목소리. 작게 쥔 주먹은 파르르 떨리고 있었다. 낯이 뜨거워 결은 차마 담월의 얼굴을 돌아볼 수 없었다.

"아니에요. 곧 풀려날 테니 너무 마음 쓰실 것 없습니다. 예까지 찾아와 주신 것만으로도 충분한 걸요."

담월의 말은 겉치레가 아니었다. 목소리에 담긴 부드러움만으로도 그녀가 진심으로 결에게 고마워하고 있다는 것을 알 수 있었다. 그는 몸을 돌려 담월과 마주했다. 그녀는 웃어 주었지만 결은 그러지 못했다. 그것으로는 부족했다. 그녀를 풀어 주는 것은 일도 아니라 생각했다. 그는 이 나라의 왕자였으니까. 이 나라의 모두 그가 원하는 대로 해 주지 않았던가. 그러나 대언장담에도 불구하고 도사는 그의 명을 거절했다. 그것이 국법이기 때문에. 자신을 과신해 종묘사직의 역사와 함께 쌓여 온

준엄한 국법마저 업신여긴 것이다.

결은 무심코 담월의 얼굴에 손을 뻗어 그 뺨을 쥐었다. 고작 반나절 갇혀 있었을 뿐인데 결의 눈에는 그 얼굴이 무척 수척해 보였다.

“그대가 죄인 취급을 받고 있는 것이 마음 편하지 않습니다. 어떻게든 방법을 찾아볼 테니까 조금만 참으세요.”

작게 다짐한 소년은 이내 사내의 얼굴로 입을 앙다물고 문을 나섰다. 뭔가 생각하는 바가 있는 모양이었다.

담월은 결이 무심코 손에 담고 지나간 뺨을 쓸어 보았다. 부드러운 손길이 다녀간 자리가 따스했다. 그녀에게 동생이 있었다면 저랬을까. 자기를 위해 애쓰는 모습이 귀엽고 고마웠다. 이 모든 게 담월이 의도치 않게 베풀었던 은혜에 대한 보답일 테다.

‘만약 그 보답을 다 한 후에도, 대군마마께서 나한테 이렇게 다정히 대해 주실까?’

잠시 다녀간 온기가 서서히 식어가는 뺨을 매만지며 담월은 그렇게 묵묵히 서 있었다.

좌의정 권율덕이 집으로 돌아온 건 늦은 밤이었다. 경원대군이 그를 계속 기다렸다는 말에 그는 관복을 갈아입을 새도 없이 사랑채로 향했다.

"주영각으로 부르시잖고 사가에서 이리 기다리셨다니, 중한 볼일이 있으신가 봅니다."

초조함을 억누른 소년의 모습에 율덕은 수염을 쓰다듬으며 여유롭게 웃었다. 늘 만족스러운 웃음만 가득하던 왕자가 뭔가를 다급히 갈구하는 모습은 처음 보았다. 그것도 얼굴에는 분함을 간직한 채다.

"저와 친한 이가 금대인 사건에 연루되어 억울하게 의금부에 억류되어 있어요."

고사리 손 같을 때부터 봐왔던 갓난쟁이가 어느새 저렇게 파들거리며 주먹을 쥘 만큼 컸던가.

"하지만 제 힘으로는 그를 풀어 줄 수 없었어요. 죄인이라 결론이 난 것도 아니고, 그저 의심을 받을 뿐인데도…… 형님은 풀어 주지 않으실 겁니다. 그래서 종조부님을 찾아왔어요."

율덕은 눈을 가늘게 떴다. 소년이 사내가 되어가는구나. 지키고자 하는 것이 있으면, 스스로 힘을 갖춰야 함을 깨닫고 있구나.

"좋습니다."

저가 살아남기 위해서는 힘이 필요하다는 것을 모르던 왕자였다. 욕심을 내기 시작한 소년은 그에게 더욱 강력한 패가 되리라.

"대군께서는 이 율덕만 믿으시지요."

하지만 의지를 갖기 시작한 패는 그만큼 다루기 어려운 법. 훗날을 위해서 지금 빚을 지워 두는 것이 좋겠지.

"안 그래도 사건이 돌아가는 정국이 수상타 싶었습니다. 중신으로서 바른 진실을 밝혀야지요. 종묘사직에 대한 제 충의를 걸고 약속드리겠습니다. 억류된 자의 이름은 무엇입니까?"

"예문관 검열 도담원입니다. 정말, 잘 부탁드려요."

율덕의 호언장담에 결은 기쁘게 그 이름을 말하고 궁으로 돌아갔다. 결이 돌아간 후, 율덕은 잠시 생각에 빠졌다. 도담월과 경원대군이라……. 자신이 모르는 사이에 뒤에서 일이 수상쩍게 돌아가고 있었다.

한편 중화당 안에는 서늘한 기운이 감돌고 있었다. 그 넓은 방 안에 두 사람뿐이어서일까. 세자를 호위하는 익위사 김주원은 내내 욱의 눈치를 보며 죄인처럼 고개를 푹 숙이고 있었다. 관자놀이를 짚고 눈을 감고 있던 욱이 그를 나직이 불렀다.

"주원, 사실대로 고해라."

욱의 날선 목소리에 주원은 무릎이 부서져라 그 앞에 엎드렸다.

"저하…… 죽을죄를 졌나이다……."

"네 짓이냐."

벌벌 떨리는 목소리에도 아랑곳 않고 욱의 물음이 이어졌다.

"그, 그것은 아닙니다. 제가 죽이지 않았습니다."

"그런데 왜 죽을죄를 졌다는 거지."

주원은 아무 말 못 하고 그저 몸을 떨었다. 욱은 낮에 첨사칼의 가죽을 쓸었던 손을 제 엄지로 쓸어 보았다. 그 칼을 처음 보았을 때부터, 욱은 그것의 주인이 누구인지 알아채고 있었다.

"그 칼은 우리가 여진에 있을 때 내가 네게 하사했던 것이었지. 꽤 오래 전에 잃어버렸단 얘길 하지 않았는가. 그때도 너는 내게 죽여 달라 말했었다."

주원의 등줄기에 땀에 흘렀다. 잃어버린 칼이 이렇게 저와 자신이 모시는 세자의 목을 노리는 비수가 되어 돌아올 줄은 생각하지 못했다. 그때 목숨을 걸고 찾았어야 했는데…… 뒤늦은 후회로 주원의 얼굴이 굳어갔지만 욱은 여유로웠다.

"걱정할 것 없다. 다행이 상황이 썩 불리하지 않게 돌아가고 있으니. 자넨 내일은 입궐하지 말고 집에서 대기하게. 혹 책이 잡힐지 모르니. 그리고 가면서 우부승지를 불러오게. 하달할 것이 있다."

누가 진짜 저질렀느냐가 중요한 게 아니었다. 누가 가장 그래 보이는가, 죄를 뒤집어써도 마땅히 그러한가. 진범을 잡는다 차일피일 일을 미루어 명의 분노를 사는 것보다 그럴싸한 자를 잡아 죄를 둘러씌우고 대국의 체면을 세워 주는 것이 훨씬 이득이다. 그것이 바로 정치였다.

"도담원을 옥에 가두도록 하지. 국문을 열어 금대인 살해 사건에 대해 그 죄를 신문할 것이다."

큰일을 위해서라면 한낱 관원의 무고함은 아무것도 아니라는 무심한 목소리에 주원은 몸을 떨었다.

도담원. 욱은 그를 처음 본 날을 되새겨 보았다. 어느 안전이라고 당돌하게 빛나던 눈빛으로 가문의 죄는 보다 큰 충심으로 갚겠다 했던가? 그럼 어디 한번 그 자세를 보도록 하지. 종묘사직을 위해 누명을 쓰고 죽을 건지, 자기 살 길 하나를 도모할 건지. 도담원, 어찌할 텐가? 욱이 의미심장하게 웃었다.

밤이 깊어도 도통 집에 가도 좋다는 허락은 떨어지지 않았다. 굳게 닫힌 창문 너머로 석양마저 잦아들고 어둠이 스며드는 게 보였다. 대수롭지 않게 생각하던 담월의 얼굴에도 불안한 기색이 차올랐다. 촛불이라도 하나 있어야 두려움이 가실 것 같이 실내가 어두워졌을 때, 끼이익, 낡은 경첩 소리와 함께 문이 열렸다.

"왜 아직도 여기 있는 거냐? 참나, 너 때문에 오늘 일이 얼마나 밀렸는지 알아?"

"강 검열님? 아니 어떻게…… 여긴 왜 오신 겁니까?"

들어오자마자 핀잔을 늘어놓던 강현은 눈을 휘둥그레 뜬 담월의 물음에 머쓱해하며 답했다.

"여기 일 보고 있는 지사가 옛날 동기야. 집에 갔는데, 네가 걱정……돼서. 아, 아니 그러니까 네가 여기 잡혀 있는 게 어제 새벽에 홀로 궁에 남아 있었어서 그랬대잖아! 거기까지 끌고 간 내 책임도 있는 거 같고…… 뭐 그렇다고……."

강현은 가까이 와 앉았다. 검푸른 밤공기 탓인지, 고작 하루 볕을 보지 않았기 때문인지 안 그래도 하얀 얼굴이 괜히 더 해쓱해 보였다. 현은 손에 쥐고 온 꾸러미를 상 위에 끌러 놓았다. 고구마였다.

"하루 종일 물만 줬다며. 이거라도 좀 먹어라. 이렇게 비실비실하게 말라선 힘도 없어 뵈는 너 같은 녀석이 어떻게 그 투실투실한 금 대인을 해친다고 잡아 둔다냐. 의금부 녀석들은 눈이 발에 달렸나."

"더 밝혀진 건 없답니까? 언제까지 있어야 하는 걸까요?"

담월은 현이 갖다 준 고구마를 우물거리며 물었다. 정말 많이도 주렸나 보군. 서둘러 먹다가 목이 메려는 모습에 현은 옆에 있던 물병도 밀어 주었다. 고구마 하나 먹고선 살았다, 하는 얼굴에 현은 제 맘속의 작은 부채감을 조금이나마 씻어낸 기분이었다.

"없기야 하지만 네가 저질렀다는 증거도 없는걸. 통금 전엔 풀려나겠지."

정말로 바깥에서 밤공기를 뒤흔드는 요란한 발소리들이 들렸다. 이제 풀어 주려나, 하는 마음에 담월과 강현이 둘 다 몸을 일으켰다. 문이 벌컥 열리고 형조의 나졸들을 뒤에 대령한 우부승지가 외쳤다.

"죄인 도담원을 의금부 옥사로 호송하겠소. 순순히 오랏줄을 받으시오."

청천벽력 같은 소리였다. 담월의 얼굴은 희게 질리고 강현은 놀라 벌떡 뛰었다.

"우부승지님, 이게 무슨 소립니까? 제대로 밝혀진 바도 없다 들었는데 다짜고짜 죄인으로 몬다니!"

"강현, 세자마마께서 친히 내린 명이니 방해하지 말게. 도 검열은 의관을 벗고 나장은 혹시 흉기가 있을지 모르니 몸을 수색해라."

몸수색이라니. 헉하고 들이 삼킨 숨에 가슴을 빳빳이 조인 끈이 팽팽히 당겨져 왔다. 가슴 끈을 하고 있는 여인이라는 걸 들키면 어쩌지, 아니다. 칼을 찾는대 봤자 허리춤이나 뒤적거리겠지. 여기서 우물쭈물하면 더 의심을 살 테다. 사내들이 보는 앞에서 담월은 관모를 벗고 천천히 관복과 두루마리를 벗었다. 긴장으로 인한 땀에 속고의가 축축이 젖고 있었다. 저고리에 바지 차림만 남았다. 나장의 손이 담월의 허리를 더듬었다. 담월은 눈을 꾹 감았다. 몸이 파들파들 떨려왔다.

"거 여인네처럼 낭창낭창하시구만요. 암 것도 없습니다요,

승지나리."

담월은 애써 눈물을 참았다. 아무리 사내의 차림으로 세상을 떠돌아다녔다지만 외간 남자에게 이런 손길을 허락한 적은 없었다. 억센 손이 주무르고 간 허리춤부터 발끝까지 떨림이 가시질 않았다.

"사안이 사안인데 이 정도로 되겠는가. 속고의까지 마저 탈의하시게. 궁내에 칼을 들고 들어온 일이니 확실히 해야 할 것이야."

"하여간 우리 형조의 승지나리께선 일이 철저하시다니까. 검열나리께서도 어서 서두릅시다. 어서 하고 우리도 퇴궐해야지 않겠습니까. 자자, 우리가 벗는 걸 도와 드릴 테니—."

"노, 놓으십시오!"

"엇!"

뻗어오는 나졸들의 손을 쳐낸 담월은 몸을 감싸고 주저앉았다. 새파랗게 질리다 못해 혼이 나갈 지경인 얼굴로 벌벌 떠는 모습에 강현이 그 사이를 가로막았다.

"설령 담원이 진짜 죄인이라 한다면 어리석게 또 칼을 들고 왔겠습니까? 이쯤 해 두시지요. 아무리 옥사로 압송한다 하나 아직 죄가 확정된 것도 아니며, 엄연히 조정의 녹봉을 먹는 신하입니다. 이런 모욕은 당치 않습니다!"

강현이 버티고 서자 우부승지는 곤란해 하다가 나장들을 뒤로 물렀다. 그의 말에 틀린 것도 없었거니와 아무리 위세가 떨어졌다고 한들 강현과 도담원은 예문관의 사관이다. 훗날에 그들의 손에 책잡힐 일이라도 기록될까 저어된 그는 한 발 물러났다.

"예문관과 승정원의 정을 보아서 그건 넘어가도록 하지. 이만 잠자코 따르시오."

사태가 진정되고 나서야 담월은 겨우 자리에서 일어났다. 놀람이 다 가신 것은 아니었으나 지금 일어나지 않으면 겨우 가라앉은 분위기가 더욱 험악해지리라. 승지가 마음을 먹으면 예문관에 모질게 구는 것은 일도 아닐 터였다. 편을 들어준 강현을 위해서라도 담월은 후들거리는 무릎을 짚고 섰다. 흐트러진 매무새를 다듬고 나장들을 따르기 전 강현이 그녀의 어깨를 붙잡았다.

"내가 광록대부에게 가서 얘기해 보겠어. 사신단의 대표이니 그만한 힘은 있겠지. 어제 너를 눈여겨보았으니 사관의 일이었다 얘기하면 네가 누명을 쓰도록 좌시하진 않을 거야."

"아까는 감사했습니다. 하지만 지금 도와주신 것만으로도 충분합니다. 더 이상 강 검열께 폐를 끼칠 수는……."

"야, 전부 혼자 하려고 좀 하지 마."

강현이 담월의 머리를 툭 찔렀다. 특유의 탐탁찮다는 표정이었지만, 평소와 달리 걱정이 깃들어 있었다.

“뭐 그리 잘나서 다 짊어지려 그래? 이번 일은 내 책임도 어느 정도 있는 거니까…… 어떻게든 해 볼게. 옥중의 밤은 춥겠지만 하루만 버텨 봐.”

담월은 저를 똑바로 쳐다보는 강현과 눈을 나란히 두었다. 이 사내, 진심이었다. 진심으로 그녀의 짐을 나눠 지려 하고 있었다. 그 무게가 어찌 되었던 간에. 어찌 사내가 되어 저리 속이 좁단 말인가? 늘 그리 생각해 왔던 이였는데.

“……고마워요.”

담월은 처음으로 그에게 옅게 웃어 보였다. 별소릴 다 한다고 새삼 핀잔을 주려던 현은 그 웃음에 꿀 먹은 벙어리처럼 입을 다물었다. 그만들 하고 이만 가세, 하고 우부승지가 담월을 데리고 갈 때까지 그는 머쓱한 표정을 지우지 못하다가, 그들이 저편으로 사라지고 나서야 사신들이 머무는 숙소로 걸음을 옮겼다.

옥사의 지푸라기 위에서 애써 잠을 청하던 담월은 끝내 수마의 끝을 붙잡지 못하고 몸을 일으켰다. 밖에선 큰 바람이 부는지 휑휑한 바람소리가 귀를 울렸다. 그것이 이 옥사에 다녀간 이들의 죽음과 한의 소리처럼 들려와 담월은 몸을 떨었다.

역시 도성에 들어오는 것이 아니었다. 아비의 일로 애처로운 소년에게 소원부를 써 주지 말았어야 했다. 좌의정네 사병들의 감시가 얼마나 삼엄하든 목숨을 걸고 도망쳐야 했다. 그것이 한 발 한 발 형장으로 다가가는 걸음인 줄을 모르고 어찌 저는 이제 겁나지 않노라 쏘다녔는가.

이곳은 의금부 옥사. 그 시절 아비와 오라비가 눈물과 탄식으로 하룻밤을 지새우고 비명에 가기까지 목 놓아 운 곳. 담월아, 그 이름이 수십 번 수백 번은 더 울렸을 그곳. 그녀는 칠 년 전, 그녀가 있어야 했던 자리에 있었다.

그렇게 생각하니 이 옥중이 더욱 두렵게 느껴졌다. 한섬도 소화도 없는 곳. 원래대로라면 이곳이 그녀의 자리요 집이리라. 기껏 얻었던 관모 관복마저 벗고 들어와 있자 더욱 그렇게 여겨졌다. 그래, 이제라도 제 자리를 찾았다 생각하면 마음이 조금이라도 편할까.

"흐윽……."

그렇게 생각하려 해도 마음은 받아들이지 못했다. 아직 아무것도 찾지 못했는데. 아비가 억울하다는 증거는커녕, 모든 것이 무너진 예문관에 뭣 하나 도움 될 수 없었는데. 세상이 어찌 이리 모지나. 이리 될 거였다면 희망조차 비쳐 주지 말지. 모든 걸 잃고 또 잃고서도 처절해질 여지가 남았구나 무릎을 꿇리는 운명은 대체 어디까지 이 한 목숨을 몰아갈 것인지. 조용한 옥사의 밤에 때늦은 눈물이 밤과 함께 그칠 줄을 모르고 흘렀다.

"표정이 좋지 않구나, 각운. 심려하는 일이라도 있는 게냐."

늦은 밤 율덕과 각운, 두 사람이 마주하고 앉은 자리에서 율덕은 각운답지 않은 걱정을 읽었다. 십 년을 벼려 온 칼날은 요새 부쩍 김이 잘 서렸다. 어설피 녹이라도 슬까 걱정될 정도로.

"아닙니다. 그저 이번 일의 추이를 생각하고 있었을 뿐입니다. 워낙 급박하게 추진한 사안이다 보니. ……도담월이 잡혀 들어갔다더군요."

"그래. 급한 불을 끄려 누구라도 옭아맬 거라고 생각은 했다만. 그래 봤자 오래가지 못할 방편이다. 오랫동안 준비를 해 왔기에 이번 기회를 잡을 수 있었던 우리의 승리지."

익위사 주원에게서 훔쳐낸 비수. 동궁의 일을 엿듣고 훔쳐보도록 매수된 궁녀들. 궁에 들어가 단숨에 살수의 임무를 끝내고 돌아온 양아들까지.

"이번 일로 세자는 큰 곤경에 빠질 게다. 한 번에 실각시킬 수는 없겠지만, 그 단단한 기반에 금을 가게 할 수는 있겠지. 아직 할 일이 남았으니 긴장 풀지 말거라."

율덕은 서랍에서 붉은 매듭을 꺼냈다. 매듭 끝이 칼로 베여 있는 그것은 세자 탄헌군을 상징하는 문양이었다.

"내일 조례 전까지 의금부가 이 매듭을 발견하도록 수를 써둬라. 제아무리 멍청한 놈들이라도 그것까지 나오면 세자와 연관 짓지 않을 수 없을 것이야."

각운은 그 매듭을 받아 품에 넣었다. 이것이 내일 궁내에서 발견되면 담월에게 쓰인 혐의는 자연 탄헌군에게로 돌아가리라. 하룻밤, 단 하룻밤이면 족했다. 그녀를 기댈 곳 없는 어둠에 홀로 두는 것은. 가슴 속이 답답했지만 다른 방도는 없었다.

"어설픈 것에 마음 쓰는 것은 아니겠지, 아들아."

어두운 그의 표정을 살피던 율덕이 그의 각오를 되새겼다. 벼린 칼날 같던 각운이 담월이 온 이후 부쩍 무뎌지는 것을 그는 눈치채고 있었다. 사내의 마음을 흐린 것이 연정일까, 아니 그보다는 아비를 잃은 것에 대한 동병상련에 가까울지도 모른다.

"내 양자로 들어올 때 네가 어떤 포부였는지를 잊지 마라. 탄헌군을 그 자리에서 끌어내리겠다던 그 눈빛, 난 그것 하나만 보고 너를 내 아들로 맞았다."

야차와 같은 얼굴로 형형한 안광을 번뜩이던 소년. 율덕의 말에 각운은 다시금 마음을 가다듬었다.

* * *

다음 날 조례 시간, 정식으로 도담원에 대한 국문을 발표하려던 탄헌군은 뜻밖의 손님을 맞이했다. 사마궐이 굳은 표정으로 뒤에 강현을 데리고 입장하자 욱은 불길한 예감이 들었다.

"광록대부께서 이 나라의 상참(常參)에는 어인 일이신

지…….”

“억울한 이가 누명을 뒤집어썼다 하여 내 이리 자리하였소.”

사마궐의 말에 욱의 이마가 일그러졌다. 도담원을 죄인으로 모는 것은 그리 어려운 일이 아니었다. 딱히 조정에 든든한 뒷배가 있는 것도 아니었고 주요한 일을 맡아 없어서는 안 될 인재인 것도 아니었다. 그림자 속에 숨어 제 목숨을 노리는 미친 개에게 던져 주기 딱 좋은 먹이였다.

‘이자가 도담원을 높이 샀다는 것을 잊고 있었군. 하지만 녀석에게 별다른 증자가 없는 이상 아무리 광록대부라 해도 녀석의 편을 들기는 쉽지 않으리라.’

계산을 마친 욱은 다시 여유로운 표정을 지으려 노력했다. 심기가 어쨌든 언제나 당당하고 강한 모습을 보여 주는 것은 그의 오랜 습관이었다.

“오늘 추국할 예정인 도담원에 대해 말하러 오신 것이라면, 그에게는 금 대인이 살해당한 시각에 그 자리에 없었다는 증거도 증인도 없습니다.”

“내가 본 도담원은 그럴 인사가 아닐세.”

“대부께서 그 사람을 어여삐 보신 것은 알고 있으나 소인배의 한계를 드러낸 것은 어쩔 수 없는 일. 대국의 명예를 위해 서둘러 진범을 잡고자 함이니 부디 사사로운 감정은 가라앉히고 이 나라와 명의 친선을 위해 애쓰는 저의 마음을 알아주시지요.”

사마궐이 이어 말을 잇지 않자 욱은 속으로 안도했다. 다른 사안 같았으면 아무리 대국의 사신이라 할지라도 감히 타국의 일에 관여하냐며 에둘러 면박이라도 주었을 것이다. 하지만 변을 당한 것은 명의 사신. 자연 그의 발언권이 세자인 탄헌군보다 클 수 있는 상황이었다.

"어제 그 시각, 검열 도담원은 연경당에서 세자 저하와 금 대인의 회담을 기록하고 있었습니다."

사마궐의 뒤에 선 강현의 목소리였다. 욱의 시선이 매섭게 강현을 향했다. 이토록 중한 자리에 처음 올랐으니 그 목소리가 떨릴 만도 하였건만, 현은 되레 단단한 의지를 담은 눈으로 그 시선을 마주 받았다.

"소인과 함께였습니다. 저는 인시가 되기 전 자리를 떠났지만 그는 새벽까지 남아 있었다 들었습니다. 담원의 집이나 예문관에 그 시간의 기록이 남아 있을 것입니다."

그의 말에 중신들이 수선거렸지만 욱은 아랑곳하지 않았다. 잠깐 흔들렸던 동공은 다시 제자리를 찾고 있었다.

"그래서 그것이 어쨌단 말인가? 한낱 글월이야 지어낼 수도 있는 일. 그걸 작증(作證)할 수는 없는 일이지."

"사관 된 자가 감히 제 기록을 사사로이 조작했으리라는 말이오?"

별것 아닌 일로 제 발목을 잡으려 하다니, 욱이 강현의 말을 찍어 누르자 바로 사마궐의 격노한 목소리가 뒤따라 나왔다.

"나는 그자가 보여준 사관으로서의 의기와 자부심을 믿소. 사초는 결코 수정되거나 거짓으로 적어서는 안 되는 것. 더군다나 그것이 세자 마마에 대한 기록이라면 그것이 참인지 거짓인지 누구보다 잘 아시겠지요. 그대에게 다른 속내가 있지 않다면."

곤룡포를 쥔 욱의 손에 축축이 땀이 배어났다. 대리 청정으로 이 자리에서 나라의 일을 진두지휘한 지도 벌써 5년. 그동안 그가 이토록 수세에 몰려본 것은 처음이었다. 자존심이 바각바각 부서지는 듯 속이 쓰려 왔지만 욱은 끝까지 내색하지 않고 되물었다.

"다른 속내라니. 제게 종묘사직의 안위와 대국과의 친분을 유지하려는 것 외에 어떤 속내가 있겠습니까."

"이 사마궐, 황제의 곁에서 정계의 쓰고 단 맛을 보며 이 자리까지 오른 사람입니다. 그런 내게 담원의 일은 의심스럽기 그지없습니다. 변을 당한 것은 명의 사신. 계획된 것이라면 그리 서투를 리 없고 서툴렀다면 이미 도망치지 않았겠소이까? 그런데 담원은 다음 날 입궐했다. 앞뒤가 맞지 않는군요. 더군다나 그에겐 그 시각 기록한 사초도 있으니……."

좌중이 그의 말에 귀를 기울였다.

"나는 누군가 진범을 감추기 위해 추국을 서두르는 것 같다는 느낌을 지울 수가 없습니다."

낭패로군, 욱은 이를 악물었다. 도담원의 사초는 이제 사마궐에 의해 진짜 증거가 될 참이었다. 거기에 욱을 의심하는 그의 발언까지. 아니다, 어차피 이 정도 의심으로는 자신을 그 살변과 묶을 수 없었다. 아직까지 상황은 욱에게 유리했다.

"그렇다면 대체 누가 범인이란 말입니까. 시신은 있고, 범인은 오리무중이라니. 광록대부께서는 이 나라 조정의 무능을 탓하시려는 겝니까?"

탄헌군 이욱과 광록대부 사마궐의 기세 싸움이 팽팽했다. 대신들은 저마다 각자의 편을 들며 갑론을박을 펼쳤다. 사초가 과연 도담원의 증거가 되어줄 것이냐 아니냐를 놓고 논의가 한창이던 때였다.

"저하, 좌의정 권율덕과 이조 좌랑 주각운 드십니다!"

회의에는 빠지질 않던 두 사람이 그제야 모습을 보이자 좌중은 두 사람에게로 관심이 쏠렸다.

"이런 큰 사안에 늦다니, 좌상답지 않으시군요."

"이 사건에 주요한 증거가 될 것 같은 이를 찾아 데려오느라 조금 늦었습니다."

또 다시 등장한 새로운 증거. 욱은 단상 아래 선 율덕을 고까운 눈으로 내리깔아 보았다. 이 늙은 들개가 한동안 잠자코 있었다고 너무 방심한 모양이었다.

'그럼 그렇지, 그대가 내 곤경에 가만히 손 놓고 있을 리가 없지. 내 목을 조르지 못해 안달인 자가 여기 있다는 걸 잠시 잊었군.'

"증인을 들여도 되겠습니까, 세자 저하."

율덕이 욱을 향해 비릿한 웃음을 지어 보였다. 그것은 흡사 승냥이가 날것의 고기를 흘겨보는 모양새였다.

욱이 손을 저어 허락을 표했다. 각운이 밖에 있는 이를 데려오기 위해 나갔다. 문이 열리고, 발발 떨리는 작은 발걸음 소리가 모두가 침묵한 전각 내를 울렸다.

"대비전의 나인입니다. 대비마마께 허락을 받느라 조금 늦었지요."

욱도 알고 있는 얼굴이었다. 싹싹하고 영리해 대비가 아끼는 아이이다. 그 말인 즉, 증언하는 바를 함부로 폄하할 수 없는 계집이라는 얘기였다.

"어제 네가 보고 들은 바를 말하라."

"늦게 동궁전에 갔다가 길을 잃었는데, 세자마마와 금 대인께서 비밀리에 회동하는 내용을 들었습니다."

궁녀의 증언이 강현의 말과 일치하자 대신들이 웅성였다.

"자세히 듣지는 못했으나, 금 대인께서 저하께 무리한 요구를 하셨는지 대인이 떠나시고 나서 호위무사인 세자익위사 김주원 나리께서 저 무례한 자를 당장 베어야 속이 풀리겠다, 고 말하신 것은 똑똑히 들었사옵니다."

좌중경악. 그 한마디로밖에 표현할 수 없었다. 궁녀의 말이 가져온 파급은 생각보다 컸다. 하지만 욱은 아직 무너지지 않았다. 그래봤자 고작 궁녀의 증언이다.

"하지만 실제 살변을 목격한 것도, 그걸 세자마마가 지시한 것도 아니지 않소. 좌상, 이 증언은 오해를 살 여지만 있을 뿐이오."

영의정이 의문을 제기했다. 그는 딱히 탄헌군의 세력은 아니었지만 늘 중도를 지키며 형원을 잘 보필해 왔던 좋은 신하였다.

"아까 의금부에서 이런 것을 찾았다 하기에 제가 들고 왔습니다. 첨사칼의 잘려나간 끈과 일치하더군요."

율덕의 앞으로 각운이 나섰다. 붉은 실에 금사와 청옥이 섞인 매듭. 궁인이라면 누구나 알고 있는 세자 탄헌군의 상징이다.

"아무래도 검열 도담원이 아니라, 저하의 익위사 김주원을 추국해야 하지 않겠습니까. 정황을 보아하니 그가 울분을 이기지 못하고 일을 저지른 듯하군요."

"익위사는 그 시각 나와 함께 있었소."

그의 말은 사실이었으나 이미 좌중의 분위기는 율덕이 휘어잡은 후였다. 탄헌의 탁한 금빛 속눈썹이 파르르 떨렸다. 그 밑에 그림자가 드리운 눈은 애써 평정을 유지하려 했지만 그는 이미 덫에 빠져 있었다. 퇴로는 없다.

"부하를 아끼시는 마음은 잘 알겠으나 사안이 중합니다. 세자다운 모습을 보이시지요. 오늘 그자는 휴가를 얻어 입궐하지 않았다 하니, 혹여 도주의 의사가 있는 건 아닌지 염려스럽군요."

욱은 깊게 숨을 들이쉬었다. 눈앞에 칼이 들어왔다고 눈을 감아버리면 그거야 말로 목을 내어주는 꼴. 주원의 무고를 더 주장해 봤자 불리해지는 건 자신이다. 지금은 익위사가 격분하여 단독으로 일을 벌인 것처럼 얘기되고 있지만 욱이 계속 그 편을 든다면 욱의 지시라는 의혹을 살 수도 있다. 물려 썩어 들어갈 것이 뻔한 팔이라면 잘라내는 것이 옳은 법.

"좋소. 우부승지, 당장 의금부에 주원을 추포하라 명을 전하시오."

끓어오르는 속내를 꾹꾹 누른 명령이 내려진 후, 상참은 주원을 압송해 온 이후로 미뤄졌다. 탄헌군은 주각운과 함께 중희당을 떠나는 율덕을 사납게 쏘아보았다. 형원이 인사불성으로 몸져누운 후 제대로 힘을 쓰지 못해 이빨 빠진 승냥이인 줄로만 알았는데, 범의 목덜미를 물기 위해 얼마 남지 않은 이빨을 날카롭게 갈았던 모양이다. 쓰게 웃을 수밖에 없었다.

"이번에는 정말 빠져나가지 못하겠군요."

"자만에 빠진 젊은 맹수는 쉽게 덫에 걸리기 마련이지. 그간 저하를 방심시키기 위해 얼마나 머리를 숙이고 지냈는지. 호랑이 사냥은 이제부터 시작이다."

율덕과 각운이 낮게 대화를 나누며 중희당을 빠져나가려는 차, 결의 행차가 그들의 앞을 가로막았다.

"대군마마도 오셨었습—."

"중희당의 일을 다 들었습니다. 담원을 구해 달라 청하였더니 이제 형님을 위협하시는 겁니까?!"

인사도 받지 않고 다짜고짜 큰 소리로 따지는 소년에게 율덕은 씨익 웃어 보였다. 이제 좀 사내다운 모습을 드러내나 했더니. 율덕이 다음 대 왕으로 만들고자 하는 그의 종손은 아직도 어린 소년티를 벗지 못한 듯했다. 저가 살아남으려면 그토록 따르는 형님을 쳐야 한다는 것을 여태 모르다니.

'그러나 훗날 그대는 이 종조부에게 감사하게 될 것입니다.'

율덕은 시침을 떼며 화난 기색을 숨기지 않는 소년을 달랬다.

"제가 마마께 약속드린 것은 어디까지나 진실을 밝혀 드리겠다는 것이었지요. 그렇다면 마마께서는 옳지 않은 일이라도 친지의 일이라면 묻어주는 것이 도리라 생각하십니까?"

자애로운 할아버지가 손자에게 가르침을 내리듯 부드러운 어조였지만 그 말에는 결코 반박을 허용치 않는 가시가 박혀 있었다.

"세자마마와 그 익위사의 일도 그것이 진실이 아니라면 옳은 방향으로 마저 밝혀지겠지요. 조정의 일은 대신들에게 맡기시고 어서 가서 자유의 몸이 된 친우를 만나러 가시는 게 어떻습니까. 지금쯤 그 관원이 풀려났을 겁니다."

과연 결은 율덕의 말에 꿀 먹은 벙어리가 된 듯 아무 말 못 하고 꾸벅 인사를 하고 물러났다.

"하여간 손이 많이 가는 분이시군요."

"번거로워도 어쩔 수 있나. 저분이 대통을 이을 피를 지니고 계신 것을. 보기에 못 미덥고 마음에 차질 않아도 우리들로는 어쩔 수 없지."

못마땅하다는 눈초리와 끌끌 혀 차는 소리가 궐 밖으로 서둘러 걸음을 옮기는 결의 뒷모습에 따라붙었다.

결이 의금부 옥사에 도착했을 때 담월은 이제 막 풀려나온 참이었다. 압수당했던 관복과 관모를 다시 차려 입고 나와 본 하늘이 눈부셨다. 지난 밤 내내 이 하늘을 다시 볼 수 있을까 어둔 생각을 했더니 전과 같은 세상임에도 모든 것이 밝아 보였다. 결이 밝은 얼굴로 다가갔다.

"무사하셨군요. 하룻밤 사이 얼굴이 많이 안되셨습니다."

"고문을 당한 것도 아니고 그저 하루 옥사에 묵었을 뿐인데요. 그런데 갑자기 풀려나다니 어찌 된 영문인지요?"

"제가 종조부…… 좌의정께 부탁했습니다. 그대를 풀어 달라고, 그대는 죄가 없다고요."

"그러셨군요. 소인도 이제 대군께 은혜를 하나 받은 셈이네요. 그런데 어찌 아직 얼굴이 어두우십니까?"

결은 망설이다가 입을 열었다. 담월이 벗은 누명을 또 다른 이가 뒤집어썼다는 얘기를. 결의 말을 다 듣고 난 후 그녀의 표정은 그리 밝지 못했다.

"그러면 익위사 나리도 누명을 뒤집어 쓴 것이 아닙니까?"

"나도 그렇게 믿고 싶지만 현장에서 발견된 칼이 그의 것이고, 금 대인과 형님 사이에 갈등이 있었다는 주장도 나왔으니…… 그저 이 일이 형님께 크게 피해가 가지 않기를 바랄 뿐입니다."

결은 한숨을 푹 내쉬었다. 일은 더 이상 결이 어찌할 수 없는 방향으로 흐르고 있었다. 담월의 경우는 누군가에게 부탁이라도 할 수 있었으나 욱의 일은 그렇지 못했다. 손 놓을 수밖에, 기도할 수밖에. 운명이 정해 주는 대로 결과를 따르는 것만이 결이 할 수 있는 유일한 일이었다.

"잠깐만요, 익위사 나리께선 그 시각 분명 세자 저하와 함께였습니다. 제가 기억합니다. 제가 증언하면 누명이 풀리지 않을까요?"

담월의 확언에도 결은 고개를 저었다.

"그대의 말을 믿지 않는 건 아니지만…… 아무것도 바뀌지 않을 겁니다."

"해보지도 않고 그런 말을 해서는 안 되지요. 잊으셨나요? 바라면 이루어질 것이다, 말해 주셨던 일."

그랬다, 분명 결은 담월에게 그리 말했었다. 하지만 그건 정말 바라면 모두 되리라 믿었던 어린 시절의 일이었다. 뜻대로 되지 않는 일들이 있다는 것을 이제야 깨달은 풋 사내로서는 도무지 담월의 말에 고개를 끄덕일 수 없었다. 결은 그녀의 일렁이는 시선을 피했다.

"야—. 담원!"

"강 검열님!"

뒤에서 들려온 강현의 목소리에 담월은 고개를 돌렸다. 그는 담월의 앞에 있는 결을 보고 조금 놀라 예를 올렸다. 주각운에 이어 경원대군 마마라니, 하긴 좌의정의 먼 친척이거나 하면 친분이 있을 수도 있을 터였다. 강현을 알아본 결이 감사의 말을 건넸다.

"아까 광록대부와 함께 이 사람을 살리려 했다는 말을 들었어요. 대단한 용기입니다."

"제가 뭘…… 어차피 뒤에 나타난 증거물이 다 했지 않습니까."

"강 검열께서도 거기 계셨습니까?"

"광록대부를 설득해 네 사초를 증거로 받아 달라고 우겼지. 그분께서 주장해 주셔서 증거로 채택될 뻔했는데 마침 좌상대감이 나타나서……."

자신의 사초가 증거로 채택될 뻔했다는 소리에 담월은 생각난 바가 있었다. 그녀는 결을 보며 말했다.

"마마, 어쩌면 탄헌군 마마를 도울 수 있을지도 모르겠습니다."

"뭐라구요?"

"뭐?"

두 남자가 담월의 말에 동시에 놀란 반응을 보였다. 결은 믿을 수 없다는 얼굴을, 강현은 너 미쳤냐는 표정을 지었다.

"저는 예문관에 가 봐야겠습니다. 회의는 아직 끝난 게 아니지요?"

"이따 김 익위사가 오면 다시 시작한다고 했습니다."

"그러면 대군마마는 중희당에서 저를 기다려 주세요. 이게 될지 안 될지 모르겠지만…… 방도가 있습니다. 하지만 저 혼자서는 중희당에 들어갈 수 없으니 마마께서 도와주셔야 해요."

"알겠습니다. ……이따 중희당 앞에서 뵙지요."

미심쩍은 기색이 가시지 않은 얼굴로 결이 떠나자마자 강현이 물었다.

"대체 뭘 어쩔 생각이야?"

"이게 먹힐지 모르겠습니다만, 그 시간에도 익위사는 세자마마와 함께 있었습니다. 사초에 토씨 하나 빠트리지 않고 기록해 뒀어요."

"……뭐? 너 세자를 도울 생각이야?"

"네. 하지만 이걸 내놓게 되면 강 검열님의 비밀 통로는 막힐지도 모릅니다."

"지금 그게 중요한 게 아니잖아. 너 제정신이야? 세자는 너한테 누명을 씌웠다고. 자기가 불리해질 걸 알고 너를 죄인으로 몰고 간 거라고! 넌 억울하지도 않냐?"

강현이 윽박지르듯 소리 질렀지만 담월은 단호했다.

"억울해요. 그 느낌에 대해서라면 누구보다도 속이 쓰리고 뼈가 아릴 정도로 잘 알고 있습니다."

강현은 흠칫 놀랐다. 마치 그 눈에서 불꽃이 튀는 것 같았다. 이런 표정을 지을 줄 아는 녀석이었나. 도규언의 일이며 조정에 대해 아는 것이 없기에 저와는 달리 차별이나 억울함 없이 곱게만 자라 온 녀석인 줄 알았는데.

"그러니까 남이 억울할 것을 뻔히 알고도 손 놓고 있을 순 없습니다. 스스로의 양심을 속이고 어찌 세상을 바로 볼 수 있단 말입니까."

곧고 바른 말에 강현은 말을 잊었다. 책이나 선현의 가르침으로 늘 마음에 새기고는 있었지만 그것을 실천하는 것은 어려운 일. 저 녀석 전에 예문관을 거쳐 갔던 얼뜨기들은 어땠더라? 그것이 무에 그렇게 중하냐며 거짓으로 역사를 기록해 주고 고관대작들의 환심을 사 대던 녀석들이 대다수였다. 제 양심과 나라의 역사를 팔아 사리사욕을 채우던 녀석들. 사관이 새로 올 때마다 기대는 옅어졌다. 대신 그동안의 실망을 털어 버리려고 갈수록 심술궂게 굴기도 했다.

"제 사초가 설득력을 얻으려면 그 전에 같이 기록한 강 검열님의 사초도 필요할 것입니다. 사초를 타인에게 보이면 안 되지만 어쩔 수 없습니다. 도와주세요. 다시는 억울하게 누군가가 고초를 겪는 걸 보고 싶지 않습니다."

자신을 올려다보는 눈에 촛불처럼 일렁인 빛에 강현은 순간 넋을 빼앗겼다. 눈빛이 번지고, 마음이 요동친다. 이 기분은 뭘까. 진정 뜻이 통하는 사내를 만났을 때 느끼는 정이 이런 것일까.

"……좋아. 줄게, 내 사초."

"정말이시죠?"

"사내 강현, 한 입으로 두말할 것 같냐. 늦기 전에 서두르자."

마음이 급한지 저보다 앞서 나가는 담월의 작은 등을 보며 강현은 회심의 미소를 지었다. 저 녀석이라면 사초를 내주어도 좋다. 아마 앞으로 녀석이 그보다 더한 걸 원해도 내어줄 수 있으리라.

"야, 도담원."

"왜 부르십니까?"

"앞으론 나한테 말 편히 해라."

“네—?! 갑자기 그게 무슨—.”

“말 놓으라고!”

갑작스러운 말에 담월은 당황했지만 강현은 그 뒤를 너털웃음을 흘리며 좇았다. 말 놓으라고. 제가 어찌…… 연장자가 놓으라면 놓지 뭔 말이 그렇게 많아? 아, 알겠습니다. 이럴 때 뜬금없이…… 가요, 강 형! 두 사람은 투닥거리며 빠른 걸음걸이로 빠르게 의금부를 빠져나갔다. 서둘러 걸음을 옮기느라 그들은 미처 옆을 스쳐 지나간 각운을 눈치채지 못했다.

“……늦었군.”

밤새 옥중에 홀로 있을 이 때문에 잠도 제대로 못 이룬 그였다. 날이 밝자마자 달려오고 싶었으나 일을 진행하려면 어쩔 수 없이 정청에 나가야 했다. 그래도 스쳐 지나간 낯빛이 그리 어둡지 않았음을 위안으로 삼았다. 생각해 보면 그가 그녀에게 무슨 말을 할 텐가. 힘들진 않았는지, 어디 아픈 곳은 없는지? 아니다. 그런 말은 그들에게는 어울리지 않았다. 그녀가 뒤집어쓴 죄를 저지른 이가 할 말은 아닐 것이다. 걱정도, 위로도, 용기도 건넬 수 없다.

할 수 있는 말이라곤 오직, 일에 차질을 빚을 수 있으니 다음부터 조심하라는 말 정도일까. 제발 조심하였으면 하는 마음을 그런 사무적인 말에 담아 건넬 수 있을 뿐.

‘가는 길에 그 집에 들러 소화에게 약재나 달여 먹이라고 전

해야겠군.'

그가 할 수 있는 것이라곤 고작 그런 일들뿐이었다.

* * *

집에서 휴식을 취하던 세자익위사 김주원이 포박당해 중희당에 도착했을 때 해는 이미 중천이었다. 웬만한 이라면 영문을 모르겠다는 표정이라도 지었으련만, 주원은 올 것이 왔구나 라는 태도로 침묵을 지키고 있었다. 그 기색이 중신들로 하여금 주원에 대한 의심을 더욱 짙게 만들었다. 하지만 탄헌군을 올려다보는 주원의 눈에는 아직 희망이 남아 있었다. 그가 평생을 모시기로 다짐한 왕자는 그 어떤 역경 속에서도 살아남아 이 자리에 오른 분! 그 시절의 맹세와 그간의 고초를 생각하면 욱이 저를 쉽게 버리지는 않으리라. 어느 정도의 처분은 감수할 수 있었다. 자신이 끌려온 이상, 욱으로서도 아무것도 하고 지나갈 수는 없을 테니까.

욱은 단상에서 내려왔다. 울금색 속눈썹 밑 심해와 같은 깊은 눈동자에는 짙은 그림자가 드리워 있었다. 빛 하나 새어 들어올 수 없는 그림자가. 그는 줄곧 손에서 놓지 않던 붉은 매듭을 매만지다가 제 앞에 무릎 꿇고 있는 주원의 앞에 툭 던졌다.

"주원, 이 매듭을 기억하느냐."

주원을 만났을 때 욱은 겨우 열넷이었다. 작금의 위엄과 지위는커녕 왕자라 한들 형원의 눈 밖에 나 궁에서도 내돌려지는 처지. 그렇게 내쫓기듯 말 달려 온 추운 북방의 땅에서 욱은 처음으로 제게 진심을 다해 충성을 맹세하는 남자를 만났다.

'이 북쪽에서 그리 홀로 계시면 몸이 얼어 버리고 맙니다. 어딜 가시든 이 주원을 꼭 데려가 주십시오. 마마께서 칼을 쓰시면 이 주원은 사방에서 몰아치는 북풍을 막는 방패가 되겠습니다.'

약관의 나이였다. 지방 무과에 급제해 젊은 장교들 중에서도 두드러지게 두각을 드러냈으니 총관에게조차 무시당하는 왕자를 얕볼 법도 했는데 그에겐 그런 게 없었다. 처음 전장에 나간 날, 유일하게 자신의 말을 들어 주고 단기필마로 적장을 급습해 아군을 대 승리로 이끌어 온 날. 욱에게 적의 시신을 바치고 엉망이 된 비수를 땅에 꽂았던 날. 욱은 생각했다. 이자야말로 나의 신하다. 내 목소리를 들을 수 있는 유일한 사람이다.

그런 그에게 엉망이 된 칼 대신 선물로 내렸던 칼이었다. 가진 것이 없는 왕자라 줄 것이 없어, 북쪽에 와 샀던 호신용 칼 한 자루를 하사했다. 그가 줄 수 있는 전부나 다름없었다.

'이 매듭은 내 어머니께서 갖고 계시던 것과 같은 모양이다. 오늘 흘린 피와 그 마음이 해져 닳아질 때까지, 네게 내 신뢰를 보장할 것이다.'

그렇게 이 년간 북쪽에서 함께 세월을 보낸 후 탄헌은 주원을 도성까지 데리고 왔다. 입춘이라고 눈이 녹다니 정말 도성은 아름다운 곳이라며 그가 입을 다물지 못했던 기억이 났다.

"마마께서 태어난 곳이 이토록 따뜻한 곳이었기에 제게도 관후하셨군요."

"때론 등을 익히려는 구들장보다 서릿발 속에서의 잠이 달게 느껴지지. 온기에 긴장을 녹이지 마라, 주원."

"그런 것입니까?"

"그래. 네가 앞으로 나와 살아갈 곳은 그런 곳이다."

그리고 서른, 반평생을 같이 보낸 지기와도 같은 신하를 제 앞에 포승해 무릎 꿇린 탄헌군 이욱은 바닥에 던진 매듭을 무심한 눈으로 내려다보았다.

"십오 년 세월이 매듭을 해지게 하지는 못하였지만, 벼린 칼날에는 이리도 약한 것일 줄이야."

주원이 놀란 눈으로 탄헌을 올려다보았다. 해를 코앞에서 본 듯 눈이 시려 왔다. 그늘진 얼굴일지언정 아직도 그때 그 시절의 열기와 빛으로 가득한 그의 주인.

"너와 지내던 지난날은 내게 가장 마음 편한 시간이었다."

온기에 긴장을 녹이지 마라, 주원. 그의 주인은 늘 그렇게 말하곤 했다. 그 따뜻함 너머엔 언제나 너를 태울 불이 이글거리고 있으니. 주원의 얼굴은 천천히 납빛으로 물들었다. 뜨거운 불 앞에 선 듯 원치 않은 눈물이 눈가를 적셔 왔다.

"바른 대로 고하라, 주원. 네가 금 대인을 살해했느냐. 내가 하사한 그 칼로, 나를 모욕한 이를 찔렀느냐."

탄헌은 거칠게 트기 시작한 입술을 깨물었다. 나는 너를 버릴 것이다. 내가 살아남기 위해서라면.

주원은 차마 입을 떼지 못하고 입술만 달싹였다. 중희당의 모두가 주원만 바라보았다. 욱도 그랬다. 이 안의 누구보다 초조한 기색으로 그의 말이 이어지기를 기다렸다. 불안한 열기가 가득한 푸른 눈이 다시 한 번 고개를 든 주원의 시선과 얽혔다. 사실을 말하는 것이 아니라, 탄헌의 말과 이어지는 말. 그는 그 말을 해야 했다. 자신이 금 대인을 죽였노라 인정하는 자백을.

그렇습니다, 그 짧은 한 마디면 될 텐데. 주원의 말은 목에 걸려 쉬이 나오지 않았다. 목 멘 울음만이 소리 없이 뱃속을 울렸다. 대답이 늦어지자 욱은 짜증스럽다는 듯 그에게서 휙 돌아섰다. 실망이다, 주원. 그만 들을 수 있을 정도로 낮은 목소리에 이어 추상같은 명령이 이어졌다.

"네가 그리 나온다면 죄를 인정할 때까지 문초를 면할 수 없을 것이다. 죄인 김주원을 의금부로 압송하라! 내 친히 그 죄를 묻겠다."

승지가 세자의 명을 받아 적는 사이 좌중의 소란은 가라앉아 갔다. 이제 사건의 초점이 한 명으로 모여졌으니 이제 남은 일은 광록대부가 자국의 체면을 구기지 않았다고 여길 때까지 최선을 다하는 것뿐이었다.

"잠시만 기다려 주십시오!"

문이 벌컥 열리는 소리와 함께 앳된 목소리가 중희당을 크게 울렸다. 모두가 그 소리에 고개를 돌렸다. 주원을 등졌던 탄헌도 문으로 몸을 틀었다. 경원대군을 필두로 담월과 강현이 중희당 안으로 들어왔다.

"조정의 일을 논하고 있는 자리에서 이 무슨 무례함이냐, 경원."

"현 사안에 중요한 일이라 경우를 따지지 않은 점 사죄드립니다. 하지만 꼭 보셔야 할 것이 있습니다."

"꼭 봐야 할 것?"

"김 익위사가 범인이 아니라는 증거입니다, 세자 저하."

어리지만 강단 있는 목소리는 결의 것이 아니었다. 경원대군의 뒤에 서있던 담월이 한 걸음 앞으로 걸어 나왔다. 아까 밖에서 들린 목소리도 그녀의 것이었다.

"아까까지만 해도 그 대신 옥사에 갇혀 있던 자가 증거라니. 너는 김주원의 죄가 확실시되어 풀려났다는 것을 모르는가? 그가 무죄라면 자연 다시 의심을 받게 될 자가 그를 위해 증언하겠다니. 대체 대전에서 이 무슨 꿍꿍이냐!"

탄헌군을 비롯한 모두가 이상하다는 듯 담월을 쳐다보았다. 그러나 개중에는 표정이 심각해진 이들도 있었다. 잘되어 가던 밥에 코를 빠트릴지도 모르는 상황, 율덕은 미간을 구겼고 각운은 초조함을 담아 담월이 탄헌군과 대치하는 것을 지켜보았다. 여기까지 와서 김주원을 변호한다는 것은 그저 말뿐인 증언만으로는 아니 될 터. 설득력이 있다면 그와 좌의정의 계략이 무너질 판이요, 그렇지 않다면 겨우 발 뺀 판에 덤터기를 써 담월이 고초를 겪을지도 몰랐다. 대체 무슨 생각인 건지. 갑작스레 바뀐 흐름에 각운은 제 손이 땀으로 젖어 가는 것도 몰랐다.

"형님, 제발 그의 말을 들어주세요. 이건 누군가가 형님을 몰아넣기 위해 꾸민 술수인 게 틀림없습니다!"

그건 이미 욱도 알고 있는 바였다. 하지만 이제와 이 상황을 타개할 증거가 있을 순 없었다. 그런 것이 있었다면 이미 그가 손을 썼으리라. 고작 정9품의 신입 관원 주제에 대체 무슨 말을 하려고. 탄헌은 의구심 가득한 눈으로 저보다 머리 하나는 작은 도담원을 내려다보았다. 그 검은 눈엔 흔들림 없는 확신의 빛이 일렁였다. 다르다. 이자, 세자인 자신도 포기한 주원을 아직 포기하지 않았다. 말없이 담월과 눈을 마주치던 욱은 이내 어디 한 번 말해 보라며 고개를 끄덕였다.

"제게 사초가 있습니다. 세자 마마와 익위사 나리가 금 대인이 살해당한 시각에 함께 대화를 나누던 기록 말입니다."

그랬다. 그녀에게는 주원이 인시까지 세자의 옆을 떠나지 않고 대화를 나눈 기록이 있었다. 그것이 그녀가 믿는 바였다. 과연 이게 중신들한테 얼마나 공신력을 가질 수 있을지는 미지수였지만 담월은 모험을 걸었다.

"오전에도 사초에 대한 얘기는 나왔지만, 어찌 그것을 믿겠는가. 도 검열, 그대가 익위사와 한 패가 되어 미리 조작해 두었을 수도 있지 않은가?"

율덕은 못마땅하다는 기색을 한껏 넣어 꼬투리를 잡았다. 이것이 증거로 받아들여진다면 주원을 옭아매 탄헌군의 팔을 자른다는 계획은 어그러진다. 아무리 이 계획이 자신의 주도라는 것을 모르는 담월이라지만 제게 의탁한 주제에 일을 망치는 것은 용납할 수 없었다. 눈치가 없는 계집은 아니니 알아들었으면 적당히 물러나리라. 그러나 자신을 똑바로 쳐다보는 담월의 눈빛은 좌의정의 개가 되기로 한 계집아이의 눈이 아니었다.

"광록대부께서 제 사관으로서의 자부심과 책임을 믿어 주셨다 들었습니다. 이번에도 다르지 않습니다. 저 도담원은, 이 나라의 역사를 기록해 온 예문관의 명예를 걸고 보고 들은 바를 그대로 옮겼습니다."

대숲에 부는 바람처럼 낭랑한 목소리가 중희당을 울렸다. 살바람이 분 듯 어지럽던 분위기는 가지런히 조용해졌다. 누구 하나 이 어린 관원의 말에 반박하거나 시비를 걸지 못했다. 도규언의 종질이라더니, 말하는 것이 젊은 시절의 도 봉교를 쏙 빼닮았군. 좌중이 조용한 가운데 누군가가 작게 혼잣말을 삼켰다.

"그 사초를 한번 보여 줄 수 있는가?"

광록대부 사마궐이 나서 담월 앞에 섰다. 그녀는 들고 있던 보자기를 끌러 간밤의 일을 적은 종이 묶음을 건넸다. 그는 그 종이들을 받아 한 장 한 장 읽기 시작했다. 그의 시선이 오르내리고 입이 감탄사를 내뱉을 때마다 중희당의 모두가 가슴을 졸였다. 그것이 진실이기를 바라든, 거짓이기를 바라든. 마지막 장을 읽은 사마궐이 사초를 다시 말아 담월에게 건네주었다.

"이 내용엔 확실히 술시부터 인시까지 세자 마마와 호위 무사의 대화가 기록되어 있소. 또한 금 대인이 연경당을 떠난 후 김 익위사는 자리를 떠난 적이 없다고 되어 있군요. 오전에 담원의 일도 맞다 여겼으니 이 또한 옳다고 하는 것이 맞다고 생각합니다. 조선의 대신들께서는 어찌 생각하십니까?"

이 사건의 명분을 쥐고 있는 광록대부가 옳다 말하였으니 감히 이것에 반박할 자는 없었다.

"그러고 보니 아침에 세자께서는 도 검열의 사초를 믿을 것이 못 된다 하셨지요. 그렇다면 이 또한 조작일 가능성이 있다 여기십니까?"

사마궐의 은근한 말이 욱의 속을 긁었다. 그는 혹여 금 대인과 나눈 대화가 책잡힐까 담월의 사초를 무가치한 것으로 치부했었다. 그러나 이미 대화의 내용은 대비전의 궁녀에 의해 다 밝혀진 바. 이미 잘라내기로 마음먹은 수족이지만 살릴 수 있다면 그것이 가장 좋았다.

"……한번 읽어 보겠습니다. 이 내용의 옳고 그름을 가릴 수 있는 것은 저뿐이니."

탄헌은 담월에게로 손을 내뻗었다. 이리 가까이 서 있으니 그 키가 사내치고는 확연히 작음이 느껴졌다. 평소에도 왜소하다 여겼던 결보다 손가락 두 마디는 작은 듯 했다.

'그때 말을 엿듣던 것이 이자였던가. 어쩐지, 사내였으면 머리를 맞을 위치에 쏘았는데 아무것도 없어 쥐새끼인가 하였더니.'

탄헌은 헛웃음을 쳤다. 그와 주원이 나눈 대화가 고스란히 적혀 있었다. 이건 정말 인정할 수밖에 없었다.

"맞군요. 도담원이 적은 내용은 한 치의 틀림도 없습니다."

"허허, 조례 때는 어찌 믿을 수 있을까 극구 부인하시던 분께서 이제야 도 검열의 무고를 인정하시는구료."

세자와 광록대부 두 사람이 웃자 대전의 공기가 부드러워졌다. 탄헌군을 지지하는 몇몇 대신들은 안도의 한숨을 내쉬었다. 아무리 주원의 단독 범행으로 몰고 간다 하더라도 그는 탄헌군의 오른팔. 주인 된 자로서 연대 책임을 피할 수 없을 터였다. 그러나 담월의 사초가 증거로 인정받으면서, 담월도 주원도 완벽하게 이 사건에서 빠지게 된 것이다. 담월은 기쁨을 감추지 못했다. 자신이 최선을 다한 덕분에, 무고한 사람이 죄를 면하게 되었다. 이보다 기쁠 일이 있을까! 가슴 벅차오르는 뿌듯함을 주체할 수 없어 얼굴에 웃음이 배어 나왔다. 그러나 사건을 쉽게 종결될 기미를 보이지 않았다.

"김 익위사가 아니라면 대체 금 대인을 해한 자는 누구란 말입니까?"

율덕이 분함을 감추지 못한 어조로 의문을 내뱉었다. 도담원도, 김주원도 아니다. 그러나 죽은 사람은 있으니 범인은 찾아내야 했다.

"누구인지는 모르겠으나 흉계에 사용된 칼을 보니, 세자에게 그 죄를 뒤집어씌우려는 자가 있다는 건 알겠소이다."

사마궐의 말에 탄헌군이 시선을 돌려 율덕을 노려보았다. 하마터면 제 손으로 어깻죽지를 잘라낼 뻔했던 맹수의 시선은 늙은 노관을 기세만으로 찢어 버릴 듯 험악했다. 하지만 이곳은 북쪽의 피와 살점이 튀기는 전장이 아닌 권모술수가 맞부딪치는 구중궁궐. 오늘 흘린 피의 값은 내일 세 치 혀로 받아 낼 것을 다짐하며 탄헌은 시선을 거뒀다.

"이후의 사건의 해결에 대해서 우리 명은 나서지 않고 탄헌군

마마께 일임하겠습니다. 자신의 정직성 하나만 믿고 용기를 낸 젊은 사관을 위해서라도 일을 잘 마무리해 주시길 바랍니다."

"믿음을 주셔서 감사합니다. 오늘은 이만 마치겠소. 모든 혐의들이 벗겨지고 사건은 다시 원점으로 돌아왔으니, 긴장을 늦추지 말아야 할 것입니다."

탄헌군의 말을 끝으로 다사다난했던 하루의 정무가 끝이 났다. 담월도 사초를 마저 정리해 강현과 함께 중희당을 빠져나갔다. 그녀의 옆을 지나치는 대신들이 담월을 보며 서로들 수군거렸다. 그것은 일전의 눈빛들과는 사뭇 달랐다. 별거 아닌 사관 나부랭이라고 생각했는데 저런 담력과 지혜가 있었다니, 감탄하는 소리들이 못내 쑥스러워 그녀는 얼굴을 붉혔다.

"오늘은 이만 집에 돌아가시겠군요. 고생이 많으셨습니다. 덕분에 형님께서 누를 겪지 않았습니다. 정말 고맙습니다."

"제가 한 것이라곤 그저 갖고 있던 걸 윗전에 올린 것뿐인걸요. 중희당에 들어갈 수 있게 힘써 주신 대군마마가 아니었으면 그마저도 못할 뻔했고요."

담월은 저가 베푼 은혜마저도 겸손하게 공을 돌렸다. 주영각으로 자리라도 옮겨 오늘의 일을 치하하고 싶었건만 웃는 얼굴에는 피곤한 기색이 가시질 않았다.

고단할 것이다. 밤새 익숙지 않은 옥사에서 찬바람에 잠을 설쳤을 테다. 그런 몸을 이끌고 중신들 앞에 서다니. 자신은 결코 불가능할 것이라 체념했던 일을 이렇게 뒤집어 버리다니.

결은 제게 인사를 올리고 강현과 함께 멀어져 가는 담월의 등을 바라보았다. 관복의 큰 품에 가려졌지만 가는 여인의 몸은 쉽사리 감출 수 없는 그것이었다. 어찌 저 작은 몸으로 그렇게 용기를 낼 수 있을까. 어떻게 자신은 할 수 없는 일을 두렵지도 않다는 양 할 수 있는 걸까. 자신을 둘러싼 운명에 굴레에 부딪치는 것이 무섭지 않은 걸까, 그 누구보다도 가진 것 하나 없는 이가. 발 한 번 잘못 디디면 그대로 추락할 아슬아슬한 살얼음판을 걷고 있으면서.

“분명…… 그대로는 아무것도 변하지 않기 때문이겠지.”

말이 파문이 되어 결의 가슴을 울렸다. 언제까지 도움만 받을 수는 없었다. 하지만 자신이 지금 이대로라면 그녀에겐 아무 도움도 되지 못할 게 뻔했다. 바뀌어야 했다, 강해져야 했다. 앞으로도 계속 운명에 도전할 그녀에게 조금이라도 보답하기 위해선 그만 한 힘이 필요했다. 욱과 정면으로 부딪치고 싶지 않아 필사적으로 눈 돌렸던 그 힘.

‘다시는 담월의 뒤에서 손 놓고 있지 않을 것이다. 어떻게, 어디서부터 해야 할지는 모르겠지만. 해 보이겠어, 그녀가 그러했던 것처럼.’

담월의 등이 조그만 점이 되어 시야에서 사라질 때까지, 결은 그 자리에 붙박여 있었다. 지금의 다짐을 새기고 또 되새기면서.

*　　*　　*

이튿날, 사신 일행은 다음날 떠날 것을 탄헌군에게 알렸다. 금 대인의 일도 그렇고 본국에서 사마궐을 찾는 급보가 왔다는 것이 이유였다. 인사를 하러 자신을 찾아온 욱에게 사마궐은 부드러운 목소리로 일렀다.

"앞으로 해결해야 할 일이 많겠지만 젊은 인재들이 많아 나라의 앞날이 밝군요. 그들을 잘 중용해 쓰시면 전하께서 병환이신 동안 세자마마가 나라를 잘 이끌어 갈 수 있을 것입니다."

"조언 감사드립니다. 참고하도록 하지요."

사건이 한 번 진정이 되어서인지 그의 말을 듣는 탄헌의 목소리도 차분했다.

"특히 도담원과 강현. 도 검열에 대해서는 어제 일만 봐도 아셨겠지요. 강 검열도 못지않은 인재입니다. 요새 시절에 보기 드문 의기와 동기에 대한 우애를 갖췄더군요. 그 또한 도 봉교의 외조카라 들었는데, 그 강직함이며 넘치는 혈기를 보니 장차 이 나라에 보탬이 될 큰일을 할 겁니다."

예문관과 도규언에 대해서라면 탐탁찮은 기분이 들었지만, 이번에는 인정할 수밖에 없었다. 그토록 핍박해 왔던 사관들의 사초로 인해 도움을 얻었으니.

"과거 사관과 관련된 불미스러운 일이 있었다는 말은 들었으나 이번 일로 세자 저하께서도 예문관의 진가를 알았으리라고 생각하오. 도담원이 어제 보여 준 그 용기와 공정성, 그것이야말로 사관의 본질입니다."

확실히 어제 본 담월의 모습은 욱에게는 가히 충격적이었다. 그가 저 입장이었다면 상상도 할 수 없는 일이 아닌가. 주원에게 쏠릴 의혹을 미연에 방지하기 위해 자신한테 죄를 덮어씌웠다는 것을 눈치챘을 텐데도 그는 주원을 변호하기 위해 대신들 앞에 섰다. 자칫하면 자기가 다시 죄를 뒤집어쓸지도 모르는데.

"광록대부의 고견을 잘 받아들이도록 하겠습니다."

재밌는 자였다. 자신이 믿고 신념으로 여기는 바를 위해서라면 가슴 속 앙금은 저버릴 수 있다니. 자신과 다른 양상이었지만 분명 그 궤는 닮았다. 대업을 위해서 자신에게 도움이 될 만한 자였다.

'그래, 원하는 바를 위해서라면 과거의 잔재는 털어 버릴 줄 알아야 하는 법이지. 네가 내게 좋은 것을 가르쳐 주었다, 도담원.'

* * *

담월을 비롯한 예문관의 사관들은 그날 중희당 앞에 옹기종기 모여 있었다. 전날처럼 어떻게든 상참에서 오고가는 얘기를 주워듣기 위함이 아니었다.

"역시 지난번 금대인 사건 때 활약한 바를 치하하는 게 아니겠어. 그게 아니면 세자 마마가 우릴 부를 이유가 없지."

"하지만 그건 담원의 공이었지, 굳이 우리를 다 부를 이유는 없잖니?"

유정과 태진이 그들이 불려온 바에 대해 논의를 계속했지만 무엇 하나 확신할 수는 없었다. 적어도 나쁜 일이 아니라는 것만 짐작할 뿐이었다. 조참에 참석하는 대신들이 중희당에 들면서 그 앞에 대기하고 있는 예문관 사관들을 흘낏흘낏 쳐다보았다. 그들의 시선에서 일전과 같은 천시의 기운은 찾아보기 어려웠다. 담월을 보고 몇몇 이들이 쑥덕이기도 했지만 분명 비아냥거림은 아니었다.

"넌 어떻게 생각해? 세자가 우리를 왜 불렀을까?"

강현이 담월에게 물었다. 그도 그 이유가 못내 궁금한 눈치였다.

"글쎄요, 저도 잘 모르겠는데요. 그래도 기왕 상을 받는다면 저 혼자 말고 강 검열님도 같이 받았으면 좋겠습니다. 저 혼자서만 한 일이 아니니까요."

버릇처럼 튀어나오는 담월의 높임말에 현이 입을 부루퉁하게 내밀고 담월의 이마를 쿡쿡 찔렀다.

"야, 말 편하게 하라니까? 내 말이 우습냐."

담월이 그 손을 내치며 투덜거렸다.

"한번 버릇이 든 걸 어찌 쉬이 고친단 말입니까."

"노력이라도 하란 말이야. 자, 강 검열님 말고 강 형, 하고 불러 봐."

두 사람이 투닥거리는 소리에 문직이 흠흠, 하고 헛기침을 했다. 태친이 뒤를 돌아 쉿, 하고 주의를 주자 강현도 담월도 이내 입을 다물고 자세를 바로 했다. 이 봉교님께서 오늘 유독 긴장을 하신 것 같아. 강현의 속삭임에 담월도 고개를 끄덕였다. 오랜 세월 예문관에서 봉사한 노관은 오늘 무슨 일이 있으리라 직감한 것일까? 그렇게 대기하던 중 중희당의 문이 열리고 내관 하나가 그들에게 일렀다.

"세자 저하께서 봉교 이문직 이하 예문관의 사관들을 들라 하십니다."

문직이 걸음을 옮기는 것을 시작으로 다섯 명 모두가 안으로 들었다. 일반적인 상참이 아니라 한 달에 네 번밖에 없는 조참이라 고위 신료들이 모두 모여 일렬해 있었다. 담월에게는 지난번 관직을 제수 받을 때 이후로 처음 서는 자리였다. 그때는 이 자리에서 세자의 멸시와 대소신료의 곱지 못한 시선을 감내해야 했다. 그로부터 불과 한 달 남짓이 지났을 뿐인데, 그동안 담월에게는 참 많은 일이 있었다. 그간의 사건들을 떠올려보며 감상에 젖을 새도 없이, 탄헌군이 입을 열었다.

"마지막으로 새로운 안건에 대해 애기하겠소."

욱은 예문관 사관들 중 가장 말석에 선 담월을 바라보았다. 한 달 전, 도담원을 처음 보았을 때, 그때의 감상은 고까울 정도로 고개를 빳빳이 드는 건방진 자라는 정도였다. 그러나 지금은 달랐다. 담월은 탄헌군에게 있어 지극히 새롭고 신선한 흥밋거리였다. 과연 그 발걸음이 어디까지 나아갈지 궁금해 그 길을 열어 주고 싶을 정도로.

"지난 칠 년간 폐지되어 왔던, 예문관 사관들이 임금의 곁에서 입시하여 사초를 적던 제도를 부활시키려고 하오."

탄헌군의 말에 조회에 참석한 모두의 놀란 시선이 어지러이 얽혔다. 그중 예문관 사관들의 놀람은 말로 표현할 수 없을 정도였다. 무어라 말 한 마디 하지 못하고 눈만 껌벅거리며 서로를 쳐다보았다. 늙은 노관은 감격에 겨워 몸을 떨었고, 유정과 태진은 이곳이 중희당이 아니었다면 당장 비명을 지르며 춤이라도 출 기세였다. 강현은 방금 탄헌군이 무슨 말을 한 것인가 믿을 수 없다는 표정으로 입을 벌리고 담월을 보았다.

그녀는 눈을 바로 뜨고 있었다. 첫날 이 중희당에 들어 예문관 사관으로서 소임을 받았을 때처럼, 한 치의 흔들림도 없이 앞을 바라보면서 그 눈에 눈물을 가득 담고 있었다. 조금이라도 흔들리면 주르륵 흘러내릴 것 같았다. 그녀는 그렇게, 미동이라도 하면 이 순간이 깨어지기라도 할 것처럼 감동해 굳어 있었다.

"금 대인 사건으로 인해 다들 조정에서 일어난 일을 기록해 나간다는 것이 어떻게 중요하게 발휘될 수 있는지 깨달았을 것이라 믿소. 앞으로 각종 조회와 경연, 윤대에 이르기까지 사관이 필히 입시할 것이며, 대신들의 일도 사관이 중하다 생각하면 기록을 할 수 있도록 모쪼록 협조를 해 주시오."

그 말에 좌중이 웅성댔다. 가히 파격적인 일이었다. 세자가 먼저 나서 입시를 허락했으니 앞으로 사관의 기록을 거부할 수는 없으리라. 칠 년간 바짝 엎드린 채 겨우 숨만 쉬던 예문관이 이제야 허리를 펴고 일어날 수 있게 된 것이다.

"세자 저하의 수은(受恩)이 망극하옵니다—."

그동안의 울분이 터져 나오는 것을 애써 참아 낸 노관 이문직이 덜덜 떨리는 목소리로 감사를 표하며 무릎을 꿇었다. 수은이 망극하옵니다, 뒤따라 검열 사인방도 절을 올렸다.

절을 올리고 일어서는 담월을 보며, 탄헌은 미소 지었다. 원하는 것이라면 모두 손에 넣어 온 그다. 간만에 소유욕을 불태우는 존재를 만나자 절로 흥취가 일었다. 까짓 예문관의 입시 제도야 흥미가 가실 때 철폐하면 그만. 도담원, 과연 얼마만큼이나 자신을 즐겁게 해 줄 수 있을까. 한때의 유흥거리로 전락할지, 아니면 진정 갖고 싶은 인재가 될지는 앞으로 곁에 두고 지켜보면 되겠지.

"오늘 조회는 이걸로 마치겠소. 오후에는 여진의 사신이 오는 일에 대해 논의할 테니 관련 부처에서는 빠지지 말고 참석하길 바라오. 물론, 예문관에서도 두 명을 필히 보내야 할 것입니다."

조회가 끝나고 나오자마자 비명을 지르며 난리법석을 떠는 게 아닐까 싶었던 태진과 유정은 생각보다 차분한 모습이었다. 대신 그 기쁨이 애써 억누르는 것이 눈에 뻔히 보였다. 두 사람은 입가를 씰룩이며 담월의 등을 툭툭 쳤다.

"뭐 먹고 싶은 거 없니? 오늘 내가 살게."

"선수 치지 마, 태진. 지난번에 내가 살 것도 있었으니 오늘은 내가 번이다!"

"그런 걸로 뭘 싸우고 그러십니까. 돌아가면서 사시면 될 것을."

"그래도 이 기쁜 날에 사는 것이 의미가 있지!"

"그럼, 그럼!"

두 사람의 가벼운 실랑이가 그치질 않자 담월은 어쩔 수 없다는 듯 피식 웃음 지었다. 강현이 그 뒤로 따라와 담월의 어깨에 손을 얹었다.

"저…… 으…… 고맙다, 담원. 그리고 미안했다."

"미안했다니요?"

무슨 말이냐며 묻는 담월의 얼굴을 보며 강현은 얼굴이 새빨개졌다. 과거 자신의 잘못을 인정하는 것이 부끄럽고 쑥스러워 그는 얼굴을 홱 돌렸다.

"그 예전에, 너한테 사관으로 일할 생각이 없다느니…… 자부심이 없다느니 말한 거, 미안하다고!"

"그걸 여태 마음에 두고 계셨던 겁니까?"

되레 개의치 않는다는 듯한 담월의 말에 강현은 맥이 풀렸다. 뻗대는 소릴 해 놓고 너무 심한 말을 했나 신경 쓰여 잠을 못 이룬 건 저 뿐이었던 모양이다.

"강 형이 저를 인정하기 시작했다는 건 애저녁부터 알았는데요."

담월이 활짝 웃으며 말했다. 강 형, 친근하게 저를 부르는 소리에 현은 가슴 한구석이 뭉글했다. 이 녀석이 좀 더 마음의 문을 열고 다가오면 기분이 어떨까. 큰 뜻을 마음을 품은 사이가 더욱 깊어지면, 여인에게서도 느끼지 못한 이 충만감을 나눌 수 있는 지기가 될 수 있지 않을까.

"좋아, 그 때 그 소원 오늘 쓰는 건 어때? 내가 거하게 사지!"

"야, 강현! 감히 막내가 선수를 치려고 드냐!?"

형님들의 구박에 강현이 장난스레 목을 졸리는 모습을 보며 담월은 키득거리며 웃었다. 이제야 정말로, 이 사람들과 한 식구가 된 기분이었다. 그 모습을 자애롭게 지켜보고 있던 봉교 이문직이 그들 사이로 걸어 들어왔다.

"오늘 같은 날은 이 늙은이가 한 턱 낼 기회를 주지 않겠나. 꼭 그러고 싶으이."

담월을 보는 그의 눈빛이 마치 아버지처럼 따스했다. 문직에겐 삶이자 개인의 역사요 아마 평생으로 마무리 될 곳이 바로 예문관이었으니, 그가 오늘 받은 감격은 젊은이 넷의 것을 합쳐도 아마 모자랄 테다. 모두가 실랑이를 멈추고 문직의 말에 따르기로 했다.

희희낙락하는 그들의 모습을 고까운 눈으로 바라보던 이가 있으니, 바로 좌의정 권율덕이었다. 골치가 아팠다. 수족과 같은 이를 내치는 모습을 보여 주어 탄헌군에 대한 신하들의 신뢰를 떨어트리려 했건만 담월의 방해로 모두 허사가 되었다. 잘라내자니 아직 쓸 데가 남았는데…… 제 손을 벗어난 패를 어찌해야 좋을까 가늠하는 시선을 각운은 불안하게 바라보았다.

"제 주인이 누군지도 모르고 활개를 치니 귀찮구나. 분명 도담월의 관리는 각운 네게 맡겼었지…… 가서 목줄 한 번 감아쥐고 오거라."

네, 어쩔 수 없이 각운은 담월에게로 향했다. 다른 사관들은 오후 조회 준비를 한다며 벌써 예문관으로 걸음을 옮기고 있었다. 제게 다가오는 각운을 발견한 담월이 움찔하며 그의 눈치를 보았다.

"오늘 일…… 축하합니다."

가볍지만은 않은 언사, 진심인 것은 분명한데. 그 말을 전하는 표정이 워낙 무거워 담월은 갈피를 잡지 못했다. 감사하다는 답을 하기도 전에 각운은 마저 제 할 말을 내뱉었다.

"그리고, 앞으로는 몸조심하시오."

걱정인지 경고인지 모를 말을 남기고 각운은 이내 뒤돌아섰다. 차마 내가 그대를 다치게 할지도 모른다는 가슴 쓰린 말을 삼키고.

담월이 따라오지 않자 강현이 되돌아왔다. 멀어지는 각운과 담월, 그리고 오고 간 짧은 대화를 들은 모양인지 표정이 사나웠다.

"저 녀석, 지금 너 협박하는 거였냐?"

말리지 않으면 당장이라도 달려가 뒷목을 잡을 기세였다.

"에이, 이번에 잡혀 들어갔던 거 얘기일걸요."

담월이 별일 아니라는 듯 웃었다. 아마 나머지 신물을 찾는 것은 몸을 사리면서 하라는 얘기겠지. 자, 어서 가요. 담월이 강현을 이끌고 도착했을 때는 이미 모두 분주하게 준비를 서두르고 있었다. 담월은 잠시 빠져나와 예문관 안마당으로 향했다. 예문관 수장의 집무실인 여산당, 그 앞에서 담월은 가벼이 목례를 했다. 이 기쁜 소식을 어찌 아버지께 전하지 않을 수 있을까!

'보고 계셨나요, 아버지! 오늘부로 우리들이 다시 입시를 허락 받았답니다!'

그에 마치 화답하듯 선선한 바람이 불어 왔다. 향긋한 댓님 냄새가 기쁨이 가시지 않은 도화빛 뺨을 쓸었다. 앞으로 신물도 더 찾아내고, 아버지의 죄에 대해서도 알아낼 테니 부디 지켜봐 주세요. 마음속으로 크게 외치고 돌아선 그녀의 표정은 한결 개운했다.

"대군마마한테도 이 소식을 알려야 하는데……."

워낙 이런저런 이야기에 관심이 많은 결이니 이미 조회의 얘기는 들었겠지만, 그녀는 직접 축하를 받고 싶었다. 그의 성정이라면 분명 얼굴에 가득 미소를 짓고 제 일처럼 기뻐해 주리라.

'바라는 대로 이루어지리라는 그 말이 날 여기까지 이끌었으니까.'

만나길 바라면 궁에서 또 만나겠지, 마치 운명이 이끈 것처럼, 그러나 우연처럼. 예문관 내에서 그를 부르는 소리가 나자 담월은 명랑하게 대답을 하고 가뿐한 발로 걸음을 옮겼다.

그 시각, 결은 궐 밖에 있었다. 사복을 하고 자신을 찾아온 왕자를 소선은 웃으며 맞았다.

"마마께서 저를 찾아 여기까지 오신 건 드문 일이군요."

"스승님께 부탁이 있어 왔습니다."

그가 자신을 찾아온 것만큼이나 그 이유가 뜻밖이었다. 소선당에 온다 한들 꽃놀이나 하고 가는 것이 일인 왕자가 아니었나. 더군다나 모든 일에서 물러나 경원대군의 공부만 도맡는 제게 부탁할 일이라니.

"천하의 경원대군 마마께서 소인께 부탁이라니요."

천하의 경원대군이라, 그 울림은 듣기엔 참 좋았다. 하지만 이제는 안다, 저것이 허울뿐인 말이라는 것을. 저는, 고작 한 사람의 손도 제대로 잡아 줄 수 없는 약하디 약한 존재인 것이다.

"힘을 가지고 싶습니다."

소선은 그 말에 강하게 힘주어 말하는 경원대군을 보았다. 마지막으로 보았을 때가 고작 지난 주였는데. 꽃이 져 그 자리에 열매가 맺힐 준비를 하듯 소년이 지고 사내가 된 얼굴이 있었다.

"아니, 힘을 가져야 합니다. 어떻게 하면 되겠습니까."

그런 것에는 관심이 없습니다, 형님께서 알아서 하지 않겠습니까. 그런 말을 입버릇처럼 달고 살던 그가 힘을 원했다. 무엇이 그의 등을 떠밀었는지는 모르겠지만 소선은 깨달았다. 운명이 움직이기 시작했다는 것을.

"마음을 다해 바란다면 그리 될 것입니다. 그대는 이 나라의 왕자가 아니십니까. 허나 당신께서 원하시는 것은 제아무리 작은 일이라 해도 큰 물결이 되어 모든 것을 휩쓸려 할 것입니다.

그럴 각오가 되어 계십니까?"

결은 고개를 끄덕였다. 지켜야 할 약속이 있었다. 은혜를 갚겠단 약속, 그것은 그녀가 가는 길을 홀로 보내지 않겠다는 스스로와의 다짐이었다.

〈다음 권에 계속〉